Sina Blackwood

AF236463

Der Rübezahl vom Schüchthof 3

Bibliografische Informationen der Deutschen Nationalbibliothek:
Die Deutsche Nationalbibliothek verzeichnet diese Publikation in der Deutschen Nationalbibliografie; detaillierte bibliografische Daten sind im Internet über https://www.dnb.de abrufbar.

Herstellung und Verlag:
BoD – Books on Demand, Norderstedt
ISBN: 9783756293551

I.

Leo und Dana, die Kinder der Schüchthofbewohner, haben das Abi erfolgreich, mit Bestnoten, abgeschlossen und studieren Agrarwirtschaft. Während Leo seinen Schwerpunkt auf Verwaltung legt, widmet sich Dana besonders der Tierhaltung. Wenn sie an freien Wochenenden zum Hof zurückkehren, arbeiten sie mit, als wären sie nie fort gewesen.

„In der Theorie klingt ja einiges gut", verrieten sie dann stets, „nur in unserer Praxis ist es selten umsetzbar."

„Jetzt kann ich bestens verstehen, warum Vater nicht mehr in der industriellen Tierhaltung arbeiten wollte", gab Dana zu. „Da sträubt sich einem wirklich das Gefieder." Und fügte an: „Ja, klar habe ich vorher Filme davon auf YouTube gesehen, aber selbst mittendrin zu stehen, wie vergangene Woche, ist was anderes."

Leo nickte. „Mit jedem neuen Tag festigt sich meine Überzeugung mehr, dass unser Hof genau so erhalten bleiben muss, selbst wenn dafür Museumsstatus nötig wäre."

Urs, Leos Vater, der Herr des Hofes, sowie über Grund und Boden, horchte auf. „Ein interessanter Gedanke, falls irgendwann mal alle Stränge reißen."

Mutter Mina nickte. Leos Anregung hatte Potenzial.

Danas Eltern, Peter und Grit, strahlten über das ganze Gesicht. Ja, sie wussten sehr genau, warum sie damals die Gelegenheit am Schopf gepackt hatten, für Urs und Mina arbeiten zu können. Und seit die Kinder geheiratet hatten, war klar, dass alles in der Familie blieb, und es machte noch mehr Freude, mit Herzblut an jedes Detail zu gehen.

Heute, nach dem Abendbrot, saßen sie gemütlich vorm Haus der Schüchts, tranken Wein und ließen den lieben Gott einfach einen guten Mann sein.

Urs blinzelte vergnügt in die Runde. „Ich habe einen Plan!" Das meinte er wörtlich, denn er zog ein mehrfach gefaltetes Blatt aus der Hosentasche und legte es mitten auf den Tisch.

Leo warf einen kurzen Blick darauf. „Oho, schau mal Dana! Sieht aus wie unser zukünftiges Häuschen!"

„Richtig", schmunzelte Urs. „Dass ihr es brauchen werdet und wo es stehen soll, ist ja schon lange festgemacht. Ich möchte es fertig haben, wenn ihr das Studium beendet. Also müssen wir dringend die Aufteilung der Räume absprechen."

Leo nahm Danas Hand. „Darüber haben wir auch schon beraten und sind zu dem Entschluss gekommen, es genau so haben zu wollen, wie euer Haus eingeteilt ist. Das erscheint uns in allem perfekt."

„Mit Außentreppe zu den Gästezimmern", fügte Dana hinzu, weil diese auf der Zeichnung fehlte.

„Geht klar!", versprach Mina. „Das hat Urs genau so vorhergesagt und lässt sich einarbeiten."

Dana seufzte. „Ich habe immer noch Probleme, alle einfach mit dem Vornamen auszusprechen, ohne Tante und Onkel."

„Auch das hat er vorausgesagt", lachte Mina.

„Die Bremers haben übrigens ihr Land verkauft und sind weggezogen", berichtete Urs.

Dana überlief ein eisiger Schauer. Sie fasste unbewusst an ihren Hals, worauf Leo sie ganz fest in den Arm nahm. „Der sitzt noch lange ein", versuchte er, sie zu beruhigen, und fragte sofort: „Hat es ein Fremder genommen?"

Urs grinste breit. „Nein, diesmal war eine Einheimische schneller."

„Einheimische?", schnappte Leo sofort. „Wer?"

„Pöhlers Lisa", verriet Urs und fügte hinzu: „Mina hat ihr wegen eines Kredits unter die Arme gegriffen. Wir sind sicher, dass das Geld in unserem Sinn arbeitet. Ihr Vater ist fast aus allen Wolken gefallen."

„Ha, ha, das glaube ich unbesehen", lachte Leo. „Dem großen Rest der Gemeinde wird es ähnlich gegangen sein."

„Darauf kannst du getrost wetten", kicherte Mina. „Zumal sie keiner auf dem Zettel hatte, weil alle dachten, sie übernähme mal den elterlichen Hof. Es war nicht schwer, mit ihr zu konspirieren. Andreas musste nicht mal irgendwelche Fäden im Hintergrund ziehen. Wir haben den Sieg im Handstreich errungen."

„Ansonsten ist alles wie gehabt. Bauer Pöhler hat seiner Rinder weiterhin bei uns stehen", verriet Urs noch. „Er hat jetzt die halbe Herde durch Schottische Hochlandrinder ersetzt und schwört, wie wir, auf Spezialitäten auf Milchbasis. Für Rohmilch gibt es ja eh nicht viel Geld. Auch hat er ganz schnell gemerkt, wie gut man es herausschmecken kann, wenn Kräuter im Futter sind."

„Und die Geologen?" Leo deutete den Hang hinauf.

Urs winkte ab. „Sie messen, prüfen und wundern sich. Wenn es nach ihren Theorien ginge, wäre die andere Talseite wohl schon weites ebenes Land."

„Na prima", schnaufte Leo.

„Was sagst du zu dem Problem?", wandte sich Dana leise an Urs.

„Ich bin besorgt, aber nicht panisch. Deswegen sind wir auch schon dabei, einen neuen Steg auf die andere Talseite zu bauen."

Dana nickte lächelnd. „Das beruhigt mich."

„Es gibt noch was Neues", warf Mina plötzlich ein. „Walter aus dem Sägewerk hat das Haus von Anton und Marianne gekauft. Sie sind in eine geräumige altersgerechte Wohnung am Park gezogen, denn Anton plagen seit einigen Wochen diverse Wehwehchen, die er nicht mehr schönreden kann. Kinder haben die beiden nicht und so sprachen sie Walter direkt an."

„Aber die Nachbarn dort sind dieselben geblieben", fügte Urs grinsend hinzu, worauf alle in Gelächter ausbrachen.

Sie konnten sich bestens vorstellen, dass diese gleich am Fenster geschlafen hatten, um bloß nichts von den Umzügen der alten und neuen Bewohner zu verpassen.

Ein Jaulton von der Weide, wie ihn Obelix, der Bernhardiner, noch nie von sich gegeben hatte, ließ alle erschreckt aufspringen. So schnell sie konnten, eilten sie zum Ort des Geschehens, wo sie geschockt stehenblieben. Sepp, der treue Esel, lag regungslos im Gras. Obelix stieß ihn verzweifelt mit der Nase an, um ihn zum Aufstehen zu bewegen.

Urs fühlte nach dem Puls an der Halsschlagader und schüttelte stumm den Kopf. Dann nahm er den Hund in den Arm. „Sepp kommt nicht wieder. Er ist auf dem Weg in den Eselhimmel."

Mit Tränen in den Augen umringten sie Sepp, der als Einziger noch von den ersten Bewohnern des Hofes übrig und den Frauen ein unentbehrlicher Helfer gewesen war.

„Ich bringe ihn in die Tierkörperverwertung", murmelte Urs nach einem kurzen Blick auf die Uhr, den Traktor mit der Kippmulde holend, um den Kadaver auf den Hänger laden zu können.

Peter half ihm und ein paar Minuten später begleitete Urs den Esel auf seinem allerletzten Weg. Mina sah man an, dass ihr dieser Verlust sehr an die Nieren ging.

„Ich brüh dir einen Beruhigungstee", seufzte Dana, sofort den Worten Taten folgen lassend.

Obelix hatte den Traktor bis hinter die Schranke verfolgt. Da saß er nun wie eine Statue. Als endlich wieder Leben in ihn kam, waren fast zwei Stunden um. Dem Schwanzwedeln nach, schien ein bekanntes Fahrzeug die Serpentinenstraße herauf zu kommen.

„Das könnte Urs sein", meinte Leo, worauf sich alle zu Obelix gesellten.

Die anderen Hütehunde blieben bei den Herden. Es reichte, wenn einer von ihnen die Straße mit im Auge behielt.

„Er ist es wirklich", freute sich Mina, dem Traktor erwartungsvoll entgegenschauend. „Warum hat er das Netz, statt der Plane, überm Hänger?", überlegte sie laut und sehr irritiert.

„Wirklich merkwürdig", pflichtete Peter bei. „Hätte er ihn nicht abgeben können, wäre die Plane auf jeden Fall angebrachter."

„Puhhhh, das stinkt! So schnell kann ein Kadaver selbst bei Hitze nicht verwesen!", rief Dana, sich die Nase zuhaltend.

Auch Grit überkam heftiger Brechreiz. Irgendetwas auf dem Hänger stank erbärmlich,

dagegen war der Geruch der ganzen Ziegenherde fast Parfüm.

Urs fuhr mit dem Hänger rückwärts bis in den
Schafstall und sie eilten ihm geschlossen nach,
um des Rätsels Lösung zu erfahren. Allen voran
Mina. Sie spähte über die Bordwand und bekam
riesengroße Augen.

„Sag hallo, zu deinem neuen Haustier!",
sprach Urs den Satz, den sie damals gebraucht
hatte, als sie mit Sepp vom Einkaufen zurückge-
kommen war.

Auf der Ladefläche lag ein junges Eselchen,
mehr tot als lebendig, völlig verwahrlost, mit
übel riechenden Wunden übersät und bis auf die
Knochen abgemagert.

„Ach herrje!", staunte Leo.

Gemeinsam machten sich die Männer daran,
den Neuling vom Hänger zu heben.

Urs berichtete: „Den hat wenige Minuten vor
mir einer einfach auf den Hof der Tierkörperverwertung geschüttet und ist verschwunden.
Die Arbeiter der Anlage standen völlig ratlos um
das Häufchen Elend, als ich ankam. Ich habe
gesagt: Kümmert ihr euch um meinen toten
Esel, ich werde für den noch lebenden sorgen.
Sie haben Sepp zum Nulltarif angenommen,
weil sie froh waren, wegen des kleinen Stinkers
keine Meldung machen zu müssen. Den hat es
dort nie gegeben. Punkt."

Dana füllte rasch eine Schüssel mit Wasser
und half dem Esel, den Kopf zu heben. Gierig

sog er das köstliche Nass ein. Mina und Grit bereiteten einen großen Eimer desinfizierenden Kräutersud, mit dem sie den ganzen geschundenen Körper gründlich abwuschen. In einigen offenen Wunden tummelten sich schon Fliegenmaden. Dann trug Mina dick Blauspray auf. Das untergelegte Stroh entsorgten sie sofort auf dem Misthaufen. Leo mixte aus Haferflocken und gehäckseltem Grünzeug eine leichte Kost, die das halb verhungerte Tier mit dankbar leuchtenden Augen verspeiste.

Obelix begann, dem Eselchen die Nase abzuschlecken, und wedelte fröhlich mit dem Schwanz, als sich der Kleine schutzsuchend ankuschelte.

„Bestens!", strahlte Urs. „Jetzt glaube ich ganz fest daran, dass wir den Esel durchbringen."

„Und wieder einmal war Rübezahl zur rechten Zeit am rechten Ort", freute sich Mina. „Wie alt wird er sein?"

Urs zuckte mit den Schultern. „Bestenfalls ein viertel Jahr, haben sie in der Tierkörperverwertung gesagt. Das will erst mal ein Esel werden."

Eine halbe Stunde später versuchte der Kleine, aufzustehen. Leo half ein bisschen nach und auch Obelix ermunterte das Eselchen, indem er es mit der Nase anstupste.

„Das erinnert mich an Struppi und die Katzenbande", blinzelte Urs vergnügt. „Sieht ganz so aus, als habe Obelix das Seppelchen vom Fleck weg adoptiert."

„Seppel, hm ... warum eigentlich nicht?", überlegte Leo laut. „Eine Hommage an den großen Sepp."

„Passt perfekt", sagte Mina lächelnd, dem Neuzugang liebvoll das Köpfchen kraulend.

Als sich der kleine Esel ins Heu legte, weil Stehen doch noch zu anstrengend war, packte sich Obelix daneben. Seppel kuschelte sich ganz eng an seinen Hundepapa und schlief ein.

„Hat jemand Bilder gemacht?", fragte Grit.

Mina lachte: „Klar doch! Dabei bin ich froh, dass man Gerüche nicht mit übertragen kann. Aber bei dem mit Fäkalien und Eiter verklebten Fell können sich die anderen denken, wie es gerochen haben muss, bevor er seine Ganzkörperwäsche bekam. Zumal er im Augenblick mehr blau als grau aussieht. Ich habe noch nie, ein derart vernachlässigtes Tier vor die Augen bekommen, und wir sind hier einiges gewöhnt."

Andreas, Minas Bruder, war der Erste, der die Abendnachrichten mit Daumen nach oben quittierte. Einen Wimpernschlag später klingelte auch schon Minas Handy. „Da hat doch Rübezahl wieder mal genau gewusst, wo seine Hilfe am dringendsten gebraucht wird", rief er, als er die ganze Geschichte erfahren hatte. „Ich bringe am Freitag für Obelix einen extra großen Kauknochen mit. Den hat er sich verdient!"

Alle lachten, denn es war abzusehen gewesen, dass Andreas umgehend erscheinen werde. Dana steckte schon wieder im Stall. Sie hatte ein wenig frischgemolkene warme Ziegenmilch zu Seppel gebracht, der diese in langen Zügen trank. Obelix bekam ein paar Leckerli. Die anderen Hunde hatten sich Seppel auch schon vorgestellt, wobei der Bernhardiner mit Argusaugen darüber wachte, dass keiner seinem Schützling zu nahe kam. Er jagte sogar zwei vorwitzige Hühner weg, die sich bis auf einen Meter herangewagt hatten.

„Alles bestens", verkündete Dana, sich wieder mit an den Tisch setzend. „Ziegenmilch scheint er zu mögen. Damit kriegen wir ihn sicher schnell wieder richtig auf die winzigen Hufe."

Nicht mal bei diesem Stichwort wurde Mina stutzig. Sie vergaß völlig, Sepps Huftrimmer abzubestellen. Der stand zwei Tage später vor der Tür und fragte grinsend, ob man Sepp mit einem Paar Jeans zu heiß gewaschen habe, weil er plötzlich so winzig und ganz blau sei. Sie fiel in das Lachen ein und spendierte Seppel die erste Pediküre seines jungen Lebens. Sie bat auch gleich, den altbewährten Zyklus für ihn beizubehalten, damit es dem neuen Schützling an nichts fehle. Seppel ließ die harmlose Prozedur klaglos und willig über sich ergehen. Er hatte in den wenigen Stunden auf seinem neuen Hof begriffen, dass ihm niemand wehtun werde.

„Der Name Seppel passt", gab der Huftrimmer zu. „Er ist ja sogar charakterlich das verkleinerte Abbild von Sepp, genau so brav und still.

Ihr werdet sicher viel Freude mit ihm haben, wenn er über den Berg ist."

Und Seppel gab sich Mühe, ganz schnell gesund zu werden. Noch bevor die von Trachenbergs auftauchten, durfte er das erste Mal probeweise in der Schafherde mitlaufen. Mit seinem großen Beschützer Obelix an der Seite gar kein Problem. Der hielt ihm den neugierigen Bock zuverlässig vom Hals, sodass Mina beschloss, Seppel die drei Stunden bis zum Abend bei den Schafen zu lassen.

„Du siehst nachdenklich aus", sagte sie bei Urs' Anblick.

„Ich bin es auch", gab er zu. „Wir sollten für Seppel einen zweiten Esel anschaffen, damit er sich wirklich wohlfühlen kann. Sepp war der absolute Sonderfall. Das dürfen wir nicht als Regel ansehen."

Mina seufzte. „Ich weiß."

Urs Gestalt versteifte sich plötzlich, seine Augen wurden unnatürlich groß und in ihnen brannte ein regelrechtes Feuer.

„Urs? Urs!" Mina packte ihn beunruhigt an der Schulter.

„Ich muss dringend etwas erledigen! Wartet nicht auf mich mit dem Abendbrot!" Er eilte mit langen Schritten in die Käserei, kam mit einem mittelgroßen Käselaib wieder heraus, sprang in Traktor Moritz mit dem Zweiachshänger und tuckerte davon. Mina stand, wie vom Donner gerührt.

Grit und Peter kamen heran. „Hattet ihr Streit?"

Mina schüttelte fassungslos den Kopf und erklärte die Situation.

„Vielleicht hat Rübezahl einen Hilferuf empfangen, den du nicht hören konntest", murmelte Grit. Sie hielt Mina ihren Arm hin, auf dem sich die Härchen steil aufgerichtet hatten. „Mir läuft es schaurig, aber schön, den Rücken hoch und runter."

Peter nickte kaum merklich. „Ihr hattet über einen zweiten Esel gesprochen? Ich habe einen leisen Verdacht ..."

„Welchen?", staunte Mina.

„Dass Urs Seppels Mutter sucht", gab Peter bekannt. „Die Tierkörperverwertung wird mit Kameras überwacht. Da könnte das Nummernschild des Tierquälers zu sehen sein. So wahnsinnig viele Eselhalter gibt es nicht im Umkreis."

Peter hatte zwar richtig getippt, aber Urs besorgte sich die Informationen auf andere Weise. Er kehrte auf ein alkoholfreies Bier bei jenem Wirt ein, der Anton damals die leckeren Ochsenziemer für die Hunde eingepackt hatte, und ließ die Katze direkt aus dem Sack: „Kannst du mir einen Tipp geben, wo es in zwanzig Kilometer Umkreis jemand nicht so genau mit dem Tierwohl nimmt?" Er berichtete, wie er seinen toten Sepp, gegen den halbtoten Seppel getauscht hatte, und fügte an: „Ich möchte, wenn möglich, die Mutter des Kleinen retten. Er braucht sie."

Der Wirt winkte mit dem Finger. Urs folgte ihm ins Büro. „Ich kann dir Name und Adresse sagen. Wenn du es schaffst, dem Dreckskerl die Eselin lebend abzunehmend, und ihn mit deinem Auftauchen ordentlich einzuschüchtern, bekommst du von mir ein Fass Bier. Das Ekel hat im Suff damit geprahlt, ‚ein fast verrecktes Eselbalg' kostenlos entsorgt zu haben."

„EinSCHÜCHTern sollte perfekt funktionieren", grinste Urs.

Der Wirt stutzte, dann brach er in schallendes Lachen aus. Als er sich wieder beruhigt hatte, gab er Urs die Daten und begleitete ihn bis zum Traktor. Völlig perplex nahm er den Käselaib entgegen.

„Ich bezahle die, für mich Gold werten, Informationen in Naturalien", schmunzelte Urs und startete vergnügt den Motor.

„Verrückter Kerl! Ich drücke dir die Daumen!", rief der Wirt hinterher, als Urs davon fuhr.

Nach einer Viertelstunde erreichte Urs den heruntergekommenen Bauernhof, den der Wirt perfekt beschrieben hatte. Ein paar Schweine suhlten sich direkt am Misthaufen, drei, vier magere Gänse, die irgendwann mal weiß gewesen sein mussten, wühlten in der Gülle. Weiter kam Urs nicht, in seinen Betrachtungen, denn er wurde von hinten regelrecht angeschnauzt, was er hier wolle.

„Mit Ihnen über ein illegal entsorgtes Eselfohlen reden", erwiderte Urs mit zu Schlitzen verengten Augen.

Der Bauer schreckte zusammen und ließ die Mistgabel fallen, die er wie eine Waffe auf Urs gerichtet hatte.

„Ah, ich sehe, das Gedächtnis funktioniert", zischte Urs, sich vor ihm aufbauend.

„Können Sie es beweisen?", stieß der Bauer hervor.

„Sicher. Ich habe genügend Bildmaterial", bluffte Urs, sein Handy zückend und ein Foto des verwahrlosten Fohlens aufrufend. „Erkennen Sie den Kleinen?"

„Was wollen Sie von mir?", stammelte der Bauer.

„Die Mutter des Fohlens, und zwar sofort! Anderenfalls werde ich zusammen mit dem Eigner der Tierkörperverwertung gerichtlich gegen Sie vorgehen. Oder wollen Sie mir erzählen, Sie hätten die Videokameras nicht gesehen, wo sie das Fohlen abgeschüttet haben?", erwiderte Urs in spöttischem Tonfall.

Zähneknirschend ließ der Bauer Urs in den Stall.

„Oh, mein Gott", hauchte Urs, beim Anblick dessen, was ein Esel sein sollte. „Wenn ich das Tier nicht lebend nach Hause bringe, sind Sie fällig!"

Er lenkte den Traktor rückwärts bis zu der Stelle, wo die Eselin lag. Mit einem Flaschenzug hievten sie das apathische Tier auf den Hänger, wo es Urs auf Decken packte und das Netz darüber spannte. Es war völlig unmöglich, dass das geschundene Wesen die Kraft aufbringen werde, sich aufzurichten oder gar vom Hänger zu springen. „Sie sollten in Ihrem eigenen Interesse beten, dass sie durchkommt!" Urs ließ den Motor an. Außer Sichtweite zum Hof rief er Tierarzt und Huftrimmer an. „Ich zahle das Doppelte, wenn Sie in einer halben Stunde auf meinem Hof sind", bot er beiden an und erklärte die genauen Umstände.

Mina schaute den Doktor an wie einen Geist, als der aus seinem Auto stieg. „Wissen Sie etwas, das ich nicht weiß?", staunte sie.

„Vermutlich." Der Doktor nahm eine Kiste Infusionslösung aus dem Kofferraum. „Ach, da kommt ja auch schon der Huftrimmer!"

Mina fasste sich an den Kopf. „Sagen Sie einfach, was Sie brauchen!"

„Zuallererst die Patientin. Aber die ist noch unterwegs, wie es scheint, sonst hätten Sie mich nicht so entgeistert angeschaut", blinzelte der Doktor.

Peter war mit fragendem Blick herangekommen und Mina trug ihm geistesgegenwärtig auf: „Bereite eine große Box vor, und hänge zwei Fleischerhaken an die Bretter, damit Infusionsflaschen aufgehängt werden können. Urs scheint Seppels Mutter auf dem Hänger zu haben."

„Exakt", bestätigte der Doktor. „Inzwischen sehe ich mir den Kleinen an. Erstaunlich, dass Sie ihn aus eigener Kraft auf die Hufe bekommen haben!"

„Ziegenmilch und ein pelziger Ziehpapa, der ein großes Herz für einen kleinen Esel hat, haben genügt", verriet Mina, beide Tiere liebevoll kraulend.

Traktor Moritz tauchte soeben in der letzten Kurve auf, Seppel wurde unruhig. Er sog geräuschvoll die Luft in die Nüstern, dann begann er, zu schreien. Vom Hänger ertönte eine matte Antwort und Seppel stürmte dem Traktor entgegen. Urs lächelte und ließ das Fahrzeug im Schritttempo bis zur Scheune rollen.

Peter hielt vor dem Tor zum Schafstall Seppel fest, damit er nicht doch noch unter die Räder geriet. Als der Hänger in Position vor dem Eingang der großen Box stand, ließ er ihn wieder los, um gemeinsam mit den anderen Männern die ausgemergelte Eselin von der Ladefläche zu bugsieren. Seppel war mit einem Satz bei seiner Mama. Obelix folgte ihm sofort, bereit, nun beide Esel zu beschützen.

Der Tierarzt setzte mit sicherer Hand eine Kanüle, schloss die erste Infusionsflasche an und untersuchte das geschundene Tier. Grit kümmerte sich um desinfizierende Kräuter im

Wasser, damit man den Esel von Schmutz und Parasiten befreien konnte.

Der Huftrimmer begann, die fast 40 Zentimeter langen Hornüberwüchse der Hufe abzusägen, wobei Urs die Gelenke der Eselin festhielt, damit sie keine zusätzlichen Schmerzen spürte. Mina filmte. Nach einer Stunde war der Huftrimmer mit seiner Arbeit zufrieden. Jegliche Bezahlung wies er zurück, erbat sich aber die extrem langen Hufstücke für seine Sammlung der schlimmsten Vernachlässigungen.

Peter rührte leichte Kost zusammen, wie sie auch Seppel am ersten Tag bekommen hatte. Der Plan ging auf, die Eselin nahm ein wenig davon zu sich. Der Tierarzt zeigte ihnen genau, wie und wann man die Infusionen wechseln musste. Bezahlung schob er ebenfalls weit von sich, versprach aber, sich anderweitig zu kümmern, dass der Exbesitzer der Esel zur Verantwortung gezogen würde. Urs holte zwei kleine Käselaibe aus dem Keller, welche die hilfreichen Geister dankend annahmen.

Dann standen sie zu viert an der Box und schwiegen. Es gab keine Worte, die hätten ausdrücken können, was sie fühlten. Mina lehnte ihren Kopf an Urs' Schulter. Er hatte alles Menschenmögliche getan. Nun hieß es abwarten, ob Seppels Mutter wieder auf die Hufe käme.

Reihum wachten die Hofbewohner für je zwei Stunden die ganze Nacht im Stall. So kam es, dass es trotz großer Box etwas eng wurde, denn weder Seppel noch Obelix wichen der Eselin von der Seite. Am sehr frühen Morgen übernahm Urs die Beobachtung, ehe man zum regulären Dienst übergehen werde. Obelix flitzte hinaus, um Gassi zu gehen, Seppel rieb seinen Kopf an Urs' Wange. Er wusste sehr gut, wer ihn und seine Mama gerettet hatte. Die Eselin bewegte die Ohren, schnaufte und stemmte sich plötzlich auf die Beine.

„Ja, gut so!", rief Urs, sie am Hals kraulend.

Seppel ließ einen langgezogenen Schrei hören, den man nur als Jubel deuten konnte, und der sowohl Menschen als auch Hunde in den Stall lockte. Obelix wedelte wild mit dem Schwanz, seine beiden Schützlinge umkreisend.

„Ich werde sie Klara nennen", blinzelte Urs. „So hieß meine Großmutter und die war auch einmal dem Tod knapp von der Schippe gesprungen."

„Einverstanden", blinzelte Mina. „Ich bin so stolz auf dich."

„Wir auch!", riefen Grit und Peter wie aus einem Mund.

„Es war jedenfalls ein bühnenreifes Stück, das du gestern inszeniert hast", merkte Mina schmunzelnd an.

„Dabei wisst ihr noch nicht mal alles", grinste Urs und begann an jenem Punkt, als ihn die Erkenntnis wie ein Hammerschlag traf, dass es zu einem fast toten vernachlässigten Fohlen eine genau so geschundene Mutter geben könne. Die

Fragen lauteten: wo und ob sie noch lebte. „Und weil in den Kneipen ja wirklich alles durchgehechelt wird, dachte ich an unseren Wirt, von dem wir um zwei Ecken auch reichlich über unsere bisherigen Fund- und verwahrlosten Tiere erfahren haben." Natürlich gab er das kleine Wortgeplänkel vom Einschüchtern wieder, worauf auch hier fröhliches Gelächter ausbrach. „Am Ziel meiner Fahrt habe ich dann alles auf eine Karte gesetzt. Nur keine Unsicherheit zeigen, damit der große Bluff mit den Beweisen nicht auffliegt. Die hätte ich mir sicher besorgen können, aber dann wäre es für Klara zu spät gewesen. Ich denke, sie wäre bei ihrem alten Herrn letzte Nacht verendet."

„Da möchte ich auch drauf wetten!", rief Peter. Er holte frisches Wasser, während Mina nach dem Blauspray eilte, um jene Stellen zu behandeln, die sie am Vortag nicht erreichen konnte, um dem geschwächten Tier keinen zusätzlichen Stress zu bereiten. Urs bedeckte die Kanülen mit einem Verband, weil es durchaus sein konnte, dass weitere Behandlungen vonnöten wären.

Ein Stück Weidezaun wurde so bis zum Tor abgesteckt, dass die Esel vorerst nicht an frisches Gras herankamen, dafür gab es einen Trog mit fein abgestimmten Kraftfutter. Seppel bekam zusätzlich etwas Ziegenmilch. Der Kleine fühlte sich blendend. Mama da, Ziehpapa Obelix, und Menschen, denen er vertraute. Er hatte auch schon den Bogen raus, wie man mit den Zicklein und Lämmern Nasenstupser zwischen den Drähten hindurch austauschen konnte, ohne einen Stromschlag zu bekommen.

Mama Klara versuchte, neben Urs ein paar Schritte zu gehen. Es funktionierte. Die frisch pedikürten Füße fühlten sich leicht, fast schwerelos, an. So stand sie im großen Tor des Stallgebäudes und schaute Seppel beim Spielen mit Obelix zu, wobei sie nur die Ohren bewegte. Eine neue schöne Welt, die Lust auf Leben machte.

„Schau dich um", sagte Urs, sie erneut sanft streichelnd. „Hier wird dir keiner wehtun."

Noch ein Schritt, Klara spürte Wind und Sonne. Sie reckte ihren Kopf mit geschlossenen Augen den wärmenden Strahlen entgegen.

II.

Autotüren klappten. Urs hatte völlig ausgeblendet, dass Obelix plötzlich mit den anderen Hunden zur Straße gelaufen war, weil sie Fahrgeräusche wahrgenommen hatten. Jetzt begleitete er Andreas und Brenda zu Urs, die von Mina, Grit und Peter schon herzlich begrüßt worden waren.

„Oh Gott!", riefen beide entsetzt, beim Anblick der klapperdürren Esel.

„Ich vermute, das ist die Mutter des Kleinen", sagte Andreas, Urs ganz fest umarmend. „Wann habt ihr sie geholt?"

„Gestern. Wir zeigen euch dann die Bilder der Aktion", versprach Mina, Urs einen zärtlichen Kuss auf die Wange hauchend. „Deswegen arbeiten wir heute auch alle ein bisschen mit angezogener Bremse, weil wir ständig nach den Eseln schauen. Dass Klara auf eigenen Beinen hier steht, ist fast ein noch größeres Wunder als bei Seppelchen."

Seppel beäugte die beiden Fremden mit neugierigem Blick. Weil Obelix fröhlich mit dem Schwanz wedelte, kam er sogar ganz nah heran und ließ sich kraulen.

Brenda wischte Tränen weg. „Ich kann nicht verstehen, wie man solch einem kleinen Sonnenschein so Böses antun kann."

„Ich auch nicht", seufzte Urs. „Eigentlich fast ein Wunder, dass ich gestern nicht zur Bestie mutiert bin."

Mina schaute auf die Uhr. „Leute, ich lasse Pizza bringen. Ich bin durch die Nachtwache irgendwie neben der Spur."

„Wir packen morgen mit an. Versprochen", blinzelte Andreas. Er zauberte für Obelix die angekündigten Schmeckerchen aus der Hosentasche.

Seppel schnupperte.

„Ich werde eine Rübe für unsere beiden Sorgenkinder aufschneiden", murmelte Mina.

Beim Anblick der großen Futterrübe kamen bei Klara wohl Erinnerungen hervor, denn sie bewegte auffällig die Ohren.

„Komm her!", lockte Mina, ihr eine Scheibe hinhaltend.

Sehr zögernd setzte sich die Eselin in Bewegung. Obelix hielt sich an ihrer Seite, als wolle er sie stützen. Seppel kam sofort zu Mina. Lachend gab sie ihm ein Stückchen ab. Urs telefonierte inzwischen mit dem Tierarzt, um einen Lagebericht zu geben.

„Was hat er gesagt?", fragte Mina.

„Dass es nur Rübezahls Zauberkräften zu verdanken sei, dass sie hier vor uns steht", blinzelte er vergnügt.

Andreas nickte. „Denen vertraue ich ebenfalls zu 100 Prozent. Ich kann aber auch bestens nachvollziehen, warum ihr gestern nichts über Klara in den Abendnachrichten stehen hattet."

„Das holen wir heute mit Freude nach", erwiderte Mina, den Eseln noch ein Scheibchen Rübe reichend.

Brenda filmte und fotografierte. Der Zustand der beiden Tiere wühlte sie tief auf. Die Verehrung, die sie für Urs empfand, stand der, die Andreas zelebrierte, schon lange in nichts mehr nach.

Bevor Urs mit dem Bericht über die Rettungsaktion beginnen konnte, klingelte sein Handy. Er meldete sich, lächelte und sagte: „Du darfst das Fass klarmachen. Sie lebt und steht auf eigenen Beinen in der Sonne. Ich schicke dir gleich ein Bild von beiden." Als er aufgelegt hatte, blinzelte er in die Runde. „Das Fass schlachten wir, wenn in zwei Wochen all unsere Freunde hier sind." Dann nahm er sofort das versprochene Bild auf, das Klara, Seppel und auch Obelix zeigte, der mit dem Fohlen kuschelte.

„Ein Fass?", staunte Brenda.

„Hmm, hmm", schmunzelte Urs. „Ich erzähle es euch, wenn es in einer halben Stunde hier ist, sonst muss ich alles doppelt herbeten."

Pünktlich meldeten die Hunde ein Fahrzeug. Der Wirt kam tatsächlich persönlich, um das Fass Bier zu überbringen und sich die beiden geretteten Tiere anzuschauen. „Oh je! Oh je! Wenn man Tierschutz sagt, muss man im gleichen Atemzug Schücht anhängen. Haben mich die Bilder des kleinen Esels schon zutiefst entsetzt, muss sich niemand wundern, wenn jetzt in mir eine Wut aufsteigt, die in einem Hausverbot für den Dreckskerl enden wird, der den Eseln das angetan hat! Bei denen verhindert doch nur das löchrige Fell, dass man die Knochen klappern hört! Geld für Bier in die Kneipe tragen, aber zu Hause das Vieh verhungern lassen! Ich fasse es nicht! Gut, dass es Leute wie euch gibt, die nicht wegschauen. Wird der Doktor was unternehmen?"

„Ganz sicher", antwortete Urs.

Sie brachten das Fass in den Keller, die Frauen deckten den Tisch, weil sich der Pizzabote auch gerade näherte. Dann aßen sie alle gemeinsam und die Schüchts berichteten für den Wirt und die von Trachenbergs, wie sich die Eselaktion abgespielt hatte.

„Mina hat es perfekt beschrieben, als sie sagte, Urs habe die Sache bühnenreif durchgezogen", fügte Peter hinzu. „Dein Hinweis war das Zünglein an der Waage, die zugunsten Klaras ausgeschlagen hat", wandte er sich an den Wirt.

„Das ist exakt", bestätigte Urs. „Du darfst dich mit gutem Gewissen zu den Tierrettern rechnen."

Der Wirt nickte begeistert. „Tiere sind auch der einzige Punkt, an dem ich nie neutral bleiben werde. Besonders bei so armen Kreaturen nicht, die echten Mistkerlen auf Gedeih und Verderb ausgeliefert sind. Ach, ich freue mich, dass

Rübezahl über sie und uns wacht." Er klopfte Urs blinzelnd auf die Schulter und trat vergnügt den Heimweg an.

Am nächsten Abend kamen Dana und Leo auf Wochenendstippvisite, die vor lauter Studienstress nicht einmal dazu gekommen waren, die Nachrichten der sozialen Medien zu checken.

Leo lachte beim Anblick der Eselin bitter auf. „Genau so, wie ich es Dana prophezeit habe! Das Seppelchen konnte ja nicht vom Himmel gefallen sein. Wäre seine Mama nicht schon hier, hätte ich an diesem Wochenende nach ihr gesucht."

Urs zog ihn zufrieden an seine Schulter. „Bist halt ein Schücht."

„Und sowas von stolz darauf!", gab Leo mit beiden erhobenen Daumen bekannt.

Ausnahmslos alle zeigten ihm als Antwort die gleiche Geste und grinsten vergnügt.

„Maud Jansen kommt am Montag", verriet Mina. „Natürlich rein zufällig. Du verstehst. Dass sie dann im Ort genau die richtigen Leute offiziell befragen wird, kannst du dir an fünf Fingern abzählen."

„Wenn ich nicht so eine gute Kinderstube genossen hätte, würde ich dem Kerl die Pest an den Hals wünschen", murmelte Leo. „Ich kann mir bestens vorstellen, welcher Vulkan in Vater gebrodelt haben muss." Als er eine halbe Stunde später wusste, wie sich die Rettungsaktion im Detail abgespielt hatte, staunte er noch mehr über die Beherrschung seines Vaters. Wäre der nämlich ausgerastet, hätte Klara ganz sicher nicht überlebt. Und die genoss es besonders, wenn ihr Retter sie und Seppel streichelte. Sie hatten beide nach wenigen Stunden begonnen, auf die Namen zu reagieren, die man ihnen gegeben hatte. Rief Urs, waren sie sofort zur Stelle.

Andreas hätte sich arg gewundert, wenn es nicht genau so gekommen wäre. Seit Eric begann, eigene Wege zu gehen, steckten Brenda und er öfter für ein Wochenende auf dem Hof, erkundeten die weitere Umgebung und halfen, wann immer sie gebraucht wurden. Mina und Urs genossen es, besonders weil Grit und Peter fast schon selbstverständlich mit dazugehörten. Im Augenblick bereiteten sie die kommenden Tage mit den alten Freunden vor.

Nebenbei kümmerte sich Urs um den Bau des neuen Hauses. Der Auftrag ging, wie bisher alles, an die Firma Matthess, die inzwischen der Enkel von Urs' ehemaligem Boss führte. Der Sohn hatte den Bereich Möbelmanufaktur für sich abgespalten und so übernahm der Enkel dankbar den genau so florierenden Teil, der sich mit traditionellem Hausbau der Region befasste. Der Schüchthof war die beste Referenz.

„Wir stellen das kleine Partyzelt auf", legte Urs fest.

Mina schaute ihn überrascht an. „Ich denke, es soll trocken bleiben?"

„Tut es ja auch", grinste Urs. „Ich kann mir nur nicht vorstellen, dass es den anderen angenehm ist, bei über 30 Grad Celsius in der prallen Sonne zu sitzen."

„Punkt für dich!", lachte Mina. „Das kann ich mir auch nicht vorstellen."

Dass Urs an den Hitzeschild denken werde, wie sie es scherzhaft nannten, war so sicher, wie die Sonne an diesem Wochenende scheinen werde. Sie hatten schon vor einigen Jahren aus einer Not heraus mehrere Rettungsdecken zusammengeklebt, um das Zelt vor Backofentemperaturen zu bewahren. Urs' Idee hatte funktioniert und die Riesendecke bis heute gehalten.

„Wenn er was macht, dann macht er es richtig. Egal, ob es als Provisorium gedacht ist oder für dauerhaft", freute sich Peter, als sie den Hitzeschutz festzurrten. Neugierig beobachtet von Seppel und Klara, die zum ersten Mal überhaupt erlebten, dass sich auf einem Hof auch etwas ändern konnte. Seppel war sogar herangekommen und hatte das geheimnisvoll glänzende Material mit der Nase angestupst, als es noch in der Kiste lag. Mit einem erschreckten „Ihhhh ahhhh" reagierte er auf das Knistern, ohne die Flucht zu ergreifen.

Urs kraulte den Kleinen schmunzelnd zwischen den Ohren. „Erinnerst mich ein bisschen an Karli – neugierig und eine coole Socke."

Peter lachte auf. „Ich dachte, mir käme es nur allein so vor!"

Mina kicherte. „Der Süße hat es garantiert faustdick hinter seinen langen Öhrchen. Ich glaube sogar, dass wir ihn für die Sagenfeuer trainieren können, sobald er ganz gesund ist, eben weil er ein bisschen wie Karli ist."

Es war kein Wunder, dass die Gäste am Wochenende zuerst zu den Eseln eilten, deren Schicksal die ganze Internetgemeinde in Aufruhr versetzt hatte. Sogar Marlies fragte sofort, wie es den beiden gehe. Sie schlüpfte auch gleich in alte Schuhe, um die Esel zu besuchen. Fabian pfiff erstaunt durch die Zähne, womit er genau ausdrückte, was alle anderen dachten. Noch größer wurden die Augen, als sie sowohl den beiden Eseln als auch Ziehpapa Obelix zärtlich über die Köpfe strich. Als Ärztin interessierte sie sich natürlich dafür, wie weit sich die Wunden schon geschlossen hatten. „Unglaublich, was Menschen für Bestien sein können", murmelte sie beim Anblick der mit Blauspray behandelten löchrigen Felle, aus denen noch immer die Skelette hervorstachen. „Ich habe ein bisschen was mitgebracht", verriet sie, ein Kistchen mit Medikamenten aus dem Auto holend, mit welchen die beiden noch eine Weile behandelt werden mussten.

„Was bekommst du?", fragte Mina.

„Nichts. Ich möchte einfach nur, dass sie ganz schnell alle Schmerzen und Qualen hinter sich lassen können", erwiderte Marlies.

„Du klingst deprimiert", stellte Urs fest.

Marlies seufzte. „Na ja. Ihr wisst ja, dass ich nie wirklich viel für Tiere im Haus übrig hatte. Vor ein paar Tagen ist die Katze meiner Schwiegertochter angefahren worden und ist trotz aller Bemühungen gestorben. Sie war kein Freigänger und kannte die Gefahren nicht, als sie unbemerkt aus der Tür schlüpfte. Unser zweijähriger Enkel hat Tag und Nacht geweint. Da bin ich mit Martin losgezogen und habe aus dem Tierheim ein neues Kätzchen besorgt. Seitdem geht es mir durch Mark und Bein, wenn irgendwo ein Tier in Not ist. Hab sogar zweihundert Euro Spende dort gelassen." Mina nahm Marlies fest in den Arm, die wirklich bis zum Grunde aufgewühlt wirkte.

„Dann wird es dich sicher nicht stören, wenn diesmal vielleicht die Hühner zwischen uns herumwuseln, wenn wir feiern", blinzelte Urs.

„Ganz bestimmt nicht", versprach Marlies. „Solange Urs und Andreas keinen Hühnerkaffee kochen."

Das schallende Gelächter wegen dieser Erinnerung hörte man sicher noch unten im Ort.

Fabian gab zu: „Ich habe auch öfter ein Grinsen im Gesicht, wenn ich nach einer Filtertüte fasse."

Eine Tüte sollte auch daran schuld sein, dass beim Mittagessen plötzlich alle kicherten. Dana hatte einen großen leeren Stoffbeutel mit langen Henkeln an der Tür der Eselbox hängen lassen, den der neugierige Seppel herunter zupfte und zwischen den Zähnen auf dem Hof spazieren trug. Er schlenkerte ihn, fröhlich herum galoppierend, auf und nieder. Das ging auch eine ganze Weile gut, bis ein Windstoß die Henkel über Seppel Ohren streifte. Da konnte der Kleine zerren, wie er wollte, der Beutel hing wie festgenietet. Er versuchte sogar, mit einem Hinterbein, den renitenten Sack loszuwerden, weil der auch halb die Augen verdeckte. Vor lauter Aufregung landete Seppel auf seinem kleinen Eselhintern. Urs erbarmte sich schließlich, ihn aus der misslichen Lage zu befreien, wofür er dankbare Nasenstupser des süßen Langohres bekam.

„Der ist absolut drollig", lachte Ramona. „Hat jemand gefilmt?"

„Ja. Ich." Leo steckte soeben sein Smartphone zurück in die Hosentasche. „Ich lade das Video gleich nach dem Essen hoch."

„Prima! Ich habe diesmal nur ein paar Fotos gemacht", schmunzelte Mina.

Seppel spähte indes mit großen Augen nach dem Beutel, den Urs auf die Bank vorm Haus gelegt hatte. Mina stupste Urs an, mit dem Kopf auf den Esel deutend. „Was denkst du?"

„Sehr wahrscheinlich das Gleiche wie du", schmunzelte Urs. Er holte den Beutel, um ihn Seppel vor die Nase zu halten.

Mit einem hoch erfreuten „ihhhh ahhhh", schnappte der Esel zu und begann sofort, das ungewöhnliche Spielzeug wieder zu schwenken.

Klara und Obelix brachten sich im Stall in Sicherheit, denn der Kleine sprang zudem wie ein wild gewordenes Zicklein durch die Gegend.

„Ich werde ihm das nächste Mal ein Quietschehuhn mitbringen", grinste Andreas.

„Untersteh dich!", rief Mina entrüstet, während die anderen schallend lachten.

„Ich glaube, sein Spielzeug gibt er so schnell nicht mehr her", stellte Leo schmunzelnd fest.

Dana winkte blinzelnd ab. „Warum sollte er meinen Lieblingsbeutel auch weniger mögen, als ich selber?"

Seppel warf ihn ab und zu in die Luft, versuchte, ihn zu fangen, und schmetterte überrascht „ihhhh ahhhh", als es unvermutet gelang.

„Hab es im Kasten", kicherte Mina, auf ihr Handy zeigend, das schon eine Weile an einer Flasche lehnte und fleißig aufnahm, was der putzige Esel trieb.

„Jetzt habt ihr einen echten Clown im Zirkus", witzelte Fabian.

Urs grinste. „Ist wohl eher eine Ballerina", weil der Kleine gerade auf den Hinterbeinen stehend, den Stoff schüttelte.

„Hm, könnte stimmen. Sieht nach Schleiertanz aus", merkte Andreas lachend an. „Bei der überschäumenden Energie müsst ihr wohl ganz schnell anfangen, sie in die richtigen Bahnen zu lenken."

„Dabei habe ich durchaus nicht das Gefühl, als wolle er uns beeindrucken. Er spielt zu selbstvergessen", sagte Brenda, was die anderen bestätigten.

Eine Stunde später, man hatte den Beutel schon fast vergessen, kam Seppel zum Zelt und legte ihn Dana einfach auf die Schulter. Alle bekamen große Augen.

„Wie jetzt ...?", stotterte Urs verblüfft. „Das ist ja wirklich zirkusreif!"

Dana belohnte Seppel mit einem Apfelstückchen, das dieser hoch erfreut entgegennahm.

„Och, ist der süß! So einen will ich auch haben!", rief Ramona begeistert.

Fabian seufzte. „Den würde ich dir eher genehmigen, als eine Ziegenherde. Aber du weißt ja, dass du dann mindestens zwei davon halten müsstest, und keiner garantieren kann, dass du so ruhige Exemplare erwischst, wie die beiden sind."

„Und schon wieder sind wir beim Thema Nachbarn", stichelte Martin.

„Dann will ich einen Hund!", grummelte Ramona wie ein trotziges Kind.

Fabian äffte die Stimmlage nach, als er quengelte: „Mama, ich will zu Weihnachten ein Pony." Und fügte mit verstellter Stimme hinzu: „Okay, immer nur Gänsebraten ist ja auch langweilig."

Die Männer begannen geschlossen zu lachen, während die Frauen entrüstet schnauften und Ramona Fabian einen Klaps auf die Schulter gab.

„Sei froh, dass Seppel das nicht gehört hat, der würde dir glatt in den Hintern beißen", feixte Urs.

Fabian nickte. „Das würde ich ihm sogar zutrauen, nach allem, was ich heute von ihm gesehen habe. Er ist wirklich ein Prachtkerl und absolut niedlich."

Seppelchen hatte sich müde getobt, lag im Stall und schlief, bewacht von Papa Obelix. Klara zupfte Grashalme und schien die sengende Sonne sehr zu genießen. Es störte sie kein bisschen, dass die Hühner direkt um ihre Füße wuselten. Den beiden am Himmel kreisenden Bussarden widmete sie lange, und wie es aussah, nachdenkliche Blicke.

„Wahrscheinlich werden genau deshalb die Hühner bei ihr Schutz suchen", vermutete Leo mit Fingerzeig nach oben.

Grit seufzte. „Wäre prima, wenn sie sich der Hühner aktiv annähme. Wir haben in diesem Jahr schon drei Tiere durch Greifvögel verloren. Die Hunde treten immer erst auf den Plan, wenn es zu spät ist. Die sind einfach nicht auf Luftangriffe auf Hühner geeicht. Die Herden bewachen sie hingegen erstklassig."

„Das trifft den Nagel genau auf den Kopf", murmelte Mina. „Jedes Mal hat es Hybride erwischt, die auch im Winter grün legen."

„Ehe wir trübsinnig werden, sollten wir das Fass anstechen", schlug Urs vor und lachte sich eins, als die Männer wie auf Kommando auf-

sprangen und nach den leeren Glaskrügen grif-
fen, in denen immer frisches Quellwasser auf
den Tisch kam.

Mina filmte grinsend die Männer, die im Gän-
semarsch zum Keller zogen. Dort übernahm es
Leo, den Anstich auf Video zu bannen. Urs
setzte den Hahn ans Spundloch, zwei perfekte
Schläge mit dem Holzhammer unter dem
Applaus der Freunde und schon konnte gezapft
werden. „Nicht ein Tropfen vergeudet!“, sagte
Leo am Ende des Filmchens im Nachrichten-
sprecherton. Mina nahm dann den Einzug der
Gladiatoren auf, wie Ramona herausprustete, als
die fünf Herren ihre gefüllten Krüge präsentierten, stolz erhobenen Hauptes und breit grinsend
auf den Tisch zuschritten.

„Wir schneiden die Sequenzen zusammen und
schicken die Endversion an den edlen Spender“,
schlug Leo vor, begeistertes Nicken erntend.

„Ganz hinten hängt ihr Seppel mit dem Beutel
überm Kopf an, um die Wirkung des Alkohols
zu demonstrieren“, feixte Fabian.

„Ha, ha! Das machen wir!“, kicherte Leo
begeistert, den Damen die Humpen füllend.

„Ich muss erst mal in die Käserei“, erklärte
Mina nach einem Blick auf die Uhr.

Dana schloss sich sofort an. „Ich auch“, blinzelte sie ihrer Mutter zu.

Die Gäste hatten vor, zur Talsohle hinunter zu
kraxeln, um anzuschauen, was sich nach dem
Sturz der Felsnadeln alles verändert hatte. Sogar

Marlies und Martin schlossen sich ihnen an. Leo schlüpfte in seinen Blaumann und fuhr auf Traktor Moritz Heu Wenden. Idefix bettelte, mitgenommen zu werden, sodass ihn Leo schließlich amüsiert kopfschüttelnd in die Kabine ließ.

Peter stemmte die Hände in die Hüften. „Das ist doch nicht zu fassen! Lässt sich das Pelztier durch die Gegend kutschieren!"

Urs hob spaßig hilflos die Hände. „Hin und wieder kommt es halt durch, dass er nach der Rasse kein Herdenschutzhund ist. Oder hast du bei einem Foxterrier wirklich was anderes erwartet? Bei ihm ist eher das Französische idée fixe, das Besessenheit bedeutet, Programm. Und da passt die Aktion von gerade eben, perfekt dazu. Der Kerl ist besessen danach, Traktor zu fahren. Dass er dabei seinen Lebensretter bevorzugt, wundert mich am allerwenigsten."

Ja, Peter erinnerte sich bestens an jenen verregneten Julitag, an dem Leo den ausgesetzten und halb verhungerten Hund auf den Hof gebracht hatte. Er war mit dem Fahrrad unterwegs gewesen und hatte mehr gespürt, als gesehen, dass sich hinter der Leitplanke der Straße etwas bewegte, das dort ganz sicher nicht hingehörte. Leo hatte das Rad abgestellt, war über die Leitplanke gestiegen und hatte seine Vermutung bestätigt gefunden, dass da ein kleiner Hund ausgesetzt worden war. Taschenmesser zücken, Seil durchschneiden, Hund schnappen, ihn unter dem Regenumhang mit aufs Rad nehmen, geschahen innerhalb weniger Augenblicke. Er hatte dem Kleinen die Bulette spendiert, die er sich eigentlich zum Abendbrot schmecken lassen wollte. Dann war er sofort nach Hause geradelt. Der Hund hatte sich schutzsuchend an ihn geklammert, was den ungewöhnlichen Transport sehr erleichterte. Troubadix, der Border Collie-Husky-Mix, hatte den Neuen mit seinem typischen Freudenheuler schwanzwedelnd begrüßt, und sofort ins Herz geschlossen. Der Name Idefix drängte sich förmlich auf, denn der Neuling sah bis ins Detail dem Original von Uderzo ähnlich.

Fast auf den Tag genau ein Jahr später brachte Urs den Wolfsspitz mit, der wegen seiner Fellfarbe den Namen Methusalix erhielt, obwohl er erst wenige Wochen alt war. Der Welpe war im Nachbardorf unbemerkt wandern gegangen, direkt vor dem Tor einem anderen Fahrer unters Auto geraten und der Züchter hatte kein Interesse gehabt, den Verletzten aufzupäppeln. Urs war unter denen, die angehalten hatten, um zu helfen. Angewidert vom Verhalten des Züchters hatte er im Beisein der Polizei die Papiere des Tieres verlangt und den Winzling kurzerhand mitgenommen. Die gebrochenen Vorderbeine heilten schnell und genau so rasch lernte der Hund von Troubadix, wie man als Hütehund agieren musste. Kurz darauf wurde er als solcher von den Behörden anerkannt.

Obelix war als Letzter zum Rudel gestoßen. Ursprünglich hieß er Hasso und hockte den ganzen Tag angekettet vor dem Haus seines Besitzers. Bei ihm war Mina der rettende Engel gewesen. Sie sah im Vorbeifahren, wie der Hund getreten wurde, hielt an und drohte mit einer Anzeige wegen Tierquälerei. Irgendwie gab ein Wort das andere und plötzlich hielt sie die Kette des Hundes in der Hand.

„Nehmen Sie das Mistvieh mit! Dann muss ich mich nicht mit dem Nichtsnutz herumärgern. Lässt sich vor der Nase mein Moped klauen! Wahrscheinlich hätten die sogar das ganze Haus ausräumen können und der hätte nicht mal gebellt!"

Mina hatte mit den Schultern gezuckt, den Bernhardiner in den Kofferraum dirigiert und war nach Hause gefahren. Leo gab dem gutmütigen Riesen den Namen Obelix. Kaum die schwere Kette los, zeigte Obelix, dass er durchaus ein guter Wachhund war. Er stellte nämlich einen Fuchs, der in der Nacht desselben Tages in den Hühnerstall eindringen wollte. Obelix war auch der einzige, der neuen Hunde, den Sepp in seiner Nähe duldete. So hatte es sich von allein ergeben, dass sie gemeinsam die Schafherde hüteten.

„Nächsten Samstag brechen wir Richtung Tschechien auf", erzählte Dana beim Nachmittagskaffee. „Ich bin total neugierig auf Jiřís Farm!"

41

„Er freut sich jedenfalls auch schon auf uns, hat er gestern erst wieder geschrieben. Bei ihnen geht ja in wenigen Tagen das Ablammen los und da kann er versierte Helfer gut gebrauchen", blinzelte Leo. „Wir sind jedenfalls für alles Neue offen. Man könnte es ja für sich selber brauchen."

„Lisa hat fast traurig gemeint: Schade, dass es Auslandssemester heißt. Ich hätte die beiden auch gern bei mir gehabt", verriet Peter.

Leo hob die Hände. „Ich kann mir gut vorstellen, dass es schwer ist, in unserer Branche geeignete Praktikanten zu finden. Solche, die mit Herzblut herangehen, dürften wie ein Sechser im Lotto sein."

Mina und Urs zeigten mit heftigem Nicken auf Grit, Peter und Dana.

„Darauf trinken wir heute zum Feierabend einen großen Schluck aus dem Fass!", legte Urs blinzend fest und schreckte zusammen, weil es direkt hinter ihm plötzlich „ihhhh ahhhh" machte. Lachend kraulte er Seppel zwischen den Ohren. „Du bist wirklich genau so ein Schelm wie Karli."

Klara kam zögernd heran und wurde sofort ebenfalls gekrault.

„Schön, dass sie auftaut", freute sich Mina.

Natürlich gab es für Obelix auch Streicheleinheiten, denn er umsorgte die Esel perfekt. Plötzlich spurtete er mit den anderen Hunden Richtung Straße. Urs folgte ihnen vorsichtshalber, begleitet von Seppel, den es brennend interessierte, was die Hunde fortgelockt hatte.

„Wächter Nummer fünf", orakelte Leo schmunzelnd.

„Ach, der Doc!", atmete Mina auf, als das Auto die letzte Kurve nahm. „Den wird die Neugier hertreiben, ob Klara noch lebt."

„Das kann sie ihm gleich selber erzählen", lachte Dana, denn die Eselin war instinktiv Seppel nachgelaufen.

Der Veterinär konnte kaum glauben, was er sah. „Das gibt es doch nicht! Ich mache mir die größten Sorgen, ob sie irgendwann wieder richtig auf die Hufe kommt, und sie geht quietschvergnügt spazieren! Aber in Rübezahls Reich ticken die Uhren halt anders. Prächtig haben sich die beiden rausgemacht!"

„Kommen Sie mit, Doc, wir sind noch bei der Kaffeepause!", lud ihn Mina ein.

Der Doktor erlebte gleich die nächste Überraschung, denn Seppel forderte Obelix zum Spielen auf. Klara trabte zu den Hühnern, wo es am ruhigsten war.

„In ein paar Tagen werden wir beginnen, die Esel auf die Arbeit vorzubereiten", erklärte Urs. „Dazu gehört auch, dass wir Seppel für die Sagenfeuer trainieren werden."

„Da wird er sicher Spaß dran haben", nickte der Doc und kicherte vergnügt, als ihm Mina das Video mit dem Beutel zeigte. Dann verriet er: „Ab nächster Woche suche ich alle Höfe auf und nehme offiziell Daten zum Tierwohl auf. Maud Jansen wird mich zwei Tage lang begleiten. Und raten Sie mal, wohin?"

„Ha! Die Variante behagt mir am meisten!", platzte Urs heraus. „Ich denke zum Ex-Esel-Halter als Negativbeispiel und zu den alten Pöhlers als Paradehof."

„Drei Punkte für den Kandidaten! Genau so wird es sein. Dass wir zwangsläufig hier das Eselfinale inszenieren werden, ist Ihnen hoffentlich auch klar?", merkte der Doc an.

„Aber so was von!", grinste Urs. „Maud hat Zugriff auf die täglichen Filme und kann eine passende Reportage daraus zimmern, bei der dem Eselquäler endgültig der Zahn gezogen wird."

„Und ich werde mit Frau Jansen im Dorfkrug mittags essen gehen", schmunzelte der Doktor.

Urs rieb sich die Hände.

„Haltet uns auf dem Laufenden!", bat Leo. „Jiří wird es sicher auch wissen wollen."

„Auslandssemester in Tschechien auf einer computergesteuerten Schaffarm", erklärte Mina dem Tierarzt.

„Oh ... na dann, gutes Gelingen! Das interessiert mich. Setzen Sie etwas davon in die sozialen Medien?"

„Wenn wir dort die Erlaubnis bekommen, tun wir das", versprach Leo.

Genau das war auch Thema, als die Ausflügler zurückkehrten. Fabian hatte schon öfter gute

Bekanntschaft mit Dämmstoff aus Schafwolle gemacht und brannte darauf, mehr darüber zu erfahren, ohne im Internet wühlen zu müssen. „Die Wolle von rund 150 Schafen würde für ein Einfamilienhaus gebraucht werden, heißt es."

„Wir werden das und einiges mehr erfragen", erklärte Dana zuversichtlich. „Und wir werden unseren Hof würdig vertreten." Bei diesen Worten eilte sie ins Haus.

Ehe jemand Fragen stellen konnte, war sie wieder am Tisch. „Tadaaaaaaa! Ich präsentiere unser Outfit für das Semester!" Dabei legte sie hellbraune wetterfeste Jacken, T-Shirts und Latzhosen auf den Tisch, auf die groß und leuchtend rot Schüchthof aufgedruckt war, Telefonnummer, sowie Adresse kleiner direkt darunter. „Ist das cool oder ist das cool? Wie lautet die zustimmende Antwort?!"

„Wow." Urs' Augen waren groß wie Mühlsteine geworden.

„Das hat was!", flüsterte Andreas beeindruckt.

„Wir wollten eigentlich noch Karli auf die Rückseite der Jacken haben, aber dann wären sie nicht mehr pünktlich fertig geworden", sagte Dana ein bisschen traurig.

„Gib mir die Datei, ich lasse sie genau so, wie euer Plan war, für uns alle anfertigen!", rief Mina begeistert.

„Kriege ich auch eine?", rief Andreas sofort.

„Aber sicher doch!", lachte Mina.

„Und wir?", fragte Ramona zaghaft.

„Jeder, der von euch will, soll so eine Jacke haben!", versprach Urs.

„Ich auch, ich auch!", meldete sich Marlies.

Martin nickte heftig und zeigte auf seine Brust.

„Die könnte man in ähnlicher Form auch als Fanartikel vertreiben", überlegte Leo laut und bekam volle Zustimmung.

„Vorn klein Schüchthof auf Brusttaschenformat und hinten flächendeckend Karli mit dem Schriftzug darüber", schlug Mina vor.

„Oder das Flächendeckende vorn und hinten nichts", überlegte Grit laut.

„Ich glaube, das ist besser für Fanartikel", hakte Leo ein.

„Dann ist es beschlossen", sagte Urs feierlich. „Darauf ein schönes kühles Bier vom Fass."

„Na, ob das so wohl die ganze Woche reicht?", stichelte Andreas.

Urs grinste in die Runde. „Wenn nicht, werden die Frauen zu Wein verurteilt. Und wir vermutlich auch."

III.

In den nächsten drei Tagen, so dass es die jungen Schüchts noch miterlebten, wurde das erste Baumaterial für das eigene Haus angeliefert. Fabian plante schon mal die Kosten für die Elektroinstallationen, weil Leo und Dana alles eins zu eins zum Haus der Eltern haben wollten.

Als sich die Freunde verabschiedeten, packten auch die Kinder ihren Kofferraum voll und vergaßen nicht, ein paar Spezialitäten als Mitbringsel vor der Rückbank zu deponieren. Die beiden Elternpaare umarmten sie fest, wünschten ihnen viel Spaß und schauten hinterher, bis der cremefarbene Geländewagen die letzte Kurve der Serpentinenstraße nahm.

Der Wettergott spielte erstklassig mit, denn es gab einen umwerfend schönen Sonnenaufgang und es blieb den ganzen Tag trocken. Dana und Leo gönnten sich eine ausgiebige Mittagsrast mit leckerem Essen, ehe sie die letzte Etappe in Angriff nahmen. Das Navi hatte bis dahin alle Staus perfekt umgangen.

„Da vorn ist schon die Grenze", sagte Dana sehr zufrieden. „In einer Stunde sollten wir spätestens ankommen."

Leo verließ kurz darauf die Autobahn und folgte einer Fernverkehrsstraße. „Ich glaube, hier sind wir richtig", stellte er nach rund 50 Kilometern erleichtert fest. „Die Hallen da drüben, mit den Silos daneben, könnten die von Jiří sein." Er setzte den Blinker und bog auf die Wirtschaftsstraße ab.

„Schau an, schau an, plötzlich fällt es dem Navi auch ein!", lachte Dana. „Aber möglicherweise gibt es ja noch eine zweite, ganz offizielle Straße."

„Die Felder und Wiesen scheinen auch dazu zu gehören", murmelte Leo. „Ist wohl doch noch ein bisschen größer, als wir es uns vorgestellt haben und kommt durchaus an das heran, was zu unserem Hof gehört."

„Was wissen wir", rekapitulierte Dana, „200 Mutterschafe als ständiger Besatz. Woll- und Fleischproduktion, fünf festangestellte Mitarbeiter, computergestützte Produktion, komplette Stallhaltung."

„Für den Anfang eine ganze Menge" grinste Leo, den Wagen da abstellend, wo schon ein anderer Geländewagen parkte, und fügte in Danas Aufzählungston an: „Hütehunde", weil zwei Shelties aus einer sich öffnenden Tür sprangen.

Ihnen folgte Jiří, der die beiden zur Ordnung rief, worauf sie wieder in der riesigen Halle verschwanden. „Herzlich willkommen!", strahlte er mit weit ausgebreiteten Armen. „Perfekter Zeitpunkt. Wir haben gerade die ersten fünf Lämmer von einer Mama. Das wird jedes Mal gefeiert, zumal es diesmal ja wirklich die allerersten Lämmchen dieser Wurfperiode sind."

„Oh, dürfen wir sie sehen?!", fragte Dana sofort.

Die Männer grinsten sich vergnügt an und Jiří führte sie zur Wurfbox. „Das Schwächste muss natürlich zugefüttert werden. Du weißt also, was auf dich zukommt, liebe Dana."

„Im Stroh schlafen", lachte sie abwinkend. „Du weißt doch, dass wir sowas durchaus gewöhnt sind."

Jiří nickte zufrieden. „Ich bin wirklich glücklich, dass ihr da seid. Aber jetzt bringe ich euch zu eurem Zimmer und dann gibt es auch gleich Kaffee. Morgen ist scharfer Start."

„Du bist aber sicher nicht böse, wenn wir uns heute gleich noch ein bisschen nützlich machen", blinzelte Leo und trug die Taschen die Treppe in den ersten Stock des Verwaltungstraktes hinauf.

Jiřís Frau Danuta begrüßte die jungen Schüchts herzlich und meinte mit einem Schmunzeln: „Jetzt kann ich mich ein paar Monate lang dumm stellen, wenn jemand den Namen Dana ruft. Danuta ist der ganzen Bande nämlich zu lang."

„Aha, so hüpft der Hase", lachte Dana und freute sich, dass Danuta genau so gut Englisch sprach wie Jiří. Man werde sich also auch bei der Arbeit einig sein, worüber man rede.

„Ich muss wieder runter", entschuldigte sich Jiří, nachdem er einen Blick auf sein Handy geworfen hatte, und hastete davon.

Danuta erklärte inzwischen, dass die Video-überwachung auch komplett vom Smartphone aus funktioniere, besonders in der Zeit, wo aus 200 Schafen fast vier Mal so viele wurden. „Ein Grund, warum wir verhältnismäßig geringe Verluste haben", fügte sie hinzu.

„Für welche Märkte produziert ihr?", fragte Leo.

„Die Wolle geht zu 95 Prozent in die Bauindustrie als Dämmmaterial. Die restlichen fünf Prozent an private Interessenten zum Spinnen und Filzen. Äußerst selten fragt hingegen die Bekleidungsindustrie an. Bei den Lämmern gehen 50 Prozent an Schlachthöfe und 50 an private Tierhalter. Die Milch wird fast komplett an eine Käserei verkauft."

„In unseren Regionen ist oft Vlies untergepflügt worden, weil es keiner haben wollte. Erst in den letzten Jahren besinnt man sich auch bei uns auf die hervorragenden Dämmeigenschaften", erzählte Leo. „Unsere Schafe waren zuerst als Spaßfaktor für die Familien da, dann wurde durch Feta und Käse ein bisschen mehr daraus."

Danutas Handy klingelte. „Jiří braucht Hilfe."

„Schon unterwegs!" Leo nahm vier Stufen auf einmal.

Danuta sah ihm verblüfft hinterher. Dana lächelte. „Er war noch ein kleiner Junge, als er das erste Mal einem Schaf Geburtshilfe geleistet hat, ohne die das Böckchen tot gewesen wäre."

Danuta nickte. „Ja, ja das hat mir Jiří erzählt."

Leo hatte die Stalltür instinktiv gefunden und auch die Stelle, an der Jiří um das Überleben eines Mutterschafs kämpfte. Ein lebloses Lamm lag am Gatter der Box, zwei weitere hatte er unversehrt aus dem Geburtskanal ziehen können. Sie atmeten beide und hoben auch schon die Köpfe.

Leo wandte sich dem vermeintlich toten Tier zu, reinigte die Atemwege, und machte eine leichte Herzdruckmassage.

„Das wird nichts mehr", seufzte Jiří.

„Sag niemals nie", flüsterte Leo, Mund zu Nase Beatmung beginnend. „Komm schon, Kleines, kämpfe! Ja, gut so."

Jiří, völlig perplex, filmte und die beiden Frauen schauten von der Küche aus zu, wie das winzige Schäfchen zu atmen begann und sich nach bangen Minuten bewegte. Jiří hielt beide aufgerichtete Daumen in die Kamera und sie hörten ihn sagen: „Das Wunderlämmchen soll dir gehören." Es bekam, über den blauen Markierstrich, wie Mutter und Geschwister, ein Herzchen auf den Rücken gesprüht, damit man es nicht verwechselte. Danuta legte ihm später zusätzlich ein buntes Halsband an, an welchem man es schon von weitem erkennen konnte.

„Das nenne ich Einstand!", rief einer der angestellten Schäfer, als sie nach der Pause die bewusste Videosequenz auf dem großen Bildschirm der Anlage anschauten. „Mir läuft gerade ein Schauer über den Rücken. Wird wohl doch was dran sein, dass er Rübezahls Sohn ist, einer von uns hätte das Kleine nie auf die Hufe bekommen."

Leo musste herzlich lachen, als ihn plötzlich alle in ihrer Schicht haben wollten. „Das ehrt mich zwar sehr, aber irgendwann muss man auch schlafen, sonst kann selbst ein Rübezahl keine Wunder mehr tun."

Am späten Nachmittag steckte Dana ebenfalls mit im Stall und überwachte die Geburten. Sie wäre völlig hibbelig geworden, hätte sie die Hände in den Schoß legen müssen, wo es doch überreichlich zu tun gab. Sie nahm sich besonders des fünften Lämmchens des ersten Wurfs des Tages an und gab ihm regelmäßig frisch gemolkene Milch aus der Nuckelflasche. Gegen Abend hatte sie bereits drei Sorgenkinder in fester Pflege, denen sie beibringen musste, selbstständig aus den eigens dafür installierten Saugern mit körperwarmer Milch zu trinken. Die Kleinen waren ebenfalls mit Farben und Zahlen wie Mütter und Geschwister markiert, wurden aber, sobald sie sicher stehen konnten, zur besonderen Pflege als Grüppchen separiert. Erst abends trug man sie wieder zu den Mamas, damit sie nachts deren Wärme und Fürsorge genießen konnten. Am Tag nach der Geburt wurden die Wurfboxen auf die doppelte Größe umgesteckt und am dritten Tag ganz entfernt, damit sich die Kleinen frei in der Herde bewegen konnten. Sie waren nun stark genug, um mit anderen zu spielen und auf dem frischen Stroh um die Wette zu galoppieren. Und die Gefahr, durch andere Mütter gekidnappt zu werden, sank, weil die Familien aufeinander geprägt waren und sich alle an Stimme und Geruch erkannten.

Leo hatte das richtige Gespür, auch ohne Markierung herauszufinden, welches neugeborene Kind nicht zur Diebin gehörte. Jetzt, wo alle fast gleichzeitig warfen, kamen sie manchmal auch zu zweit kaum nach, die Boxen zu stecken und den Tieren die Zugehörigkeitszahlen auf die Rücken zu sprühen. Das nutzte hin und wieder eine Störenfriedin aus, sich eines der Lämmer anzueignen. Die Schüchts kannten das Problem und Jiří konnte es sich schenken, des Langen und Breiten Erklärungen über die Gründe zu geben.

Dana freute sich, dass sie ab Tag vier den Futtertraktor fahren durfte, mit dem die hallenlangen Tröge gefüllt wurden. „Ich war zwölf, als ich das erste Mal Traktor gefahren bin und bei uns gibt es weder gerade Wege noch ebene Flächen, da geht es fast überall in Hanglage querfeldein", erklärte sie den verblüfften Schäfern. Die hatten es nämlich noch nie erlebt, dass Praktikanten gleich in der ersten Woche die wertvolle Technik ohne Aufsicht bedienen durften.

„Gewöhnt euch einfach daran, dass in Rübe-zahls Reich alles ein bisschen anders ist", grinste Jiří vergnügt.

Leo gelang es, innerhalb der nächsten beiden Wochen noch zwei andere Lämmer ins Leben zurückzuholen, bei denen es aussichtslos erschien. Bei einem weiteren Neugeborenen, mit gebrochenem Bein, bat er, dieses beim Tierarzt röntgen und schienen zu lassen. Jiří fuhr persön-lich los, denn die Behandlungskosten waren erheblich geringer als jene eines Totalverlustes eines Lämmchens. „Tut mir jetzt schon aufrich-tig leid, euch irgendwann wieder weglassen zu müssen", seufzte er.

Als die letzten Schafe gelammt hatten, lernten Leo und Dana, wie sich die Futtermittel zusam-mensetzten, und fuhren auch die schweren Landmaschinen, die sich nur durch die Größe von denen zu Hause unterschieden. Die Arbeits-abläufe waren fast identisch. „Mal eine neue Erfahrung, nicht auf jedem Meter in Sorge sein zu müssen, mitsamt Hang abgleiten zu können", brachte es Leo auf den Punkt. Das Zusammen-stellen der einzelnen Nahrungskomponenten erfolgte mittels eines riesigen Dosierwerks, das drei Hochbehälter verband und mit dem der Hänger des Futtertraktors direkt befüllt wurde. Das Treiben der Schafe, wenn neues Stroh ein-gebracht werden musste, übernahmen die bei-den Hunde perfekt, die sich rasch an die Schüchts gewöhnt hatten. Als die ersten verkauften Lämmer in die Hänger der Lastwagen gebracht werden mussten, hatte die komplette Belegschaft alle Hände voll zu tun. Dana bediente den Scanner, um die Ohrmarken der Tiere auszulesen, und Danuta überwachte die Datei am Laptop neben den Laufstegen mit den hohen Wänden. Das System arbeitete fehlerfrei und nach genau 50 Tieren schloss sich der Schieber im Gang. Als der Lastwagen abgefahren war, kümmerten sich die Hunde darum, dass die drei Schafe, welche noch auf dem Gang vorm Schieber standen, zu ihrer Stammherde zurückfanden.

Zwei private Kunden suchten sich vor Ort die Lämmer selbst aus, die sie kaufen wollten, und Leo half, sie sicher auf die Hänger zu bringen. Acht Tiere, die ausschließlich zur Woll- und Milcherzeugung gehalten werden sollten. „Diese Variante behagt mir am meisten", gab Jiří zu. „Auch in der industrieähnlichen Schafhaltung stumpft man nicht ganz ab, weil man täglichen Kontakt mit allen Tieren hat. Morgen ist übrigens für die zweite Verkaufsherde die Wurmkur fällig."

„Ah ja", schmunzelte Leo. „Ringkampf vom Feinsten, wenn man sich zu dumm anstellt."

Die anderen lachten, denn es war noch nie ganz ohne Probleme zu bewerkstelligen gewesen. Wobei Leo schon auf Grund seiner Kraft kaum störrische Schafe hatte. Jiří ließ ihn deshalb sogar am Klauenpflegestand arbeiten, weil

Leo genau wusste, was er zu tun und zu lassen hatte und den wolligen Damen eine erstklassige Pediküre verpasste.

„Gibt es etwas, dass du nicht kannst?", fragte einer der anderen Schäfer erstaunt.

„Ja. Scheren. Das habe ich noch nie getan, denn wir holen immer einen Fachmann mit elektrischer Anlage. Die leben ja schließlich davon und da wissen wir, dass alles zu unserer Zufriedenheit, und jener der Schafe, erledigt wird", verriet Leo breit grinsend.

„Wir lassen auch scheren", gab Jiří zu. „Man muss wirklich nicht alles selbst können und machen."

„Wir beide werden heute die Schafe waschen und nach dem anschließenden Scheren etwas tun, was eigentlich auch ein dressierter Affe erledigen könnte", wandte sich Danuta kichernd an Dana. „Wir müssen fast 100 frisch geschorene Vliese sofort nach Farbe sortieren, damit sie für uns zum höchsten Preis an die Spinnerinnen abgegeben werden können. Die gefleckten Exemplare gehen komplett an die Bauindustrie. Nur die unterschiedlichen Brauntöne und weiße Wolle, müssen gut aussortiert werden. Was wir sofort machen, spart uns später Nerven."

Die moderne Waschstraße für die Schafe ließ Leo schmunzeln. Zu Hause wurde die Wolle erst nach dem Scheren gewaschen, hier wurden die Schafe bis an den Hals durch eine wassergefüllte Rinne mit pflegenden Zusätzen getrieben.

„Das Ergebnis kann sich wirklich sehen lassen!", staunte Dana, weil die weißen Schafe nach dem Trocknen fast seidig schimmerten.

„Die Ersten sind trocken!", rief Jiří und die Frauen begaben sich zu den beiden Scherern, die jetzt die Tiere aus dem Fell holen sollten.

„Gefleckt und gelblich gleich in den Container, reinweiß in die große Box, braun, je nach Schattierung, in die drei kleinen Boxen", erklärte Danuta. „Braun, das ja nicht mehr gefärbt werden muss, ist besonders begehrt und bringt gutes Geld. Und eben auch das reine Weiß, das man hervorragend umtönen kann."

„Nach welchen Gesichtspunkten wählt ihr die Böcke aus?", fragte Leo ein paar Tage später, als die Hälfte der Herde gedeckt werden sollte.

„Nach dem Wollertrag, der bei den Lämmern zu erwarten ist. Darum ist es uns auch völlig egal, ob der Bock schwarz, braun, weiß oder gefleckt ist", erklärte Jiří. „Wir lassen zehn Böcke zur Herde dieser Größe. Das ist die Zeit, wo die Hunde richtig Arbeit haben, weil die Herren ziemlich oft aneinandergeraten, wenn sie um die Damen kämpfen. Der Vater eures Kleinen gehörte allerdings nicht zu unseren Böcken. Da hatte ein anderer gewildert."

„Das ist uns auch so ziemlich egal. Die Kleine ist absolut süß mit ihrem beinahe getüpfelten Fell. Deswegen haben wir sie Pünktchen genannt", schwärmte Dana.

Danuta schmunzelte. „Ich kann mich nicht erinnern, dass wir jemals eine derart auffällige Fellzeichnung beim Nachwuchs gehabt hätten. Wir haben deshalb gestern sogar alte Videos und Bilder gesichtet. Falls von ihr mal ein Lämmchen mit genau demselben Marienkäferlook haben solltet, würde ich euch das Kleine sofort abkaufen."

„Geht klar! Das ist jetzt schon für dich reserviert!", versprach Leo.

Jiří nickte erfreut. „Ich habe übrigens proforma Zoll- und Lieferpapiere für die Kleine ausgefüllt, damit es bei einer etwaigen Grenzkontrolle keine Probleme gibt. Ihr nehmt meinen Auto-Anhänger. Den hole ich mir irgendwann wieder ab, denn ich habe vor, mal für ein paar Tage zu euch zu kommen und eure Art der Tierhaltung richtig kennenzulernen, indem ich als Praktikant mitarbeite."

„Super! Ich bin glücklich, dass ich sofort zugefasst habe, als du uns vorgeschlagen hast, das Auslandssemester hier zu absolvieren, denn es war sehr lehrreich", freute sich Leo.

Jiří strahlte: „Fragt mich mal, wie glücklich ich bin! Dank deines unglaublichen Gespürs haben wir nur vier Lämmer verloren und konnten ein Muttertier retten, das zwei Kleine, von den insgesamt als Verlust gezählten Tieren, bereits Tage tot mit sich herumgetragen haben muss. Ich weiß, dass ich mich zum x-ten Mal wiederhole

– ich bin traurig, dass das Semester schon um ist."

Am Morgen des Samstags derselben Woche packten die Schüchts ihre Taschen ins Auto, kuppelten den Hänger an und polsterten ihn dick mit Stroh. Dana kontrollierte die Plane, um sicher zu sein, dass Pünktchen zugluftgeschützt reisen konnte. „Sei ohne Sorge, wir werden einige Pausen machen, und die Kleine mit Wasser und Futter versorgen. Kommen wir heute nicht nach Hause, dann eben morgen. Wir wechseln uns einfach ab und jeder kann ausreichend ruhen", sprach Leo. Danuta wischte ein paar Tränen fort, Jiří zog geräuschvoll die Nase hoch und der Rest der Belegschaft stand mit hängenden Ohren, als sie sich verabschiedeten. Die Hunde wurden noch einmal durchgeknuddelt, bekamen die letzten Leckerli, dann ließ Leo den Motor an.

„Wartet!" Einer der angestellten Schäfer zog einen großen Karton mit Luftlöchern hervor. „Ich möchte euch drei Küken meiner Hennen, die weiße Eier legen, mitgeben. Es war toll, euch kennengelernt zu haben."

„Vielen lieben Dank!" Dana stellte das Kistchen vor die Rückbank. „Ich gebe Bescheid, dass wir losgefahren sind." Sie tippte die Rundmeldung an alle Schüchthofbewohner ins Handy.

Wir freuen uns auf euch drei, kam von allen vieren mit einem lachenden Smiley zurück.

„Pünktchen wird ein schönes Leben bei uns haben", prophezeite Leo zufrieden. Sie hatten sich gleich am ersten Abend in den sozialen Medien mit Danuta und Jiří vernetzt, in den folgenden Tagen auch mit allen anderen. Und Jiří machte es Spaß, die Abendnachrichten mit reichlich Bildmaterial auszustatten. So hatte er auch in den Aufzeichnungen eine Sequenz von Pünktchens Wunderrettung gefunden und auf der Seite des Schüchthofs geteilt. „Wie der Vater so der Sohn", hatten einige als Kommentar daruntergesetzt, erhobene Daumen und Herzen inbegriffen.

Die Pünktchen-Verladeaktion hatte Danuta mit dem Handy gefilmt und auch zwei, drei besonders schöne Bilder gepostet. Dana knüpfte unterwegs dort an, indem sie von jedem Rastplatz ein Bild mit Schäfchen und Küken darunter setzte. Alle, denen es am Herzen lag, waren somit bestens informiert, wo sie gerade steckten, und dass es den neuen Herdenmitgliedern gut ging.

Dank Fahrerwechsel kamen sie noch am Samstag, nämlich genau vier Minuten vor Mitternacht an der Schranke auf dem heimischen Hof an. Die Hunde hatten die Bewohner bereits informiert, alle umarmten das Jungvolk herzlich. Pünktchen bekam eine geräumige Box und die kleinen Küken das Gehege mit Netzdach, um sich von den Strapazen der Reise erholen zu können. Dann krochen alle auch sofort in die

Betten, denn sie hatten die ganze Nacht auf die Ankunft gewartet.

Urs war mit dem Morgengrauen im Stall, um nach Pünktchen zu sehen. Die Kleine schlief friedlich und so huschte er davon, um sie nicht zu wecken. Hinter der Haustür hätte er fast Mina über den Haufen gerannt, die auch und möglichst von allen unbemerkt das Schaf und die Hühner besuchen wollte. Sie hatte extra kein Licht gemacht und gab einen erschreckten Laut von sich, als plötzlich die Tür aufging. Urs war genau so erschrocken, genau so zusammenge-zuckt und hatte fast denselben Laut ausgesto-ßen. Das vergnügte Lachen der beiden lockte Dana und Leo hervor, die sich auch soeben angezogen hatten, um die neuen Tiere zu besu-chen.

Augenblicke später krähte der Araucana-Hahn, die Ziegen begannen zu meckern und Urs zuckte lustig mit den Schultern. „Sowas kommt von sowas."

Also tigerten alle gemeinsam zum Stall. Grit und Peter, die ebenfalls schon auf dem Weg waren, grinsten vergnügt. Ihr erster Wunsch des Tages hieß auch Schäfchengucken. Und Schäf-chen guckte neugierig zurück, als so viele fremde Gesichter auftauchten. Leo und Dana wurden natürlich freudig begrüßt und intensiv beku-schelt. Die Hunde kamen heran, um den Neu-ling gründlich in Augenschein zu nehmen.

61

„Scheint so, als würde Obelix wieder gesteigertes Interesse zeigen", murmelte Leo erstaunt.

„Wäre doch prima. Da hat sie gleich einen Ansprechpartner, wenn ihr die anderen zu nah auf den Pelz rücken", schmunzelte Mina. „Mal sehen, wie die Esel reagieren."

Seppel begrüßte Pünktchen mit einem Nasenstupser, Klara beobachtete das braun-weiße Wollknäuel mit großen Augen, aber eindeutig wohlwollend, sodass man beschloss, Pünktchen vorerst mit den Eseln zusammenzustellen, und sie im Laufe des Tages langsam in die Schafherde einzugliedern. Seppel fand das Ganze superspannend und tollte schon nach wenigen Minuten mit der neuen Freundin herum. Er hatte sich zu einem kräftigen Esel entwickelt, den Urs bereits für leichte Aufgaben trainierte, um die überschüssige Energie in geordnete Bahnen zu lenken.

„Nächste Woche muss er kastriert werden", verriet Mina. „Er zeigt verdächtig viel Interesse an Klara, das nichts mit Mutter-Kind-Beziehung zu tun hat."

„Ansonsten ist er bereits jetzt schon ein hervorragender Herdenwächter", lobte Urs. „Er hat neulich einen Marder zertrampelt, der sich eine Henne holen wollte. Dann hat er den Kadaver mit den Zähnen gepackt und wie einen Strohsack geschüttelt, ehe er ihn meterweit durch die Luft schleuderte."

„Ups", machte Dana mit großen Augen.

Peter kicherte. „Der Schafbock hat auch schon einen doppelten Hufschlag vor die Brust bekommen, weil er einfach nicht aufhören wollte, zu stänkern. Der geht Seppel jetzt sehr weiträumig aus dem Weg."

„Einzig sein dickes Fell hat ihn vor Knochenbrüchen bewahrt", fügte Mina hinzu.

Pünktchen hatte sicher nichts zu befürchten, mit ihr tauschte Seppel fröhliche Nasenstupser und rieb seine Wange an ihrer.

Die neuen Küken wurden vom Fleck weg von einer Plymouth Rock-Glucke adoptiert, die gerade eine Schar Gleichaltriger führte.

„Ich habe nicht mal gefragt, was es für eine Rasse ist", gab Dana kleinlaut zu.

„Völlig egal", lachte Mina. „Ich bin auf die weißen Eier neugierig." Sie steckte den Kleinen jeweils einen zusätzlichen Ring an, um sie sofort als die Neuen erkennen zu können.

Dana sammelte die Eier der Alteingesessenen ein, die Männer misteten aus, Grit und Mina begannen zu melken. Urs spannte Klara vor den Wagen, um die Milch direkt in die Käserei zu bringen. Wobei er sehr darauf achtete, die Eselin nur wenig Last ziehen zu lassen. Lieber ging er zwei Mal. Kurz vor Beendigung der Morgenarbeiten schlugen die Hunde an.

„Wer kommt denn an einem Sonntag um diese Zeit?!", staunte Mina.

Urs grinste. „Nur ein von Trachenberg ist verrückt genug, das zu tun."

63

Er hatte sich auch nicht geirrt, denn wenige Minuten später bog der gut bekannte Geländewagen um die Ecke.

„Schäfchengucken", blinzelten Andreas und Brenda im Chor, alle fest umarmend. Dann zauberten sie Leckerli für die Hunde, die Esel und Pünktchen aus der Tasche.

„Die Kleine ist bezaubernd", schwärmte Brenda. „Eric hat das Video von der Rettung gleich sämtlichen Kumpels und Kumpelinen voller Stolz weitergeschickt."

„Mit ungeahnter Wirkung", grinste Andreas sehr breit und irgendwie zufrieden.

Urs hob fragend die Augenbrauen.

„Seine Flamme muss wohl eine Bemerkung gemacht haben, die ihm komplett in die Nase gefahren ist. Er hat sie umgehend vor die Tür gesetzt, was wir sehr begrüßen", erklärte Andreas. „Der Junge hat durch und bei euch richtig was fürs Leben gelernt."

„Zumindest werden die Phasen seltener, in denen er nichts als bunte Knete im Kopf hat", kicherte Brenda. „Und das Mädel hatte nicht mal Knete im Hirn. Man hätte ihr mit einer Taschenlampe am linken Ohr glatt bis aus dem rechten Ohr leuchten können."

„Oha! Wenn du so etwas laut von dir gibst, muss wirklich höchste Alarmstufe geherrscht haben!", staunte Mina.

„Ich war kurz davor, Leo zu bitten, mit ihm zu reden", seufzte Andreas. Brenda nickte zu seinen Worten.

Diesmal sagte Leo: „Oha!"

„Zumindest hat er ihr kein Andenken der besonderen Art hinterlassen", murmelte Brenda.

„Immerhin eine gute Nachricht", blinzelte Leo.

„Was macht sein Schulabschluss?", wollte Urs wissen.

Andreas fasste Halt suchend nach Brendas Hand, ehe er mit zusammengezogenen Augenbrauen sagte: „Die Zehnte hat er gerade frisch in den Sand gesetzt."

Mit dem gut bekannten: „Oha!", verzog Urs schmerzhaft das Gesicht.

„Ich habe noch immer einen winzigen Funken Hoffnung", murmelte Brenda. „Ich bin schwanger, was er derzeit nicht weiß. Vielleicht reißt er sich für ein Geschwisterchen zusammen."

Mina umarmte Brenda genau so freudig, wie Urs gerade Andreas.

„Ganz ungetrübt scheint die Freude aber nicht zu sein", stellte Leo mit zusammengekniffenen Augen fest.

Andreas atmete tief durch. „Statt Freude könnte ja auch Hass eine Reaktion auf die Nachricht werden."

Alle schauten erst ihn und dann sich untereinander irritiert an. Ganz unmöglich war das nicht, bei einem derart verwöhnten Einzelkind.

Leo schob die Unterlippe vor. „Hm. Wie wäre es, wenn ihr es ihm hier, im Beisein von uns allen verratet? Wir können ja tun, als hätten wir auch gerade erst davon gehört. Möglich, dass einer von uns die Emotionen in die richtigen Bahnen lenken kann ...“

„Der Eine wirst wohl du sein“, flüsterte Brenda. „Du bist, neben Urs, der Einzige, auf dessen Rat er überhaupt etwas gibt.“

Leo zückte sein Handy. Beim dritten Klingeln hatte er Kontakt. „Grüß dich, Eric! Kommst du morgen rüber, Marienkäfer-Schäfchen-Party nachholen? Klappt? Super! Ich hole dich vom Bahnhof ab! Kannst meinetwegen auch den Nachtzug nehmen, du weißt doch, dass ich Frühaufsteher bin. Bis morgen!“

Andreas legte Leo den Arm um die Schulter. „Danke!“

„Gerne. Ich hoffe inständig, dass ich ihm die Rübe gerade rücken an.“

„Wir auch, mein Junge. Wir auch“, seufzte Andreas.

IV.

Eric meldete sich vier Uhr morgens, dass sein Zug in einer Stunde am Zielbahnhof ankäme. Leo war sofort hellwach. Urs auch, der die leisen Geräusche im Haus vernommen hatte. Als Leo in die Küche schlich, saß Urs im Schlafanzug am Tisch und hatte eine große Tasse Kaffee und ein belegtes Doppel-Brötchen für Leo vorbereitet.

„Du bist mein Retter! Guten Morgen!", strahlte Leo seinen Vater an.

„Guten Morgen! Ich habe fest damit gerechnet, dass es so kommt", schmunzelte Urs. „Eric scheint das Wasser bis zum Hals zu stehen."

„Das denke ich auch, denn sonst hätte er weder zugesagt noch den erstbesten Zug genommen." Leo zwang sich, langsam zu essen. Vaters liebevolle Geste, das Frühstück zu bereiten, verschaffte ihm einige Minuten Vorlauf.

„Lass alles stehen, ich räume es weg. Wichtiger ist, dass du ganz in Ruhe fahren kannst." Urs schaute aus dem Küchenfenster hinterher, bis die letzte Kurve das Scheinwerferlicht verschluckte. Dann stellte er das benutzte Geschirr in den Spüler und kroch für die halbe Stunde bis zum Weckerklingeln ins Bett zurück.

„Du hast ihm Kaffee gekocht, vermute ich", hörte er Mina wispern.

„Hm, habe ich", gab er leise zurück.

„Ich liebe dich!" Mina kuschelte sich in seine Arme und schlief wieder ein.

Mit glücklichem Lächeln hielt Urs sie umfangen. Oh ja, er liebte sie auch. Sie war seine Luft zum Atmen.

Leo durchquerte inzwischen fast das ganze Dorf, um den kleinen Bahnhof zu erreichen. Als er das Auto auf dem Parkplatz abstellte, waren noch fast 20 Minuten bis zur Ankunft des Zuges. Falls er überhaupt pünktlich kam. Eine Handvoll Berufspendler strebte dem Bahnsteig entgegen. Leo grüßte erstaunt zurück, weil ihn alle zu kennen schienen.

Der Zug kam fast auf die Minute genau und Eric war der einzige Reisende, der hier ausstieg. Er drückte Leo dankbar und fest die Hand. „Außerordentlich schön, dich zu sehen."

„Klingst deprimiert", stellte Leo mit forschendem Blick fest.

Eric atmete tief durch. „Ich bin es auch. Brauche dringend ein paar Ratschläge von dir, um, ohne auf dem Bauch zu kriechen, zum Licht am Ende des Tunnels zu kommen."

„Ärger mit dem Gesetz?"

„Nein. Nein, das gottlob nicht", seufzte Eric. „Ich nehme weder Drogen noch trinke oder rauche ich. Ich habe alles probiert, aber es gibt mir nichts. Auch ohne sowas kriege ich einfach nichts wirklich auf die Reihe. Aber das wirst du sicher schon erfahren haben." Eric winkte mit einer verlorenen Geste ab.

„Was sagen deine Freunde?"

„Hab ich keine. Früher oder später sind alle als Schnorrer aufgeflogen", flüsterte Eric und zog verräterisch die Nase hoch.

„Ich denke, du brauchst eine Auszeit von allem, was dich täglich umgibt", murmelte Leo.

„Hä?! Solch ich eine Weltreise machen?!" Eric starrte ihn mit Riesenaugen an und fügte nach wenigen Sekunden hinzu: „Ich glaube, ich verstehe, was du meinst. Klingt irgendwie sogar richtig gut, aber wie soll das funktionieren? Ich habe ja noch nicht mal einen Schulabschluss."

Leo bog auf die Straße zum Hof ein. „Das werde ich am besten darlegen, wenn wir im Familienkreis beisammen sitzen. Ich bin sicher, mein Vater wäre nicht abgeneigt, meinen eigentlich recht harmlosen Plan in allem zu unterstützen."

Als sie aus dem Auto stiegen, waren die Arbeiten auf dem Hof bereits in vollem Gang. Dana eilte mit dem Eierkorb in den Felsenkeller, Peter schob die Karre mit dem Mist über die Wiese und Grit molk die Ziegen, Mina die Schafe. Urs füllte die Futterraufen und Hundenäpfe.

Brenda trat soeben aus der Haustür. „Ah, ihr kommt zur perfekten Zeit!" Sie rief über den Hof: „Frühstück ist fertig!"

„Wo ist Vater?", fragte Eric.

„Der füllt gerade die Kaffeetassen! Kommt rein, ihr Lieben."

„Wie war die Zugfahrt?", fragte Andreas.

Eric lächelte. „Ungewohnt und interessant."

„Ich war der Überzeugung, du würdest ein Taxi nehmen", erklärte Andreas.

Erics Lächeln wurde noch eine Spur breiter. „Leo hat gesagt, ich könne den Nachtzug nehmen. Von Nachttaxi war keine Rede gewesen. Da habe ich aufs Wort gehorcht."

„Wir hätten ihn damals, nach der Himalaya-Tour, wohl doch als Erzieher einstellen sollen", seufzte Brenda.

„Vielleicht hätte es auch der Geier als Haustier getan?", lachte Leo.

„Wenn es reichen würde, dass ein Schücht der Erzieher ist, wäre ich für jeden Vorschlag offen", stöhnte Andreas.

„Ich denke, der Zeitpunkt ist genau richtig", wandte sich Leo an Eric, der vorsichtig nickte und ihn fast flehend anschaute. „Ich habe einen Vorschlag, damit Eric wieder Mut fasst, dem aber meine Eltern zustimmen müssen, damit es wirklich funktionieren kann. Es bringt ja nichts, wenn Eric die Prüfungen wiederholt und erneut einen Bauchklatscher macht. Mein Vater sollte ihn einstellen, mit der Maßgabe, die zehnte Klasse berufsbegleitend oder in Abendschule zu wiederholen und genau so das Abi anzuhängen. Er wäre weit von allem fort, das ihm als Last am Bein hängt, könnte jedes Wochenende nach Hause fahren und endlich einen Blick dafür bekommen, was wirklich zählt. Ein Internat wäre blanker Unfug, denn ich denke, er braucht jetzt den Halt der Familie im ganz weiten Sinn sehr viel dringender."

Alle Augen waren auf Leo gerichtet, alle dachten intensiv über das Gehörte nach und wunderten sich, dass Eric nicht die Spur eines Widerspruchs anzubringen versuchte.

Mina fand zuerst die Sprache wieder. „Absolut logische Gedankengänge und vermutlich fast der einzige Weg, bei dem Eric nicht permanent Spießrutenlaufen muss. Wenn er es wirklich will, dann sollte auch ein ordentliches Ergebnis unterm Strich stehen. Hier im Haus werden in absehbarer Zeit zwei Zimmer frei. Damit wäre dann auch gewährleistet, dass er sich nicht wie ein Galeerensklave fühlt."

„Ich möchte annehmen", murmelte Eric. „Tut mir leid, Mum und Dad, dass ich nicht der große Firmennachfolger bin."

„Vielleicht wird der oder die nächste von Trachenberg das als Ziel vor Augen haben", blinzelte Brenda.

Eric erstarrte mitten in der Bewegung. „Es gibt doch nur euch beide und mich mit diesem Namen und ich habe ganz bestimmt nicht für ein Kuckuckskind gesorgt."

„Nicht mehr lange. So, wie es aussieht, wirst du im Dezember eine kleine Schwester haben", verriet Andreas. „In vier Wochen wissen wir ganz sicher, ob es eine Schwester sein wird."

„Wooooooow", dann eine Weile nichts. „Ich ... ich werde eine Schwester haben? Eine eigene?"

„Ja, eine eigene. Nicht adoptiert und nicht geschwindelt", erklärte Brenda.

Eric bekam hektische Flecken im Gesicht. „Das ist ein kleiner und zugleich ganz schön großer Grund für mich, den Hintern hochzubekommen!"

„Und wenn es ein Bruder wird?", fragte Andreas vorsichtig.

„Kann ich nur hoffen, dass er nicht so ein Dussel wird, wie ich bin", stöhnte Eric. „Aber, ich habe in beiden Fällen die Chance, jemand zu werden, ehe sie es bewusst mitschneiden, was gelaufen ist."

Das verschmitzte Lächeln ließ alle hellauf lachen. Eric schien es ernst zu meinen.

Auf der Ziegenweide brach Tumult aus und alle stürzten aus dem Haus, um nachzusehen. Seppel hatte den Weidezaun übersprungen. Er war aber offenbar nicht der Auslöser für das Chaos.

„Was hat er im Maul und warum schüttelt er es so heftig?", staunte Eric.

„Wie ein Beutel sieht es diesmal nicht aus. Es hat aber auch keine Ähnlichkeit mit einem Fuchs", überlegte Urs laut im Hinübereilen.

„Großer Gott! Er hat einen Adler erlegt!", rief Leo entsetzt. „Und dem ist wirklich nicht mehr zu helfen."

„Hier drüben liegt ein verletztes Zicklein!",
meldete Dana. „Das hat sich der Vogel offenbar
gekrallt und nicht mit einem derart brutalen
Gegenschlag gerechnet."

Leo trug das frisch verbundene Zicklein auf
dem Arm in den Stall, wo es sich ein wenig von
der ganzen Aufregung erholen sollte.

Mina machte Fotos, dann rief sie die Vogelwarte an. Als die Männer kamen, hatte Urs
gerade die Reste des Adlers geborgen. „Haben
ihn die Hunde erwischt?", fragte einer.

„Nein, der Esel", gab Urs bekannt.

„Der Kleine?!", sagte der andere skeptisch,
worauf Mina die Bilder zeigte.

„Der würde vermutlich auch auf einen Bären
losgehen, um seine meckernden Freunde zu retten", erklärte Urs.

„Das glaube ich aufs Wort", sagte der Erste.
„Ich habe während des Studiums mal einen
Wolf obduziert, der zwei Esel für leichte Beute
gehalten hatte. Der war mit Bisswunden übersät
und sein Rückgrat mehrfach gebrochen. Esel
werden schließlich nicht ohne Grund als Herdenwächter eingesetzt. Sie scheinen ein besonders erfolgreiches Exemplar zu haben." Er
schaute Urs forschend an. „Sagen Sie, haben Sie
nicht sogar ein halbtotes Eselfohlen und seine
misshandelte Mutter gerettet? Ich glaube, da was
gehört zu haben."

„Richtig. Und unser Adler-Schreck ist ebenje-
nes hilflose Eselchen", schmunzelte Urs. „Er

hat sogar schon den stänkernden Schafbock derart verdroschen, dass es diesem vermutlich auf ewig vergangen ist. Seine Mama Klara kümmert sich um die Hühner. Bei ihr haben auch die unzähligen Bussarde keine Chance auf einen schnellen Snack für zwischendurch. Dabei tut es mir aufrichtig leid, dass es für den Delinquenten diesmal so böse geendet hat."

„Möglich, dass es ein sehr altes Tier war", sagte jener, der wusste, dass Esel gegen Angreifer rabiat werden konnten. „Ich schreibe Ihnen eine Mail, wenn wir mehr wissen."

„Danke!"

„Langweilig wird es mir hier ganz bestimmt nicht werden", murmelte Eric kopfschüttelnd.

Andreas lachte. „Darauf kannst du wetten!"

„Ich bin gespannt, ob der Saulus wirklich zum Paulus werden wird", seufzte Brenda, als Eric bei der Pünktchen-Party ohne Aufforderung überall mit Hand anlegte.

Die Blicke der Hunde waren mindestens genau so erstaunt, wie die der Menschen, und Seppel kam heran, weil er es wohl auch nicht glauben konnte. Eric hatte sich stets nur als Gast betrachtet und die anderen machen lassen.

„Bist ein Guter", flüsterte ihm Eric zu, ihn zwischen den Ohren kraulend.

Das fast fragende „ihhhh ahhhh" ließ Urs losprusten: „Ich übersetze das mit: Du wirst doch wohl nicht krank sein?"

Eric grinste, Seppel blinzelnd mit dem Finger auf die Nase tupfend. Dafür stand er dann auch bis in die Abendstunden unter verschärfter Beobachtung durch den Esel, wie Leo schmunzelnd feststellte.

„Ich muss mich ja zusammenreißen", erklärte Eric feixend, „sonst beutelt mich euer Oberaufseher wie den Adler durch."

Das aufbrandende Gelächter hörte man garantiert bis runter ins Dorf.

„Wir werden beim nächsten Besuch gleich eins von Erics Motorrädern mitbringen", schlug Brenda vor.

Urs nickte.

„Die schwarze BMW. Ich möchte nicht auffallen", bat Eric.

Andreas hatte auf der Zunge gehabt: Du willst doch nicht etwa wirklich erwachsen werden? Um den Erfolg dessen nicht zu gefährden, verkniff er sich den Satz. Urs, der das deutlich merkte, klopfte ihm dankbar auf die Schulter.

Urs, Andreas und Eric zogen sich ins Büro zurück, um den Arbeitsvertrag durchzusprechen. „Das sind die hier üblichen Tarife, zu denen auch Grit und Peter arbeiten. Es gibt keinerlei Verwandtenbonus. Deine einzige Vergünstigung besteht darin, dass du bereits als Lehrling voll verdienen wirst, weil du Mehraufwendungen für die Schulabschlüsse aufbringen musst. Es fallen keine Miet- und Verpflegungskosten an. Wir werden dir den Propangasherd mit einer kleinen Küchenanrichte installieren, damit du dich auch nach Gutdünken selbst versorgen kannst."

Eric nickte stumm und unterschrieb. Dieser Vertrag war der letzte Strohhalm. Und er umarmte Leo ganz fest, als sie aus dem Büro traten. „Danke! Vielleicht sollte ich mich auch bei Pünktchen bedanken, denn ohne sie wäre ziemlich sicher alles ganz schlimm gekommen."

„Bringe ihr ein Stückchen Futterrübe", schlug Mina vor, worauf Eric begeistert nickte und ihr zum Futterlager folgte.

Das Schäfchen zupfte mit ebensolcher Begeisterung Eric das Futter aus der Hand und genoss es, geknuddelt zu werden. Eric zog die Nase hoch, die Kleine hatte seinem Schicksal eine gute Wendung gegeben.

Seppel stupste ihm die Nase an die Wange und machte eindeutig fragend: „Ihhhh ahhhh."

Eric legte ihm einen Arm um den Nacken, mit dem anderen hielt er Pünktchen fest. „Bist ein Guter. Und wenn ich mich nicht zusammenreiße, dann trittst du mir kräftig in den Hintern. Okay?"

Seppel rieb seinen Kopf an Erics Wange, als habe er die Worte verstanden. Die von Trachenbergs und die Schüchts wechselten erstaunte Blicke. Die drei auf der Koppel schienen sich blendend zu verstehen. Als Eric zurückkam, strich er im Vorbeigehen Obelix über den Kopf. Das verräterische Schimmern seiner Augen ließen die anderen verbal unkommentiert. Eric registrierte das mit Dankbarkeit. Plötzlich hob er den Kopf, schaute Urs an, als sei er gerade aufgewacht und fragte: „Habt ihr vielleicht vor Lehrbeginn einen Praktikantenplatz für mich?"

„Wie wäre es mit bezahlter Ferienarbeit?", stellte Urs blinzelnd die Gegenfrage.

„Oh ja!" Eric nickte heftig. „Die nehme ich sofort."

„Und für die Restzeit bis Lehrbeginn machst du einfach bei uns Urlaub", fügte Mina schmunzelnd an.

Andreas atmete tief durch. Brenda seufzte. „Damit fallen uns glatt tausend Sorgen von den Schultern. Wenn du die Wochenenden dann lieber mit Leo und Dana verbringen möchtest, werden wir dir keine Steine in den Weg legen."

„Danke Mum. Danke Dad. Lassen wir es sich erst mal entwickeln. Ich muss jetzt schnell in eiskaltem Wasser schwimmen lernen." Er hielt inne. „Auch quatsch, von kalt kann keine Rede sein! Drückt mir am besten die Daumen, dass ich es nicht wieder versiebe."

In dem Moment erhielt er einen Stups in den Rücken, fuhr erschreckt herum, erkannte Seppel und rief grinsend: „Oha! Der Oberaufseher! Ich will brav sein!"

Die Lachsalve der anderen lockte die Hunde herbei.

„Also doch verschärfte Beobachtung!", prustete Leo.

Eric winkte ab. „Aber von welchen, die ehrliche Gefühle zeigen und einem nicht Honig um den Bart schmieren, weil man Geld hat. Ich werde also direkt und sofort wissen, ob es taugt, was ich mache."

Pünktchen, Seppel und Obelix schienen ihm eine Chance zu geben, sich zu beweisen. Eric war auch nicht bange, weil die jungen Schüchts am nächsten Morgen wieder abreisen mussten. Er wusste, dass er bei Urs und Mina wirklich gut aufgehoben war, aber auch, dass die beiden nun diverse Vollmachten seiner Eltern hatten. Er war, obwohl es abends doch etwas später geworden war, wach, um Leo und Dana zu verabschieden. Dann ließ er sich von Urs einen Blaumann, Gummistiefel und Arbeitshandschuhe geben, um Peter beim Holzspalten zur Hand gehen zu können, der das Angebot überaus dankbar annahm.

Andreas und Brenda blieben überrascht stehen, als sie es gewahrten. Seppel und die Hunde schauten genau so erstaunt, wobei der Esel den beiden Holzhackern gleich noch einen Besuch abstattete.

„Oha! Der Oberaufseher ist da!", lachte Eric, ihn zwischen den Ohren kraulend. „Guten Morgen!" Dann füllte er unverdrossen weiter den bereitstehenden Wagen mit den Scheiten.

Urs grinste vergnügt, Seppel schien zu kontrollieren, dass der Karren nicht zu voll werde, den er schließlich ziehen musste. „Na, wenn du schon mal da bist, zeigen wir Eric gleich, wie er dich anspannen muss."

Das halb erschreckte „ihhhh ahhhh" ließ Eric schmunzeln. „Siehst du? So was kommt von so was! Da müssen wir jetzt beide durch."

Die nächste Lektion bestand daraus, wie man das Holz sicher und regengeschützt an die Hauswand stapelte. Seppel machte sich schnell davon. Er war kürzlich zu neugierig zu nah herangegangen und hatte ein fallendes Holzscheit an den Kopf bekommen. Zudem herrschte auf der Ziegenkoppel Chaos, das es zu ordnen galt.

Urs hob den Kopf, Leo eilte hinüber. Er folgte den Herdenwächtern bis an den Rand des Abgrunds. Die Ursache der Aufregung schien auf der Talsohle direkt am Murenstrom zu sein. Er meinte sogar, Poltern und Knirschen der Steinblöcke vernommen zu haben. Nicht weiter beunruhigend, da die tonnenschweren Reste immer wieder vom Bach unterspült und punktuell instabil wurden. Solange Urs gelassen blieb, musste man sich keine Sorgen machen. Wegen des labilen Zustands der Bergflanke auf der anderen Talseite hatte er vorerst Abstiegsverbot ins Tal verhängt und daran hielten sich alle. Er hatte ziemlich deutlich erklärt, dass es in absehbarer Zeit einen weiteren Felssturz geben werde.

„Wie sieht es aus?", fragte er kurz, als Leo zurückkam.

„Ich traue dem Frieden nicht. Kannst mich teeren und federn, aber ich denke, wir werden in den nächsten Tagen schon den befürchteten Bergrutsch haben.", brummte Leo.

Mina gab einen kicksenden Ton von sich, während Urs breit grinste. „Das hat dein Vater gestern Abend Buchstabe für Buchstabe genau so gesagt. Du wirst ihm wirklich immer ähnlicher."

„Gibt es für eure Vermutung einen besonderen Grund?", staunte Brenda, dem Felsmassiv einen unsicheren Blick zuwerfend.

„Dauerregen", erwiderten Urs und Leo synchron in Stimme und Tonfall.

„Fffuckkk", flüsterte Eric, sich schüttelnd und den anderen seine Arme präsentierend, auf denen sich die Härchen steil über einer dicken Gänsehaut aufgerichtet hatten.

„Mir geht es ähnlich", gab Andreas zu, „besonders weil ich vor wenigen Augenblicken tagelangen Sonnenschein in der Wetterapp gesehen habe, den es, das weiß ich nun ganz sicher, so nicht geben wird."

„Zumindest kommt ihr noch trocken nach Hause", tröstete ihn Leo und Andreas war weit davon entfernt, das nicht zu glauben.

V.

„Ich fahre morgen mit, um einzupacken, was ich am dringendsten brauchen werde", erklärte Eric. „Am Wochenende bin ich wieder hier und will am nächsten Montag meinen Ferienjob beginnen."

Andreas schaute in seinen Kalender. „Da kann dich Bruno her bringen."

„Prima! Ich hatte schon nach einem passenden Zug Ausschau gehalten", atmete Eric auf. Andreas guckte so verdattert, dass Eric hinzufügte: „Mir ist es verdammt ernst, fürs Geschwisterchen jemand zu werden, für den es sich nicht schämen muss."

Bruno, der von Andreas etwas Hintergrundwissen erhalten hatte, konnte auch kaum fassen, welche Wandlung von Trachenberg Junior gerade durchlebte, als er ihn zum Schüchthof brachte. Hatte sich Eric früher, mit Kopfhörern bewaffnet, auf die Rückbank gefläzt und war nicht mehr zu sprechen gewesen, saß er jetzt auf dem Beifahrersitz. Wobei das Handy sogar in der Tasche blieb, die hinter dem Sitz stand. Er maulte nicht, als Bruno eine ungeplante Toilettenpause einlegte und bezahlte ihm sogar den Kaffee an der Raststätte.

„Ich weiß nicht, ob ich durchhalte", sagte er leise, als Bruno all seine Pläne guthieß. „Ich werde mich aber bemühen."

Urs begrüßte die beiden erfreut und half beim Ausladen. Er stellte Eric einen geschützten Platz für sein Motorrad zur Verfügung, den Hühner oder gar Ziegen nicht erreichen konnten. „In Schrauberdingen kennt sich Leo am besten aus", blinzelte er.

„Oh ja, das weiß ich!", rief Eric begeistert. „Ich hätte stets gleich auf ihn hören sollen." Dann fügte er hinzu: „Ich fahre übrigens meine alten Ski-Bretter immer noch, deren Lack er mal aufgehübscht hat."

„Wirklich?", staunte Urs. „Das ist doch Jahre her!"

„Eben." Eric deponierte schmunzelnd seinen Sturzhelm auf dem Sitz der Maschine. Dann sagte er den anderen Hofbewohnern hallo, die Familientiere inbegriffen. Besonders die Esel, Hunde und Pünktchen bedachte er mit Strei-cheleinheiten und Leckerchen. Wobei er das Schaf fest umarmte und sanft das dichte Fell kraulte, wie alle mit Erstaunen registrierten. „Sie ist meine Retterin, mein fluffiger Schutzengel auf vier Beinen", erklärte er unumwunden.

Mina hätte Bruno nicht ohne Mittagessen wegfahren lassen und der freute sich schon rie-sig auf ihren leckeren Linsentopf, den keine schmackhafter als sie kochte.

Für den Nachmittag hatte Eric eine kleine Klettertour zum Plateau ins Auge gefasst, auf der ihn Idefix begleitete, der sich immer wieder einmal eine Auszeit vom Hüten der Weidetiere gönnte. Eric freute sich ehrlichen Herzens, nicht ganz allein wandern zu müssen.

„Da scheint einer zu spüren, dass sich was tut", staunte Peter, mit dem Kopf auf die beiden Ausflügler deutend.

„Das dachte ich auch gerade", schmunzelte Mina. „So ein kleiner Hund ist ein ziemlich großes Herz auf vier Pfoten und dem merkt man sofort an, wenn es fröhlich schlägt."

Außer Sichtweite zog Eric einen aufklappbaren Stoffkorb aus dem Rucksack. „So, Idefix, jetzt sammeln wir beide für Mina Kräuter. Ich muss nur erst mal im Internet nachschauen, bei welchen es in diesem Monat sinnvoll ist." Er setzte sich ins Gras, der Hund daneben und beide schauten neugierig auf das kleine Display. „Okay, jetzt bin ich im Bilde", blinzelte Eric. „Hast du auch Durst? Dann teilen wir." Er füllte mehrmals seine Hand und Idefix schleckte dankbar das kühle Nass auf. Nun erst nahm Eric einen großen Schluck aus der Flasche. Er strich dem Hund sanft über den Kopf. „Ist noch gar nicht lange her, da hätte ich einen Teufel getan, dir was abzugeben. Was für eine Dummheit! Na, komm, suchen wir Grünzeug."

Idefix war nicht zum ersten Mal mit auf Sammeltour, wie Eric rasch begriff, als er ihm aus Spaß ein Blatt Schafgarbe unter die Nase hielt. Idefix witterte kurz, schnüffelte ein paar Meter über die Wiese und bellte. Eric beeilte sich, zu ihm zu kommen.

„Wow! Die sieht ja aus wie gemalt! Danke." Er zupfte die Blätter, wie es ihm Dana gezeigt hatte, als sie noch Kinder waren, und legte sie in den Korb. Und weil ihn ja keiner trieb, ließ er sich Zeit und nahm nur die schönsten Exemplare seiner ausgewählten Kräuter mit. Als die Sonne langsam unterging, wanderten sie zurück zum Hof, nachdem sie sich das restliche Wasser geteilt hatten.

„Was trägt Eric da?", murmelte Grit, die Augen mit der Hand beschattend.

Mina kniff die Augen zusammen. „Sieht wie eine Korbtasche aus, würde ich meinen. In einer Viertelstunde werden wir wissen, was er mitbringt."

„Da sind wir wieder", strahlte Eric, als ihm alle erwartungsvoll entgegenblickten. „Idefix, der Superschnüffler, hat mir geholfen, den Korb zu füllen, nachdem mir Tante Google gesagt hat, was ich einsacken kann." Er drückte Mina seine Schätze in die Hand.

„Oha. Ohhhhh haaaaa. Das riecht nicht nur richtig gut, sondern auch nach einem halben Tag Hexenküche", staunte Mina. „Männer, ihr müsst morgen Vormittag allein Heu machen. Ich werde mit Grit Zaubertränke mischen und Tinkturen ansetzen. Eric, du bist ein Schatz, das ist alles 1 A Ware!"

„Dafür musst du dich bei dem Typ mit der Supernase bedanken", kicherte Eric. „Ich habe nur eingesammelt, was er gesucht hat. So ein Hund ist eine echt feine Erfindung!"

„Hast du zufällig Bilder von eurer Tour gemacht, mit denen wir die Abendnachrichten füttern könnten?", fragte Urs.

Eric nickte. „Ja. Habe ich. Weil ich weiß, wie Mum und Dad auf Nachrichten warten werden."

Nach dem Abendbrot lud er die schönsten Schnappschüsse auf die Facebookseite des Hofs hoch. Ein Bild, wie beide auf das Display des Handys schauten, eins, wie ihm Idefix das Wasser aus der Hand trank, wie der Hund nach Kräutern schnüffelte und wie sie Seite an Seite im Gras saßen und hinunter zum Hof blickten.

Daumen nach oben und Herzchendrücken kamen fast im gleichen Moment von Andreas und Brenda, nur Sekunden später von den vielen Freunden der Schüchts und natürlich von Leo und Dana.

Nach kurzem Nachdenken teilte er die Bilder auch auf seinem eigenen Profil unter der Überschrift: „Frischer Wind auf allen Wegen." Es erstaunte nicht nur ihn, wie viele es likten. Auf die Frage, was das bedeute, schrieb er kurz: Ich halte euch auf dem Laufenden.

Die Ersten, die kapierten, dass Eric sein altes Leben über Bord zu werfen gedachte, waren seine Partykumpels. Die standen wie vom Donner gerührt, als Andreas die Tür öffnete und kundtat, dass Eric kein Verlangen verspüre, am mondänen Leben teilzunehmen, und sich lieber einer bezahlten Ferienarbeit widme.

„Was? Wie? Wirklich?", stotterten die Jungs aus Erics Clique völlig perplex.

„Ganz wirklich", bestätigte Andreas, sich mühsam das Lachen über die verdatterten Gesichter verkneifend.

Brenda hatte nur den Wortwechsel gehört, sich aber denken können, dass die anderen mit mühlsteingroßen Augen dastanden. Sie fiel Andreas lachend um den Hals, als die Halbstarken abgezogen waren.

Eric hatte inzwischen seine ersten beiden Arbeitstage hinter sich gebracht, alle Hürden mit Akribie gemeistert und war ziemlich zufrieden. Urs' genialer Schachzug, ihn überall als Ferienarbeiter und zukünftigen Lehrling vorzustellen, brachte Eric einen Haufen Pluspunkte ein, die er um nichts in der Welt verspielen wollte. Klar war nicht alles eitel Sonnenschein, aber damit hatte jeder zu kämpfen. Selbst die, welche geschniegelt und gebügelt im Büro saßen, hatten Phasen, in denen sie alles verfluchten. Wenn Urs oder Mina ungehalten wurden, dann gab es einen echten Grund. Eric machte innerlich drei Kreuze, dass er bisher nie der Anlass für Missmut gewesen war.

Schwer war, so extrem früh aus dem Bett zu kommen und Tritt zu fassen. Das hatte Eric auf die Idee gebracht, sich Energydrinks als Muntermacher zu besorgen. Mina hatte ihm den Arm um die Schulter gelegt und gesagt: „Lass das Zeug. Ruiniere dir nicht die Gesundheit. Nicht jeder ist der frühe Vogel, der mit einem Trällern an die Arbeit eilt."

Er hatte es nicht wieder auf diese Weise versucht, zumal es ihm die anderen nachsahen, dass die Mundwinkel erst nach dem Frühstück langsam hinauf wanderten. Dann gab es da auch noch Seppel, der mit unzähligen Streichen dafür sorgte, den Tag mit einem Grinsen zu beginnen. Zudem fand es Idefix spannend, Eric immer wieder Gesellschaft zu leisten. Und Eric freute sich wirklich. Der Wauzi war einfach nur da, hörte zu und kuschelte sich an, wenn er fühlte, dass Eric aus dem inneren Gleichgewicht war.

„Vielleicht sind die beiden ja Seelenzwillinge", mutmaßte Urs und schickte Andreas und Brenda immer wieder Bilder, auf denen Eric und Idefix in völligem Einklang zu sehen waren.

„Weißt du eigentlich, dass du genial bist", fragte Urs Leo bei einem Telefonat und beschrieb ebenjene Beobachtungen.

„Das ist weitaus mehr, als ich zu hoffen gewagt habe", staunte Leo. „Ich glaube, darauf mache ich heute Abend eine Flasche Champagner auf."

„Tu das mit gutem Gewissen", bekräftigte Urs schmunzelnd.

Dana bekam große Augen, als Leo mit der Flasche und zwei Gläsern erschien. „Was feiern wir?", fragte sie erstaunt und befand es für angemessen, als Leo wiedergab, was sein Vater über die vergangenen zwei Wochen erzählt hatte. „Wie weit ist unser Haus?", fragte sie.

Leo schlug sich an die Stirn. „Ach ja, da war doch noch was. Ich hatte es völlig ausgeblendet", gab er kleinlaut zu.

Dana lachte herzlich. „Wäre mir auch nicht anderes gegangen." Sie streichelte seine Hand. „Wenigstens kannst du endlich ohne quälende Nebengedanken an deiner Abschlussarbeit weiterschreiben. Und übermorgen können wir uns anschauen, wie weit unser Häuschen ist. Ach, ich freue mich darauf!"

„Ich mich ebenfalls, mein Schatz!", frohlockte Leo, Dana fest im Arm haltend. Ein Signalton auf seinem Handy ließ beide aufhorchen. „Das ist von Jiří, er wird auch übermorgen zum Hof kommen und seine Tochter Lenka mitbringen."

„Er hat eine Tochter?", staunte Dana, weil nie von Kindern die Rede gewesen war.

„Hm, hm, in Männergesprächen herausgefunden", schmunzelte Leo. „Aus erster Ehe. Er kümmert sich rührend um sie, ohne es Danuta ständig unter die Nase zu reiben, die keine Kinder bekommen kann."

„Jetzt ergeben einige meiner Beobachtungen endlich einen Sinn!", rief Dana. „Zum Beispiel, warum Danuta über jedes tote Lämmchen in Tränen ausbricht, obwohl sie es ja bei den Stückzahlen an Muttertieren gewöhnt sein müsste, dass es immer Verluste geben kann. Wie alt ist Lenka?"

„16. Glaube ich", kramte Leo in seinem Gedächtnis. „Also was Passendes für Eric."

Dana schmunzelte.

Fast wörtlich lief das gleiche Gespräch soeben zwischen Urs und Mina, die natürlich die gleichlautende Meldung erhalten hatten, mit dem Nachsatz, dass beide für zwei Wochen *Praktikum*, zu machen gedachten.

Natürlich bereiteten die Schüchts und Bräunigs gleich alles für ein zünftiges Willkommensfest vor, zumal kein Sagenfeuer für das Wochenende auf dem Plan stand.

„Ich werde den Kindern verraten, dass sie einziehen können", schlug Urs vor, damit Jiří und Lenka die Gästezimmer im Haus bekommen konnten und Eric die beiden Räume der jungen Schüchts.

Leo nahm sofort das Gespräch an und meinte: „Ihr wälzt wohl gerade Unterbringungsfragen?"

„Ha! Genau so!", lachte Urs. „Euer Haus ist fertig und wir wollen euch eiskalt ausquartieren."

Ein kurzer Blickwechsel mit Dana. „Wir kommen schon morgen am späten Nachmittag nach Hause. Da können wir gleich alles mit den Kiepen rüber tragen."

„Die Möbel sind noch nicht da", dämpfte Urs den Tatendrang.

„Macht nichts, wir nehmen die Camping- und Kletterausrüstung meiner Eltern", wiegelte Dana ab. „Du weißt doch, dass wir pflegeleicht sind."

„Und zum Essen kommen am Wochenende eh alle zusammen, wenn Besuch da ist", fügte Leo hinzu.

Ja, die Möbel ... Es hatte einen Arbeitsunfall in der Firma Matthess gegeben und sich alles auf unbestimmt verzögert. Als Urs aufgelegt hatte, saß er einige Minuten schweigend mit gesenktem Kopf. Mina traute sich nicht, ihn anzusprechen, weil er gar so grimmig aussah. Als er aufschaute, blitzten seine Augen aber unmissverständlich schelmisch. „Wenn so viele Leute da sind, um anpacken zu können, macht es doch sicher nichts aus, wenn ich mich für einen Tag ausklinke?"

Mina schüttelte ganz langsam den Kopf, überlegend, was er vor haben mochte. Bevor er etwas erklären konnte, fand sie selbst die Lösung und Urs sah ihr das überdeutlich an.

„Richtig! Ich will mir das angearbeitete Material holen und selbst fertigstellen. Meine eigene Schreinerwerkstatt lechzt förmlich danach, diesen Großauftrag übernehmen. Ich werde auch sofort bei Matthess anrufen."

Eine halbe Stunde später tuckerte er mit Moritz und dem Zweiachshänger vom Hof. Mina und Eric trugen alle verfügbaren Akkuleuchten ins neue Haus, damit das junge Volk nicht im Finstern herumstolpern musste, denn

Lampen gab es auch noch nicht. Peter brachte drei kurze Kabel mit Fassungen und Glühlampen aus dem Felsenkeller, die er als Provisorium in Bad, Küche und Wohnraum installierte.

„Ich muss auch mal kurz weg!", rief Eric, schwang sich auf sein Motorrad und düste los.

Die anderen sahen ihm verblüfft hinterher. Eine halbe Stunde später war er wieder da, einen proppevollen Rucksack auf dem Rücken. „Sie werden Verteilerdosen und Verlängerungskabel brauchen, wenn ich mir die vorhandenen Exemplare ran raffe", erklärte er kurz und bündig, den kompletten Einkauf auf einem Fensterbrett in Leos Haus deponierend. „Es ist sicher leichter, gleich neue zu verlegen, als alte mühsam auseinanderzufitzen."

„Da sagst du goldene Worte!" Mina klopfte ihm auf die Schulter. „Was bekommst du?"

„Ein bisschen Geduld, falls ich phasenweise den Volltrottel herauskehren sollte", blinzelte Eric, sich schmunzelnd mit dem Motorrad Richtung Garage trollend.

Mina schüttelte belustigt den Kopf.

Als Urs mit dem Traktor nahte, wurde er nicht nur von den Hunden und Seppel in Empfang genommen, wie jedes Fahrzeug, es standen auch die Menschen bereit, um die Möbelteile abzuladen, und nach seinen Anweisungen zu lagern. „Müsste ich die Entschuldigungen der Tischlerei unterbringen, könnte ich das ganze Tal bis an die Oberkante zuschütten", gab er bekannt. „Sie haben mir einige Eimer Leim und diversen Kleinkram mit eingepackt, den ich sicher noch bei anderen Projekten gut gebrauchen kann. Ich habe auch nur eine Rechnung über den reinen Materialwert bekommen."

„Und die Chance, wieder einmal zu zeigen, dass du holztechnisch nach wie vor der Beste bist", kicherte Mina.

Urs' Mundwinkel wanderten fast bis zu den Ohren. Er lotste alle in die Werkstatt, wo in einer Schublade ein exakter Plan des Hauses und der Möbel lag, den er mit handschriftlichen Vermerken versehen hatte.

„Du hast also schon lange geahnt, dass es so kommen würde", staunte Peter.

„Ja. Wie so vieles", gab Urs zu.

„Bauchst du einen Helfer?", fragte Eric mit treuem Hundeblick.

Urs lachte herzlich. „Darfst mitmachen. Wer könnte diesen großen Augen widerstehen?"

„Von Idefix gelernt?", kicherte Mina.

Eric nickte. „Männchen machen kann ich auch schon, nur mit ..." Der Rest ging im schallenden Lachen der Anwesenden unter, die allesamt ahnten, wie der Satz enden sollte.

Niemand wunderte sich, dass die beiden nach dem Abendbrot für anderthalb Stunden in der Schreinerei abtauchten, um das große Doppelbett montagefertig zu machen.

„Wollen wir es gleich rüberbringen?", fragte Eric.

„Machen wir. Dann haben wir wenigstens einen ersten handfesten Beweis, dass wir nicht nur Däumchen drehen", schmunzelte Urs. Die in Folie eingeschweißten Matratzen stellten sie vorerst daneben. „Morgen früh widmen wir uns dem großen Kleiderschrank."

Eric duschte und fiel wie ein Stein ins Bett. Es war ein wirklich langer Tag gewesen. Er überhörte morgens glatt den Wecker und wurde erst munter, als die Ziegen und Schafe meckerten und blökten. „Au weia. Verpennt!" Er zog sich mit fliegenden Händen an und eilte die Treppe hinunter.

„Mach langsam!", hörte er Mina rufen. „Nach einer halben Nachtschicht erwartet keiner, dass du Rekorde brichst!"

„Der Oberaufseher scheint das nicht zu wissen!", grinste Eric, weil ihn Seppel mit einem Nasenstupser begrüßte.

Beim Frühstück schnitt Urs das Thema Wetter an. „Ich habe umdisponiert. In der Nacht von Sonntag zu Montag wird der Dauerregen einsetzen, von dem ich neulich sprach. Ihr Frauen werdet euch komplett auf das Heueinbringen konzentrieren. Jedes Mal, wenn der volle Hänger ankommt, wird Eric die kleinen Pakete aufs Förderband werfen, Peter und ich stapeln sie auf dem Heuboden. Morgen, wenn die Helfer da sind, nehmen wir die Hänge in Angriff und pressen das Heu auf dem Hof. Ich werde für die Möbel eine halbe Nachtschicht anhängen."

„Ich helfe wieder", bot Eric an.

„Prima, du weißt ja jetzt bestens, worauf es ankommt. Dafür kannst du danach auch offiziell ausschlafen."

„Wird es wirklich so schlimm kommen, wie ich jetzt befürchte?", fragte Grit.

„Vier Tage", gab Urs bekannt. „Aber die werden es eben in sich haben. Besonders das danach." Die winzige Bewegung mit dem Kopf in Richtung der anderen Bergflanke bestätigte Grits Sorgen, aber auch, dass dem Hof selber kein Unheil drohte.

Als Dana und Leo am späten Freitagnachmittag zu Hause ankamen, fuhren die Traktoren noch immer Heu ein. „Wir übernehmen!", rief Leo, ohne erst den Kofferraum auszuräumen, worauf Urs mit Eric in die Tischlerwerkstatt abtauchte, Dana das Förderband bestückte und Leo mit Peter stapelte.

Noch vor dem Abendbrot war der große Hang beräumt und alles eingelagert. Die beiden Tischler hatten das komplette Schlafzimmer fertig und einen Großteil der Möbel des Arbeitszimmers.

„Ihr seid verrückt!", stöhnte Leo, als er hörte, was Urs aus dem Stegreif entschieden hatte. So räumten sie am Abend noch die Decken, Kissen, sowie alles aus dem Schlafzimmerschrank ins neue Domizil, damit Eric schon einen Raum komplett in Besitz nehmen konnte und Platz für die beiden anderen Gäste wurde. Besonders freudig wurden die vielen Kabel begrüßt. Eric strahlte. Alles richtig gemacht! Kribbelig waren nur Brenda und Andreas, weil es schon zwei Tage keine Abendnachrichten gegeben hatte. Mina, die das sehr wohl ahnte, kreierte diesmal Morgennachrichten, zu denen sie auch Bilder beisteuerte, die Urs und Eric beim Möbelbau und Aufbau zeigte. Und natürlich die Fotos der ständig fahrenden Traktoren bei der Heuernte. Der Schnappschuss des gemeinsamen Frühstücks aller Hofbewohner vor dem Haus war die Krönung, zumal Seppel ganz ungeniert den Kopf auf Erics Schulter legte und sich als Fotobomber produzierte.

Eric schob das Bild auch auf seine Seite und schrieb darunter: Tischlein deck dich, Goldesel streck dich und Knüppel aus dem Sack, wenn der zweibeinige Esel nicht spurt. Sofort hagelte es Lachtränensmileys – auch von Brenda und Andreas. Wenn Eric solche Scherze machte, schien es ihm blendend zu gehen.

Dana bereitete die beiden Gästezimmer im Haus der Schwiegereltern vor, ehe sie weiter Schränke für den eigenen Umzug ausräumte. Leo trug alles ins neue Domizil, wo Urs und Eric soeben die letzten Schranktüren im Arbeitsraum anschraubten.

„Wenn der große Regen losgeht, bauen wir eure Polster- und Wohnraummöbel", versprach Urs. „Alles andere sollte heute noch fertig werden. Die Küchentechnik rollt gerade den Berg herauf."

„Kein Problem, wir haben doch erst mal zwei Campingstühle mit Lehne", sagte Dana.

Herd und Spülbecken passten hervorragend in die vorbereiteten Aussparungen, Geschirrspüler und Kühlschrank perfekt unter die Arbeitsplatte. Eric hängte die Schranktüren ein, Urs justierte sie. Lautes Hupen ließ sie aufschauen.

„Ah, Jiří und Lenka sind da! Machen wir Schluss für heute!", schlug Urs vor und ging mit Eric die Neuankömmlinge begrüßen.

Lenka musste schmunzeln, als auch die Esel mit Spalier standen, um bloß nichts zu verpassen. Genau so hatte sie sich die beiden vorgestellt. Eric betrachtete Lenka so neugierig ungeniert, wie sie ihn, worüber beide zugleich breit grinsten. Urs und Leo hoben völlig identisch die Augenbrauen, was schließlich Jiří hellauf lachen ließ. Lenka würde sich sicher nicht einsam fühlen. Der nächste Weg führte zu Pünktchen.

„Sie ist wunderschön", schwärmte die junge Tschechin auf Englisch, was Eric mit heftigem Kopfnicken bestätigte.

„Ich betrachte dieses zauberhafte Schaf als meinen ganz persönlichen Schutzengel", verriet er leise.

Lenka widmete ihm einen neugierigen Blick.

„Ja, das passt zu Pünktchen", flüsterte Jiří, das flauschige Fell kraulend. „Dass sie lebt, ist eines von vielen Wundern, die wir durch Leo erfahren haben.."

„Da drüben, mit den grünen Zusatzringen, sind die drei Hühner von Karel. Die legen schon ganz fleißig weiße Eier. Eine unserer Plymouth Glucken hatte sie sofort unter ihre Fittiche genommen, bewacht von Eselin Klara." Dana deutete auf einen Pulk Hennen zwischen den Beinen der Eselin.

Staunend beobachteten die Gäste, wie Seppel zwei raufende Ziegen trennte, und die eine gleich noch über die halbe Weide jagte, um ihr die Flausen auszutreiben.

„Das war übrigens einmal der kleine halbtote Esel", merkte Jiří für Lenka an, die es kaum glauben wollte.

„Mittagessen!", schallte es über den Hof und alle strebten auf der Stelle dem gedeckten Tisch im Partyzelt zu. Lenka und Eric setzten sich ganz selbstverständlich nebeneinander, zumal Lenka mehr darüber erfahren wollte, wie das Marienkäferschaf, wie sie es nannte, zu seinem Schutzengel geworden war.

Eric atmete tief durch, dann erzählte er frei von der Leber weg, weil er das Gefühl hatte, dass das genau so sein musste, und Lenka sofort merken würde, wenn er Teile verschwiege.

„Für mich fühlt sich richtig an, was du tust", murmelte sie schließlich. „Du wirst es schaffen. Ganz sicher. So sicher, wie das Marienkäferschaf, Seppel, Idefix und die beiden Berggeister über dich wachen werden."

Erich zog die Nase hoch. „Danke."

„Und wenn du magst, verbinde dich mit mir auf den sozialen Medien. Dann können wir uns immer austauschen, was Gutes geschehen ist, oder wo der Schuh drückt."

„Aber gerne doch!", strahlte Eric.

„Ich möchte Betriebswirtschaft studieren und irgendwann vielleicht in die Schäferei meines Vaters einsteigen, oder mit deren Produkten handeln", verriet Lenka. „Deshalb bin ich mit hier. Ich möchte mich informieren, was alles möglich wäre, wenn ich andere Wege finden will, als Großproduktion. Möglich ist aber auch, dass ich mich entscheide, eine Verarbeitung von Produkten vor Ort aufzubauen, statt Rohmaterial zu verkaufen. Vielleicht ja als eine Art Hofladen, so wie bei euch. Ich habe tausend Ideen, die ich auf Tauglichkeit prüfen muss. Ich möchte aber auch Danuta nicht vor den Kopf stoßen. Es ist kompliziert."

„Du wirst eine Lösung finden, mit der alle leben können", sagte Dana zuversichtlich.

Leo nickte. Eric schaute Urs an, aber auch irgendwie durch ihn hindurch. Dann flüsterte er: „So eine versuche ich auch gerade zu schaffen."

„Tut euch doch zusammen, um ein Geschäftsmodell zu kreieren. Ihr müsst ja nicht heiraten, um erfolgreich zu werden", schlug Jiří vor. „Das meine ich wirklich ernst. Eric hat, wenn er seine

Ausbildung ernsthaft durchzieht, nicht nur das Wissen über die Arbeit auf einem Bauernhof mit Hofladen in Theorie und Praxis, sondern auch die Finanzen, um etwas bewirken zu können. Wenn ich mich nicht irre. Zudem haben seine Eltern internationale Verbindungen, die hilfreich sein könnten."

Lenka warf Eric einen forschenden Blick zu und wurde rot, als der den verschmitzt lächelnd erwiderte.

Jiří begann zu lachen. „Ihr habt wohl gerade beide überlegt, dass rein von der Optik eine Hochzeit nicht ausgeschlossen wäre?"

Eric nickte, während es Lenka nun locker mit einer reifen Tomate aufnehmen konnte, was Antwort genug war.

„Die Frage hätte ich auch beinahe wörtlich gestellt!", riefen Urs und Leo wieder einmal völlig synchron in Wortlaut und Stimme, worauf alle lauthals lachten.

„Da niemand entrüstet aufschreit, und meine Eltern uns sicher keinen Knüppel zwischen die Beine werfen werden, sollten wir uns in der Tat ein Ziel setzen, das sich zu erreichen lohnt. Ich werde nicht kneifen. Denn in dem Augenblick habe ich alle hier gegen mich und das mit vollem Ernst", erklärte Eric.

„Hand drauf?", fragte Lenka, ihm die Rechte hinhaltend.

„Hand drauf!" Eric schlug ein und alle hoben spontan den Daumen.

Jiří klopfte sich grinsend auf die Schulter, Urs Leo.

„Und da naht auch schon der Oberaufseher, um zu schauen, dass alles seine Ordnung hat", kicherte Eric, worauf Mina erzählte, was es damit auf sich hatte. Lenka kraulte schmunzelnd Seppels Wangen, als er seinen Kopf zwischen ihr und Eric hindurch steckte, um nachzusehen, ob es nicht irgendetwas Leckeres abzustauben gab. Sie schob ihm ein Apfelstückchen ins Maul und Seppel trollte sich hocherfreut.

„Das nennt man Bestechung!", feixte Urs.

Lenka blinzelte. „Man tut, was man kann. Ich möchte solch einen kräftigen Kerl schließlich nicht zum Feind haben. Reitet ihr auf den Eseln?"

„Haben wir, ehrlich gesagt, noch nicht versucht", erwiderte Mina nachdenklich. „Zum Testen würde ich aber Klara empfehlen, denn sie ist die buchstäbliche Geduld auf vier Hufen. Seppel setzt zwar nur zum doppelten Hufschlag an, wenn ihm was richtig gegen den Strich geht, und uns Menschen gegenüber hat er es noch nicht gewagt, aber sicher ist sicher."

Für den Nachmittag waren beide Esel mit den zweirädrigen Heuwagen im Einsatz. Mit so vielen fleißigen Hände, wie an diesem Wochenende zur Verfügung standen, schaffte man es, das Heu des gesamten Hangs, bis runter zur Dorfstraße, zu bergen und einzulagern.

Die Frauen blieben nach der vorletzten Wagenladung auf dem Hof, um das Abendessen vorzubereiten, wobei auch die leckeren tschechischen Speisen mit auf den Tisch kamen, die Jiří mitgebracht hatte. Lenka staunte, was alles direkt auf dem Schüchthof aus Ziegen- und Schafmilch hergestellt wurde, und wie viele Gebirgskräuter verwendet werden konnten.

„Ich habe von meiner Großmutter einiges darüber gehört, aber bis jetzt kaum etwas selber in der Küche verarbeitet", gab sie zu. „Mutter ist nicht die ganz große Naturfreundin, was wohl auch der Grund für die Scheidung meiner Eltern war. Immer rümpft sie über irgendwas die Nase. Mal passen ihr die Falläpfel nicht, weil sie nicht genormt aussehen und Druckstellen ausgeschnitten werden müssen. Dann haben die Gurken aus dem Garten zu viel Eigengeschmack und es könnte ja ein Tier ins Erdbeerbeet gepinkelt haben. Dass da direkt Dung, also Kacke von Tieren, drauf liegt, hat sie offenbar noch gar nicht kapiert."

Grit erzählte deshalb beim gemeinsam Essen, was ihre Mutter stets losgelassen hatte und in welchem Aufzug sie schließlich auf ihrer Hochzeit mit Peter erschienen war.

„Ach, du lieber Himmel!", rief Lenka entsetzt. „Dagegen bin ich ja richtig gut dran!"

„Tu einfach, was sich für dich gut anfühlt, dann wirst du auch wirklich glücklich werden", schlug Grit vor.

Lenka umarmte sofort ganz fest Jiří, der erstaunt fragte: „Und wofür war das jetzt?"

„Dafür, dass du mich hierher mitgenommen hast. Allein dieser Tag war eine regelrechte Offenbarung. Für heute bin ich richtig glücklich", strahlte sie in die Runde.

Urs rieb sich die Hände. „Das sind wir schon mindestens zwei! Wir haben heute, dank so viel Hilfe, richtig Meter gemacht. Wenn der Regen losgeht, zeigen wir euch mit allerbestem Gewissen, wie wir die vielen Artikel für den Hofladen herstellen. Eric war mit Idefix auf dem Berg zum Kräutersammeln. Sie haben einen großen Korb 1 A Qualität mitgebracht. Ihr könnt also zuschauen, wie Mina und Grit Tee mischen, komplettieren und verpacken."

„Ohhhh. Du kennst dich mit Kräutern aus?", staunte Lenka Eric regelrecht an.

„Tante Google und der kluge Idefix haben mir geholfen", schmunzelte Eric. „Nur die Idee, sammeln zu gehen, stammte von mir. Ich bin aber durchaus bereit, mich tiefgreifender mit Kräutern zu beschäftigen, um vielleicht eines Tages mit dir ein Geschäft aufziehen zu können. Minas Mischungen sind jedenfalls perfekt."

Mina schaute Eric völlig perplex an.

„Ja, sie sind perfekt", wiederholte er. „Ich beginne langsam, das System zu begreifen, das zum wirklichen Erfolg führt. Ich bin von euch immer wie der Kronprinz meiner Eltern behandelt worden und habe nie danke gesagt. Lenka hat recht, der Tag ist eine Offenbarung. Und ich weiß ganz genau, dass mir nie anderer Tee besser geschmeckt hat, als hier auf dem Hof gemischter."

„Wow!" Urs klappte glatt der Unterkiefer bis auf den Schoß.

Mina wischte eine Freudenträne weg.

Leo riss die Augen auf. „Was war heute in der Mischung?"

„Nur das Übliche", stotterte Grit.

Eric blinzelte. „Ich möchte Lenka nicht mit Geld beeindrucken. Lieber mit Können, das dauerhaften Erfolg garantiert." Eric nahm Farbe an, was auch die Partybeleuchtung nicht ganz verbergen konnte. „Na ja, nun ist die Katze wohl aus dem Sack. Ich habe mehr, als Geschäftspartnerinteresse."

„Okay, dann werden wir also nicht Ohnmacht fallen müssen, wenn wir euch kuschelnd im Heu überraschen", fasste es Jiří vergnügt grinsend zusammen.

Lenka grinste zurück. „Mum würde jetzt einen spitzen Aufschrei von sich geben, theatralisch mit dem Handrücken über ihre Stirn wischen und in einem Akt der völligen Entrüstung auf den Teppich niedersinken."

Das wiehernde Gelächter der ganzen Truppe hallte als mehrfaches Echo von den Berghängen wider. Am meisten kicherte Grit, die dieses eins zu eins hätte auf ihre Mutter übertragen können.

Peter drückte sie fest an sich. „Das kommt mir irgendwie bekannt vor."

Der Einzige, der an die Abendnachrichten dachte, war Leo, der kurzerhand das Bild postete, wo Seppel seinen Kopf zwischen Lenka und Eric steckte und es titelte: Ein völliger verrückter, aber wunderschöner Tag.

Von Andreas kam sofort zurück: Oho, wer ist junge Dame und welcher der beiden Herren wird das Rennen machen?

Statt, wie früher, zu schmollen, schrieb Eric mit einem Lachsmiley: Das kommt darauf an, wer die besseren Argumente in die Diskussion wirft.

Lenka setzte darunter: Sie sind beide süß.

Nun hatten die von Trachenbergs richtig Stoff zum Nachdenken. Aber auch alle anderen, nicht Eingeweihten, rätselten, wer das hübsche Mädchen sein mochte.

„Mich beruhigt erst mal, dass das Bild von Leo kommt und eindeutig auf dem Hof aufgenommen ist", sagte Brenda schließlich. „Also wissen Mina und Urs ganz sicher, wer sie ist, wollen uns aber ein bisschen zappeln lassen."

„Und sie scheinen sie zu mögen, wenn ich die Smileys richtig deute", fügte Andreas hinzu, der das Bild sogar auf dem großen Plasmabildschirm im Wohnraum betrachtete.

Sie mussten sich nicht allzu lange gedulden, denn Mina postete Morgennachrichten und löste mit einem neuen Bild auf: unsere beiden tschechischen ‚Praktikanten' – Schafzüchter Jiří mit Tochter Lenka.

Ist es schlimm, wenn wir am kommenden Wochenende auch anrücken? Brenda und Andreas setzten ein gemeinsames Foto mit eindeutig neugierigem Blick darunter.

Sie staunten, dass von Eric sofort ein Umarmungssmiley kam, während Urs schrieb: Kein Problem, ich statte im Haus der Kinder das große Gästezimmer mit Möbeln aus. Ihr werdet also bei Leo und Dana wohnen.

„Neugier pur", schmunzelte Leo. „Da waren doch mein Bild und Lenkas Reaktion perfekt."

Lenka zog den Kopf ein.

„Keine Sorge", blinzelte Urs. „Das ist wohlwollendes Interesse."

„Okay. Wenn du das sagst, bin ich beruhigt", seufzte sie. Der finanzielle Hintergrund von Erics Eltern machte sie eindeutig nervös. Auch wenn alle schworen, dass sie sich genau wie Urs und Mina gäben. Die ebenfalls zu jenen ganz oben gehörten, und das nur herauskehrten, wenn es sich gar nicht vermeiden ließ. Eric blinzelte verschmitzt.

Die Hunde meldeten ein Fahrzeug auf der Serpentinenstraße.

„Das wird der LKW mit dem Möbelholz sein", vermutete Urs. Und er sollte sich nicht geirrt haben.

Walter kam wieder einmal persönlich, um hallo zu sagen und einen Packen Abfallbretter für wenig Geld mitzubringen, aus denen Urs Souvenirs für den Hofladen zaubern konnte. „Ich habe ein paar Reste Bloodwood dabei, die etwas teurer und halt auch nicht regional sind", erklärte er.

Urs pfiff durch die Zähne. „Ist das ein Anblick! Ich muss es haben!"

Mina schüttelte amüsiert den Kopf. „Das dürfte das erste Mal sein, dass ich ihn derart aus dem Häuschen erlebe. Aber ich kann ihn verstehen. Das ist eine umwerfend schöne Farbe."

Urs deponierte die Seltenheit auf dem höchsten Regalbrett und pinnte sogar noch einen Zettel dran, um bloß nicht versehentlich etwas zu vergeuden.

Als die Regenzeit begann, wie es Eric nannte, steckten die Männer in der Schreinerei, um die Möbel der jungen Schüchts zu fertigen, und die Frauen widmeten sich dem Käse und den getrockneten Kräutern für den Verkauf.

Lenka entdeckte schließlich Minas Spinnrad. „So, wie das aussieht, ist es doch sicher nicht nur Zier", murmelte sie.

„Nein, ist es nicht", bestätigte Mina. „Im Winter verarbeiten wir einen großen Teil unserer Vliese selber zum Verkauf als Wolle. Da es ja noch eine Weile regnen wird, kann dir Grit beibringen, wie man mit dem Rad arbeitet. Ihre Fäden sind so zart und gleichmäßig, dass man meinen könnte, sie seien maschinell gefertigt."

Mina nahm zum Beweis eine volle Spule aus dem Schrank – feinster Faden, ohne Noppen.

Die großen Augen des jungen Mädchens ließen Grit lachen. „Ich bringe dir das Spinnen mit dem Rad und der Handspindel bei. Handarbeitsabende könnten ja auch zu deinem zukünftigen Geschäftsmodell passen."

Heftig nickend erklärte Lenka: „Ich habe mir einen Stichwortzettel auf dem Tablet angelegt, damit ich bloß nichts vergesse, und nun kommt das noch mit dazu. Ich kann inzwischen sehr gut verstehen, warum Mina hier nicht mehr weg wollte. Auch wenn es damals hart gewesen sein muss, den Hof erst wieder aufzubauen. Man merkt jedem von euch an, dass Herzblut in allem steckt."

Dabei war Lenka weit von träumerischer Verklärung entfernt, arbeitete sie doch täglich von früh bis spät mit. Es blieb trotzdem noch genug Zeit, zum Feierabend mit Eric Schach zu spielen.

„Hehe, ich wusste gar nicht, dass du das kannst!", hatte Urs erstaunt ausgerufen, als er sich als Spielpartner für Lenka anbot, die ein Minischachbrett aus der Tasche zog.

„Das wissen vermutlich nicht mal meine Eltern", grinste Eric. „Ist auch eher für den absoluten Hausgebrauch."

Jiří rieb sich grinsend die Hände. „Ich verliere auch immer. Schön, dass heute mal ein anderer dran ist."

„Hausgebrauch hat er gesagt", stöhnte Lenka, weil Eric die Finessen bestens zu beherrschen schien. Sie gewann zwar die Partie, aber richtig hart erkämpft.

Mina hatte ein paar Bilder mit entsprechendem Text in die Nachrichten gesetzt und es dauerte nicht lange, rief Andreas an, um Eric zum ‚zweiten Platz' zu gratulieren. Er ließ sich auch an Lenka weiterreichen, um ein paar Sätze mit ihr zu wechseln.

„Ich habe dir doch gesagt, es ist neugieriges Wohlwollen", blinzelte Urs, weil alle überrascht geschaut hatten.

„Ich bin trotzdem nervös", flüsterte Lenka, während Jiří genüsslich grinste.

Mina grinste vergnügt zurück. Gegen Verwandtschaftszuwachs in Form der beiden hätte sie ganz sicher nichts einzuwenden. „Entspann dich einfach", schlug sie vor. „Du hast so viele Pluspunkte den anderen Hühnern gegenüber, dass du dir wirklich keine Sorgen machen musst."

So wagte es Lenka endlich, die Zärtlichkeiten mit gutem Gewissen anzunehmen, die Eric von Herzen gern gab. Sie versteckte sich auch nicht verschämt, als, trotz Dauerregens die von Trachenbergs kamen, die absolut neugierig auf die junge Tschechin waren. Zufällig war sie mit Eric und dem Eselskarren voller Ziegenmilch zur Käserei unterwegs, als das Auto einparkte. Lenka führte Seppel unter das Schleppdach, damit er einigermaßen geschützt stand, Eric trug die schweren Kannen ins Haus. Er erspähte das Auto zuerst, eilte hinüber und rief: „Ich besorge Regenschirme!"

Lenka führte Seppel zurück zum Stall, wo sie ihn ausschirrte und mit Stroh trockenrieb, ehe sie den Wagen an seinen Abstellplatz zog. Jiří hängte das Zaumzeug an die Wand.

Eric spurtete mit zwei großen Schirmen zum Auto, ihm genügten die Kapuze der wetterfesten Jacke und die Gummistiefel, die hielten absolut dicht. Als die Neuankömmlinge Urs' Haus betraten, war Lenka gerade dabei, mit Mina den Tisch für eine gemütliche Kaffeerunde zu decken. Eric stellte sie seinen Eltern vor: „Lenka, Schäfer Jiřís Tochter und meine Herzdame."

Lenka nahm deutlich sichtbar Farbe an, Andreas und Brenda schmunzelten.

Eric streichelte Lenkas Hand. „Es ist die Wahrheit und nichts als die Wahrheit."

Sie fasste zu und Andreas blinzelte verschmitzt.

„Wir haben lange überlegt, worüber du dich freuen könntest", verriet Brenda. „Da haben wir uns alle Bilder noch mal angeschaut, haben entdeckt, dass du ein Armband mit Flachbeads trägst, und sind auf das hier gekommen ..." Sie zog eine kleine Schachtel aus der Tasche.

Lenka nahm sie erstaunt entgegen, öffnete sie und rief: „Aber das sind ja Pünktchen und Seppel! Das ist wundervoll! Vielen, vielen Dank!"

Als sie auf der Rückseite die Stempel gewahrte, wurden ihre Augen kullerrund.

„Richtiger Gedankengang", sagte Andreas. „Es ist Platin mit Brillanten."

Lenka schob völlig perplex die wundervolle Gabe zu Mina hinüber, die bereits einen langen Hals machte, um einen Blick darauf werfen zu können. Mina reichte die Kleinode weiter um den Tisch, denn die anderen Hofbewohner waren inzwischen auch hereingekommen.

„Absolut süß!", schwärmte Dana.

Es war offensichtlich, dass die Tiere nach Fotos graviert worden waren. Beim Schaf waren die Punkte aus Brillantbesatz und bei Seppel der Hintergrund mit Edelsteinen bestückt.

„Wir haben gehofft, dass es dir auch gefällt, denn wir haben für dich das Gleiche mit Smaragden, zur Augenfarbe passend", verriet Brenda, noch ein Etui aus der Tasche zaubernd.

„Und weil wir nicht wissen, ob du ein Band hast, bekommst du eins dazu." Andreas zog statt eines Lederbands ein passendes Platinarmband aus der Hosentasche.

Leo und Urs schauten sich an, um dann in völlig identischer Weise zu sagen: „Ich glaube, wir können das Licht ausschalten, so wie die beiden Damen strahlen."

Noch einer strahlte – Jiří. Was die Flasche Whiskey, die er bekam, toppte, weil Andreas einen überaus seltenen Jahrgang besorgt hatte. Die anderen gingen natürlich nicht leer aus, was bei Andreas auch völlig undenkbar gewesen wäre.

Brenda, die sich ihre Kletterhalle und Unternehmen für Abenteuerurlaub hart erarbeitet hatte, war natürlich sehr angetan von den Plänen, die Lenka für sich entwickelte. Andreas deutete mit dem Kopf auf die beiden. „Ich glaube, wir sind für heute abgeschrieben."

Eric zuckte, sich die Hände reibend, mit den Schultern. Wenn Mutter Lenka so offensichtlich mochte, war alles in bester Ordnung. Was Jiří zum Thema dachte und fühlte, sah man an seinem Dauerlächeln. Andreas fragte ihn natürlich unverfänglich kreuz und quer zu allem aus, wobei er prompt und ohne Zögern jegliche Antworten erhielt.

Brenda imponierte es, dass Lenka all ihre Worte mit Bedacht setzte, was nicht nur darauf zurückzuführen war, dass man die Unterhaltung auf Englisch führte.

„Ich habe ihr im Beisein aller gebeichtet, was ich bisher vergeigt habe", verriet Eric schließlich.

Lenka lächelte sanft. „Ich habe ja noch ein paar Tage, um herauszufinden, ob es gutgehen könnte. Ich kann mir nicht vorstellen, dass Eric meinetwegen eine oscarreife Schau abzieht. Dazu ist er viel zu spontan und das verrät, wie es ganz tief drinnen aussieht." Sie legte ihren Kopf an seine Schulter.

Andreas lachte herzlich. „Ja, ja, die kleinen Gesten."

Lenka blinzelte vergnügt. Eric hauchte ihr einen Kuss auf die Wange. Eine Stunde später waren alle wieder an der Arbeit, Brenda übernahm den Küchendienst fürs Mittagessen.

„Ihr hattet recht", strahlte Lenka. „Erics Eltern sind genau, wie ihr sie beschrieben habt. Ich kann es aber absolut nicht fassen, dass sie mir solch ein teures Geschenk mitgebracht haben."

Mina legte Lenka den Arm um die Schulter. „Du hast ihnen Hoffnung gemacht. Denn du bist einer der Gründe, aus denen sich Eric zusammenreißen wird. Du solltest aber jeden Gedanken verbannen, damit unfreiwillig an Eric gekettet zu sein. Ihre Gaben sind niemals an Bedingungen gebunden."

„Verstanden", seufzte Lenka. In Rübezahls Umfeld war wirklich vieles anders, als im Rest der Welt. Alle, die darin lebten, waren ausnahmslos besondere Menschen, wie sie selbst festgestellt hatte, und freute sich nun umso mehr, hier sein zu dürfen.

Ein paar Schafe und Ziegen waren trotz des niederrauschenden Regens auf die Wiese gelaufen. Die Hunde beobachteten sie aus den trockenen Scheunen heraus, welche sie nur verließen, wenn sie Häufchen machen oder anderen dringenden Bedürfnissen nachgehen mussten.

„Ich glaube, mir wachsen Schwimmhäute zwischen den Zehen", brummte Eric, mit verdrehten Augen, seine Gummistiefel neben der Tür abstellend. „Das erinnert mich irgendwie an die letzte Tour im Himalaya. Das ist echt zu viel des Guten."

Urs platzte lachend heraus: „Leo hat auch gerade gesagt, er fühle sich wie ein Mangroven-Schlammspringer."

„Würde mich echt nicht wundern, wenn plötzlich Forellen an den Meisenknödeln knabbern", stöhnte Peter, der soeben hereinkam und sich angewidert schüttelte.

Alle lachten, weil er der Dritte im Bunde war, der wegen des Dauerregens grummelte.

„Dienstag wird es besser", versuchte Urs, ihn zu trösten. „Da regnet es nur noch bis zum frühen Nachmittag, dann kommt die Sonne raus."

„Na gut, das stimmt mich versöhnlich", brummte Peter, dankbar von Lenka einen Becher mit frischem, heißem Tee entgegennehmend. Auch die anderen fassten erfreut zu.

Mina füllte die Teller. Es war eng am Tisch mit so vielen Personen, aber gemütlich.

„Du siehst ein bisschen genervt aus", wandte sich Andreas an Urs.

„Bin ich auch", gab der zu. „Aber nicht wegen der Nässe. Ich habe eine Mail der Geologen bekommen, dass sie am Donnerstag, jeglichem Wetter zum Trotz, zur Felsspalte wollen, die seit dem Fall der Nadeln klafft. Meine Bitte, sich das noch einmal zu überlegen, weil ganz sicher mit einem neuen Felssturz zu rechnen sei, haben sie als Spinnerei abgetan. Es gäbe keinerlei Hinweise auf Bewegungen."

„Lass sie machen", schlug Leo mit gerunzelter Stirn vor. „Du hast es versucht."

Mina und Dana nickten kaum merklich.

„Das sehe ich auch so", ließ sich Peter vernehmen. „Wer absolut nicht hören will, muss fühlen."

Urs' Miene verfinsterte sich noch mehr. „Es ist eine Situation, wie damals, als die tödliche Lawine niederging. Ich habe meine Familie fast auf Knien angefleht, mir zu glauben. Sie haben abgewinkt und vorgeschlagen, ich solle einen Beruhigungstee trinken. An diesem Abend habe ich in voller Wintermontur an der Außenwand der großen Scheune gesessen und auf das Unvermeidliche gewartet. Das ist der wahre Grund, weshalb ich am äußersten Rand der Lawine verschüttet worden bin, mich selbst befreien konnte und als Einziger überlebt habe."

Lenka kroch ein Frösteln an.

„Keine Sorge, der Hof ist sicher", erklärte Mina. „Urs und Leo würden sofort reagieren, stände uns irgendein Ungemach ins Haus."

Als die von Trachenbergs am Montag heimreisten, baten sie: „Passt alle gut aufeinander auf!" Es war jetzt schon klar, dass Andreas mit dem Weckerklingeln den ganzen Mittwoch über in Alarmbereitschaft verharren würde.

VI.

Urs' Wetterprognose trat in allen Punkten ein. Dienstag kam die Sonne hervor und das Land dampfte wie eine Sauna unter den sengenden Strahlen.

„Von einem Extrem ins andere", stellte Jiří kopfschüttelnd fest. „Seid vorsichtig, das nasse Gras ist noch immer aalglatt! Hab mich gerade unsanft auf den Hosenboden gesetzt."

„Willkommen im Club", grinste Leo. „Ich habe mich auch gerade umziehen müssen, weil ich mich wie ein Bettnässer fühlte. Ich habe einen guten Rutsch zwischen den Apfelbäumen gehabt."

„Gebt gleich eure Kleidung her, ich setze eine Waschmaschine an, ehe die Grasflecken nicht mehr rausgehen", forderte Mina.

„Der Nächste!", feixte Leo, als Eric mit dunkelgrünen Knien an der braunen Hose hereinkam.

„Ein klassischer Kniefall vor der Natur", gab Eric bekannt. „Die Wiese ist wie Schmierseife. Nur gut, dass keiner gefilmt hat."

„Das ist der Hauptgrund, warum heute die Traktoren stehenbleiben", verriet Urs. „Ich habe solch ein Phänomen als Kind erlebt. Wenn heute Abend langsam Wind aufkommt, wird es sich augenblicklich bessern. Lenka hat übrigens einen echten Eiertanz hinter sich. Sogar mit Pirouette", fügte er verschmitzt hinzu.

„Keine Ahnung, wie ich es geschafft habe, den Korb samt Inhalt heil ins Lager zu bekommen", schmunzelte Lenka. „Als Seppel angelaufen kam, dachte ich auch sofort, es würde ein Pas de deux aus meiner Darbietung werden."

Alle begannen zu lachen.

„Mina, du solltest ihr deinen Matratzenflug zeigen!", schlug Urs vor und holte sofort den Laptop. Am meisten kicherten natürlich Lenka, Jiří und Eric, die den Videoclip noch nicht gesehen hatten.

„Mit der richtigen Musik hätte meine Vorstellung sicher auch ein Internethit werden können", stellte Lenka prustend fest. „Solo mit Weidenkorb und Eiern. Fast schon schade, dass keiner gefilmt hat."

Jiří wischte sich Lachtränen aus den Augen.

Am nächsten Morgen hatte der Wind tatsächlich die Schwaden fortgeblasen. Mina fuhr zum Landhandel, um für die Käserei einzukaufen. Sie rief nach einer Stunde an, dass sie noch ein wenig auf die Lieferung der bestellten Geräte warten müsse und sich Dana um das Mittagessen kümmern solle.

„Geht in Ordnung!", erwiderte Urs, als Dana nickte. Er steckte das Handy zurück in die Hosentasche.

Eric kam angerannt. „Irgendwas stimmt bei den Herden nicht und auch die Hunde verhalten sich komisch!"

Fast zeitgleich schrie Leo vom Ende der Weide: „Felssturz!"

Alle rannten hinaus, um zuzuschauen, wie sich der Riss beinahe gespenstig lautlos verbreitete, sich ein Teil der Felswand nach vorn neigte, um mit donnerndem Getöse in den Abgrund zu stürzen.

„Da hast du die Erklärung für das Verhalten der Tiere. Die haben schon den ganzen Morgen gespürt, dass sich der Fels bewegt", wandte sich Urs an Eric.

„Hab es komplett im Kasten", sagte Peter völlig geschockt.

Eric fasste sich mit beiden Händen an den Kopf, wischte sich fahrig die Stirn und beugte sich restlos konfus über die Mauer. „Das können sie nicht überlebt haben", hauchte er.

„Wen meinst du?", staunte Urs. „Morgen ist doch erst Donnerstag."

Eric schüttelte den Kopf. „Ich bin ganz sicher, dass ich da unten Menschen gehört habe. Wirklich!" Er schaute Urs derart verzweifelt an, dass der sagte: „Ich weiß, wie man sich fühlt, wenn einem keiner glaubt. Ich gehe mit dir runter."

„Ich auch!", rief Leo.

„Danke!" Eric eilte ins Haus, um sich Bergschuhe anzuziehen.

„Haltet euch in Bereitschaft. Eric könnte durchaus recht haben. Stimmen hören wir hier oben erst, wenn die Sprechenden sich etwa da befinden, wo der Steg war." Urs schnürte ebenfalls sofort seine Kletterschuhe, steckte Verbandszeug und ein Seil in seinen Rucksack.

Als sie abstiegen, trugen sie Tücher um Mund und Nase gebunden, um vor dem Gesteinstaub geschützt zu sein, der sich noch lange in der Luft halten werde.

Jiří holte sein Fernglas und begann die Gesteinsmassen im Tal abzusuchen, soweit es der Staub zuließ. „Je tam něco červeného!", rief er aufgeregt, mit dem Finger die Richtung andeutend und wunderte sich, dass ihn keiner verstand.

„Da ist was Rotes, hat er gesagt", übersetzte es Lenka ins Englische.

Peter zückte sein Smartphone und gab die Entdeckung an die Kletterer weiter. „Es müsste links etwa dreißig Meter vom Steg weg sein", fügte er hinzu.

„Oh, mein Gott! Mir wird gleich richtig flau im Magen", murmelte Eric, wächserne Blässe annehmend.

„Hältst du durch?", fragte Urs kurz.

„Auf jeden Fall", erwiderte Eric mit fester Stimme und stieg weiter ab.

Heute kam Urs der Weg nach unten ewig vor, dabei waren sie erst eine halbe Stunde unterwegs. Er blieb stehen, spähte umher und rief: „Da sieht tatsächlich was wie eine signalrote Warnjacke aus! Hier scheint sich wirklich eine Tragödie abgespielt zu haben!"

118

„Kann mir mal einer erklären, was da drüben los ist?", rief Mina, an der Käserei aus dem Auto springend. „Und wo sind die anderen?", setzte sie mit leichter Panik in der Stimme hinzu. Sie hatte schon an der unteren Kurve der Straße Staubschwaden ziehen sehen, die von der gegen- überliegenden Seite des Tals kamen.

„Sie sind unten und versuchen, zwei Männer zu retten, die offenbar verschüttet wurden", gab Dana Auskunft.

„Oh, mein Gott! Dann sind Urs' und Leos Visionen ziemlich schnell wahr geworden!", hauchte sie, an den Rand des Steilhangs eilend. Sekunden später summte ihr Handy und sie stellte auf Mithören.

Urs sagte: „Rufe bitte den Rettungswagen, einer hat einen offenen Bruch des linken Unter- schenkels, der andere ist mit dem Schrecken und ein paar Kratzern davongekommen. Leo bringt den Schwerverletzten rauf. Wir haben das Bein notdürftig fixiert."

Während Mina den Rettungsdienst rief, eilten Dana und Grit davon, Verbandszeug und eine Decke zu holen, um bis zum Eintreffen des Notarztes Erste Hilfe leisten zu können. Eine halbe Stunde später kam der Rettungswagen mit Blaulicht, und konnte den Verunglückten direkt übernehmen, denn Leo hatte einen regelrechten Gewaltmarsch hingelegt. Man hatte ihm den Mann mit zusammengebundenen Händen über den Rücken um den Hals gehängt. Erstens,

119

damit der nicht aus Schwäche losließ und zweitens, weil Leo die Hände zum Klettern freihaben musste, um schnell sein zu können. Und der hatte sofort Allrad eingesetzt, wie es Brenda immer nannte.

Der Verunglückte war bei Bewusstsein, sodass er alle nötigen Angaben zu seiner Person selber machen konnte. Die Männer erreichten den Hof, noch bevor der Krankenwagen abgefahren war, und schickten den zweiten Geretteten aus Vorsicht mit zur Untersuchung ins Krankenhaus.

„Bedanken Sie sich vor allem bei Eric. Ohne ihn hätten wir gar nicht gewusst, dass Menschen in Gefahr waren, und hätten demzufolge nicht nach Ihnen gesucht", erklärte Urs, seinem Neffen stolz auf die Schulter klopfend.

Minuten später kamen zwei andere Männer vom Plateau herabgeeilt und erst jetzt wurde klar, dass sich es bei den Verletzten um die Geologen gehandelt hatte, die laut Mail am nächsten Tag die Stabilität der Felsen überprüfen sollten. Der Wortführer war zugleich der Leiter der Forschungsarbeiten.

„Begreifen auch Sie es irgendwann, dass Sie mit Urs sprechen sollten?", fragte Leo mit einer Zornesfalte zwischen den Augenbrauen. „Der Trupp vor Ihnen hat seine Warnungen ernst genommen."

„Wir dachten ..."

Leo winkte mit finsterem Gesicht ab. „Eben nicht. Und genau da liegt das Problem."

Die anderen hatten Mühe, sich ein Grinsen zu verkneifen.

Der Forschungsleiter sah zu Boden. „Ich habe ja begriffen, dass wir nicht nur einen Fehler gemacht haben. Tut mir leid."

Leo schnaufte. „Das ist zumindest ein erster Ansatz."

Erics Hochachtung vor seinem Cousin stand deutlich in seinen Augen. Urs und Leo schienen sich bei jedweder Aktion einig zu sein und so nahm Leo immer öfter mit Urs' Wissen und Rückhalt die Zügel direkt in die Hand.

„Genug der Schelte und Selbstzerfleischung. Ich decke jetzt für alle Anwesenden den Mittagstisch", erklärte Mina im Tonfall, keinen Widerspruch zu dulden.

Peter und Eric holten noch eine Bank aus der Scheune, die Frauen deckten ein. Urs brachte zwei Kästen Wasser aus dem Keller. Leo schöpfte die Teller voll – mit Minas berühmtem Linseneintopf mit viel Kassler. Es dauerte eine Weile, bis die beiden eingeschüchterten Geologen auftauten und sich an der Unterhaltung beteiligten.

„Falls Sie versuchen wollen, Ausrüstung zu bergen, gehen Eric und ich mit runter", versprach Leo.

„Oh, vielen Dank! Das wäre wirklich super", riefen die Wissenschaftler.

„Das sollte am besten gleich morgen gesche-hen", regte Urs an. „Ab übermorgen wird es wieder vier volle Tage am Stück regnen."

Einer wollte gerade auf die anderslautende Meinung der Wetterapp verweisen, als er einen Fußtritt seines Kollegen spürte und lieber den Mund hielt. Klar hatte er selber auch die Noti-zen der anderen Forscher bezüglich des Berg-bauern gelesen, diese aber als Spinnerei abgetan. Dann meldete sich der Mitarbeiter, den Urs hatte vorsorglich ins Krankenhaus bringen las-sen. Er wollte mit dem Taxi zurückkommen. Der andere war bereits operiert worden und ließ Grüße an die Retter ausrichten.

„Er soll sich hierher bringen lassen, da wird es nicht so teuer", blinzelte Leo und der Chef der Truppe gab den Rat so weiter.

Der Geologe hatte einen Taxifahrer aus dem Ort erwischt, der ihn auf schnellstem Weg zum Schüchthof brachte und gleich noch fragte: „Urs, hat es Sinn, heute das Auto ausgiebig zu waschen?"

„Lass es bleiben. Ist schade ums Geld", schmunzelte Urs. „Es lohnt sich erst nächste Woche wieder."

„Wie viele Tag sind es diesmal?"

„Vier."

„Oh, das wäre dann wirklich, wie Perlen vor die Säue schütten! Heißen Dank! Macht's gut, alle miteinander." Der Fahrer trat gutgelaunt den Rückweg an, während die Geologen verblüfft zugehört hatten und nun genau so hinterher starrten.

„Man nennt die Schüchts nicht umsonst die Orakel vom Berg", lachte Peter, im Vorübereilen, und fügte für Urs hinzu: „Ich hole mit Klara das Heu vom Hang an der Straße."

„Ich bereite alles zum Nachtrocknen auf der unteren Wiese vor", rief ihm Mina hinterher.

„Das Pressen ist diesmal Peters, Jiřís und meine Aufgabe", erklärte Urs für Leo und Eric. „Ihr beide geht, wie geplant, morgen mit runter, um nach der Ausrüstung der Geologen zu suchen. Wir liegen gut im Rennen und sollten alles trocken in die Scheune bekommen. Notfalls hängen wir bis zwei Uhr eine Nachtschicht an."

„Die meinen es offenbar alle ernst", murmelte der Chef der Geologentruppe, als sie am Nachmittag zu dritt zum Plateau hinauf stiegen. „Die App sagt immer noch Sonnenschein für drei Tage."

„Wundert mich nicht", gab der zurück, der im Krankenhaus gewesen war. „Eine ältere Dame hat mich sogar gefragt, ob wir Rübezahls Rat missachtet hätten, weil es uns derart böse erwischt hat." Er zeigte ihnen seinen Arm, auf dem sich soeben die Haare aufrichteten. „Wir haben über die Notizen der anderen gelacht und müssen nun die Suppe auslöffeln, die wir uns eingebrockt haben."

Eric war diesmal der Star der Abendnachrichten und Andreas rief augenblicklich an, um ihm zu sagen, wie stolz er auf ihn sei.

„Die Hauptarbeit haben Leo und Urs verrichtet", wiegelte Eric ziemlich verlegen ab.

„Ehre, wem Ehre gebührt", rief Leo sofort. „Ohne Erics Information, dass er kurz vorher Rufe im Tal vernommen habe, hätten wir nach dem Felssturz keinen Finger gerührt. Der mit dem offenen Bruch hätte womöglich nicht überlebt. Nun, so heißt es, würde eines Tages sein Bein wieder voll funktionieren. Wünscht uns Glück für die morgige Mission."

„Das werdet ihr haben, denn sonst hätte Urs interveniert", blinzelte Andreas. „Aber ein bisschen zusätzliches Daumendrücken kann sicher nicht schaden."

Dass Eric bei Lenka Heldenstatus erworben hatte, merkte er beim Abendspaziergang fernab von Hof und Weide. Sie ging im Gegensatz zu sonst so eindeutig auf Tuchfühlung, dass er beschloss, auszutesten, wie weit er gehen dufte, ohne sie zu verärgern. Das Ergebnis überraschte ihn dann doch.

„Wenn ich jetzt könnte, wie ich wollte ...", flüsterte er, sie zärtlich streichelnd.

Lenka schmiegte sich in seine Arme und tastete in der Hosentasche herum. „Vater hat mir vor ein paar Tagen das gegeben, weil es vielleicht ganz hilfreich sein könne", wisperte sie, ein Kondom hervorziehend.

„Oh, ja, das ist es", strahlte Eric, beide Angebote sofort annehmend. Rundum zufrieden versprach er auf dem Rückweg: „Ich besorge morgen Nachschub."

Lenka nickte begeistert. Sie wusste aber auch, dass ihr der Abschied in vier Tagen besonders schwerfallen werde. Die anderen saßen noch vor dem Haus. Urs schien etwas aus dem Handy vorzulesen.

„Schön, dass ihr kommt", sagte Leo. „Wir haben eine Liste bekommen, was die Geologen mit in der Schlucht hatten, damit wir nicht sinnlos herumstochern."

„Ich schicke sie dir, ehe ich es nochmal herbeten muss", warf Urs ein.

Eric hob die Augenbrauen. „Von denen geht wohl keiner mit?"

„Doch. Nur haben sie wahrscheinlich jetzt die Hosen gestrichen voll und machen endlich, was sie schon längst hätten tun sollen – mit uns kommunizieren", grinste Leo. „Hast du die Gesichter gesehen, als der Taxifahrer nach dem Wetter fragte? Ich musste mir auf die Zunge beißen, um nicht los zu wiehern!"

„Mein Favorit war deine Antwort, dass sie eben nicht gedacht haben", schmunzelte Eric. „Das kam so herzerfrischend locker rüber."

„Ich wette, Urs hätte genau das Gleiche gesagt", ließ sich Grit vernehmen.

„Voll ins Schwarze", gab Urs vergnügt zu. „Ist mir aber sehr willkommen, dass sie jetzt schon kapieren, wer hier eines Tages die Zügel in der Hand hält."

Jiří nickte mehr für sich.

„Man kann ja auch einen Geschäftsführer einsetzen, wenn man es nicht direkt selbst führen will", hörte er Lenka sagen und hob überrascht den Kopf. Sie lächelte. „Ich meine das ernst. Ich habe mich zu über 90 Prozent entschieden, etwas aufzubauen, das dem Schüchthof ähnelt. Rustikal und typisch für die Bauernhöfe unserer Region, mit Vermarktung der eigenen Produkte, aber auch mit Workshops zu Handarbeitstechniken, Käseherstellung für den Hausgebrauch, Hexenküche und Aktionen für Schulklassen. Das heißt, ich werde diverse Mitarbeiter vor Ort brauchen ... Eventmanager für Kräuterwanderungen und Führungen ... also doch ein bisschen anders, als es hier im Familienbetrieb läuft. Das schließt ja nicht aus, dass ich eines Tages Vaters industrielle Form der Tierhaltung im Ganzen mit übernehme."

„Für die Events könnten wir uns Rat bei meiner Mum holen. In groben Zügen weiß ich, wie sie agiert, und was vonnöten ist", murmelte Eric mit halb geschlossenen Augen. „Mann, was bin ich für ein Trottel, dass mir ein ganzes Jahr verloren gegangen ist!"

„Lieber späte Einsicht, als gar keine", tröstete ihn Jiří.

„Ja, da hast du recht!", erwiderte Eric erleichtert. „Dass wir uns vordergründig hier aussweinen werden, wenn wir Hilfe brauchen, muss ich, glaube ich, nicht extra betonen. Wenn einer der beiden Berggeister auch nur ansatzweise etwas als unnütz abtun würde, ließe ich augenblicks die Finger davon." Er zog Lenka an seine Schulter. „Apropos ausweinen ... hat jemand eine zündende Idee, wie wir beide uns regelmäßig treffen könnten? Außer virtuell", fügte er lachend hinzu, weil als er Leos verschmitztes Grinsen durchaus zu deuten wusste.

„Wir haben einen Bahnhof und einen Hangar für Agrarflieger gleich daneben", zählte Jiří auf. „Wenn ich weiß, wann du auf dem Bahnhof bist, kann dich einer der Piloten direkt zu mir an die Hallen bringen. Lenka wohnt nur einen Katzensprung zu Fuß weg, wird dich aber sicher lieber woanders treffen wollen, weil ihre Mum sehr speziell ist. Da gibt es zum Beispiel den hübschen Gasthof bei mir zwei Mal um die Ecke, der meinem Bruder gehört. Der kennt das Dilemma und ist verschwiegen, wie ein Indianergrab. Wenn Lenka dort ein und aus geht, fällt es auch nicht auf, denn sie ist Familie. Wenn sie irgendwann volljährig ist, haben eh alle die Klappe zu halten."

„Klingt gut", sagten die anderen direkt im Chor, was Eric für einen Wink des Himmels hielt und gleichzeitig für Lachsalven sorgte.

„Die Parzen spinnen die Fäden und wir werden aufpassen, dass sich diese nicht verhaspeln", lachte sich Lenka ins Fäustchen.

„Umgekehrt geht das Spiel natürlich auch", blinzelte Leo. „Wir haben einen Bahnhof und jeder kann hinfahren, um dich dort abzuholen."

Lenka kuschelte sich fest in Erics Arme. „Mit so viel Rückenwind können wir jedes Ziel erreichen. Meinst du nicht auch?"

„Meine ich", bestätigte er. „Irgendwie muss ich ja zudem die Konkurrenz um deine Gunst kurz halten."

„Schau an, schau an!", schmunzelte Urs. „Besitzansprüche."

„Aber so was von!", gab Eric breit lächelnd zu.

„Ihr beide", damit meinte Mina Lenka und Jiří, „fahrt morgen in die Stadt, solange das Wetter mitspielt. Und keine Widerrede!"

Beide hoben die Hände und fügten sich kichernd dem Reglement. Erics gesteigertes Interesse an dieser Information bemerkte keiner. Er lag später im Bett, befragte Tante Google und schickte Jiří schließlich eine lange WhatsApp, mit der Bitte ganz am Ende, Lenka nichts zu verraten. Ziemlich zufrieden schlief er ein, als Lenka sein Herzchen ohne Kommentar in gleicher Weise beantwortete. Sein Equipment für die Aktion am nächsten Morgen stand bereit, von Peter auf Herz und Nieren gecheckt, der die meisten Klettererfahrungen von allen hatte. Er gab ihnen auch beim Frühstück noch ein paar kleine Hinweise, um plötzlich zu sagen: „Ist schon ein komisches Gefühl, wenn man zugeben muss, selber nicht mehr die ganz großen Bäume ausreißen zu können und anderen den Vortritt lassen muss."

„Was glaubst du wohl, warum Leo gestern den Verletzten hochgetragen hat?", schnappte Urs. „Bei mir ist bei solchen Gewaltaktionen die Luft inzwischen genau so raus. Hab früher über meinen Großvater gelacht, wenn der sagte: Ab 50 spürst du jedes neue Jahr. Recht hat er!"

„Sowas aus deinem Mund?", stammelte Eric verblüfft.

„Das hat meiner auch immer beteuert", seufzte Jiří. „Umso schöner ist es, wenn man da schon weiß, dass jemand nachfolgt, der die Fahne weiter hochhält." Er tupfte Lenka auf die Nasenspitze.

In dem Augenblick schlugen die Hunde an. Sie meldeten das Fahrzeug der Geologen.

„Dann wollen wir mal." Leo erhob sich.

„Passt bitte auf euch auf!", forderten die Frauen wie aus einem Mund.

„So viele Gedanken und Worte, die hier immer wieder völlig synchron geäußert werden, lassen mir einen wohligen Schauer den Rücken hoch und runter laufen", flüsterte Jiří beeindruckt.

Urs klopfte Eric und Leo auf die Schultern. Er wusste, sie würden aufeinander achten und auch die Geologen vor Gefahren schützen. Denen legte er ans Herz: „Wenn Leo sagt, eine Sache ist aussichtslos, dann ist sie es. Merken Sie sich meine Worte! Gutes Gelingen!"

Leo hatte darauf bestanden, dass jeder einen Lawinentracker bei sich trug. Nun stieg er als Erster ins Tal, den anderen so ein stark gemäßigtes Tempo vorgebend. Man würde unten genug Energie brauchen, um gegen Schuttberge anzukämpfen. Eric machte das Schlusslicht. Er trug eine GoPro auf dem Helm, mit der er die ganze Aktion filmte. Ein Grund mehr für die Geologen, sich strikt an Leos Anweisungen zu halten.

„Wir haben direkt am Murenende, ungefähr hier, unsere Geräte aufgestellt", erklärte jener, der sich als Markus vorgestellt hatte. „Wir waren noch nicht mal dazu gekommen, anzuschalten oder GPS Daten zu nehmen, als es da drüben schon bröckelte."

Ein paar Meter über der Talsohle ließ Leo Eric auf dem Pfad zurück. „Du sicherst uns!" Eric nickte. Er war dankbar, dass er überhaupt hatte mitgehen dürfen, weil er noch nicht volljährig war. Leo wollte keinerlei Risiko eingehen. Nun saß Eric hier und suchte mit einem kleinen Feldstecher die Wände und Schuttberge auf Gefahren für die drei anderen ab.

„Neben den beiden großen Brocken liegt was Schwarzes" rief Eric zu Leo hinüber.

„Eine Amsel. Die sind dafür bekannt, genau ins Unglück zu fliegen. Ist wohl von fallenden Steinen erwischt worden. Schade um das Tier."

Es dauerte fast eine Stunde, ehe sie überhaupt erste Anzeichen für verschüttete Technik fanden. Aber auch nur, weil Leos siebenter Sinn anschlug, wie ein guter Wachhund. Das, was die anderen für eine Wurzel gehalten hatten, war der unförmig schlammverklebte Trageriemen einer Tasche.

„Ausgraben können Sie", sagte er lapidar und taxierte mit zusammengekniffenen Augen weiter das Geröll.

„Das ist echt unheimlich", wisperte Rainer, der andere Wissenschaftler.

Markus nickte, denn er hatte soeben genau das Gleiche gedacht.

Eric warnte immer öfter, weil immer wieder Steine nachrollten. Die waren zwar nicht groß, klemmten aber trotzdem äußerst unangenehm die behandschuhten Hände ein.

„Wir können drei Haken auf die Liste setzen!", gab Markus bekannt. Das rutschende Gestein hatte die Geräte auf einem Fleck zusammengeschoben. „Ich gehe ein paar Meter weiter runter."

„Würde ich nicht jetzt machen", warf Leo ein. „Da drüben rieselt es schon wieder und ich habe ein ungutes Gefühl."

Sekunden später polterten fußballgroße Felstrümmer in die Tiefe, zerplatzten beim Aufprall auf andere Brocken in faustgroße Geschosse, mit denen sie die Männer überschütteten.

Markus war blass geworden. „Danke!"

„Gerne." Leo ließ sich eine Brechstange reichen, mit deren hakigem Ende er eine zerquetschte Kamera aus dem Schutt pulte. „Da fehlen nur noch zwei", kommentierte er.

Reiner packte sie in den Rucksack, obwohl er liebend gern sofort nachgeschaut hätte, ob die Speicherkarte intakt war.

„Ein bisschen Spundus ist manchmal ganz hilfreich", raunte Eric Leo zu, der als Antwort mit dem Augenlid zuckte.

Von den fehlenden Tablets fand man keine Spur, dafür aber eine komplette Tasche mit Werkzeug, die bis zum Rand mit Geröll gefüllt war und nicht mit auf der Suchliste gestanden hatte.

„Was ist dort?", fragte Eric beunruhigt, weil Leo immer wieder zu einer bestimmten Stelle schaute, die ganz am Ende der neuerlichen Verwüstung lag und die er mit dem Fernglas nicht einsehen konnte. „Nichts, was im direkten Zusammenhang mit dieser Aktion steht, glaube ich", erwiderte Eric nachdenklich.

„Weg hier!", rief er einen Wimpernschlag später zeitgleich mit Eric, als sein Blick die Bergflanke streifte. Er trieb die Gruppe den Hang hinauf, bis zu jener Stelle, wo Erics Beobachtungsposten lag. Sie zerrten die Rucksäcke in den Händen mit sich, weil er ihnen nicht einmal die Zeit ließ, sie aufzuhucken.

„Ach, du Scheiße!", rutschte es Markus heraus, als ein Felsblock im Format einer Telefonzelle ins Tal krachte.

„Jemand verletzt?", fragte Leo. „Hauen wir ab!", rief er, als die anderen signalisierten, unversehrt zu sein. Er musste es auch nicht wiederholen. Mit fliegenden Händen schnallten sie ihre Rucksäcke um und kraxelten auf allen vieren den schmalen Pfad hinauf. Diesmal Leo mit der GoPro am Ende. Er hatte einfach mit Eric den Helm getauscht.

Dass von oben jemand eine Drohne als zusätzliche Sicherung über das Einsatzgebiet gesteuert hatte, merkten sie erst, als sie die Wiese erreichten.

Urs drückte Eric und Leo fest an seine Brust, wobei er Leo zuflüsterte. „Ich bin verdammt stolz auf dich. Du hast alles richtig gemacht."

„Daran liegt mir viel", erwiderte Leo mit einem warmherzigen Lächeln.

Mina umarmte beide stumm und innig. Dana streichelte Leos Gesicht. „Ich hatte wahnsinnige Angst um euch."

Der Mann mit der Drohne versprach Urs, ihm sofort die Kopie des Videos zu mailen.

„Kaffee und Kuchen sind fertig!", rief Grit über die Wiese und die Einsatztruppe begab sich an die Quelle, um sich einigermaßen vom Schmutz der Aktion zu befreien, ehe alle am Tisch Platz nahmen.

„Da unten habe ich endgültig begriffen, dass in Ihnen und Ihrem Sohn besondere Fähigkeiten schlummern", gestand Markus. „Allein wäre es uns haargenau wie der letzten Gruppe gegangen. Und ich gebe zu, dass es mir unheimlich ist."

„Das wird sich steigern, wenn morgen der Regen einsetzt", lachte Eric. „Denn der Technikkram sagt drei Tage Sonne."

Seppel kam an den Tisch und stupste Eric mit der Nase an.

„Oh, vom Oberaufseher persönlich belobigt", schmunzelte Leo.

Eric fasste über seine Schultern nach hinten und kraulte mit beiden Händen Seppels Wangen. „Daran liegt mir viel."

„Diesen Satz habe ich heute schon mal gehört", blinzelte Urs vergnügt. Als er die Genehmigung bekam, das Drohnenvideo offiziell zu verwenden, schlug er vor: „Dann spiele ich es doch ganz einfach mal der Presse zu, um auf die gelungene Aktion aufmerksam zu machen. Ein bisschen Publicity, außerhalb der Fachpresse, kann manchmal Großes bewirken. Sie haben doch sicher schon von Maud Jansen gehört?"

„Aber ja!", riefen zwei der Geologen.

Lenka und Jiří kamen erst am späten Nachmittag zurück, sie wirkten überaus zufrieden und fragten natürlich sofort, wie die Bergung gelaufen sei.

„Wir schauen uns nach dem Abendbrot die Filme auf dem großen Bildschirm an und genießen die letzten trockenen Stunden", verriet Urs.

„Regnet es hier immer so viel?", fragte Lenka.

„Nein. Manchmal schneit es auch", antwortete Urs im Brustton der Überzeugung.

Lenka verdrehte lustig die Augen. „War ja klar, dass jetzt sowas kommt."

Urs grinste vergnügt. „Nein. Es regnet nicht immer so viel. Aber dieses Jahr schert sich wohl nicht um alte Regeln."

„Ich habe auch die Nachricht von Danuta bekommen, dass wir eher mähen müssen, um verlustfrei zu bleiben. Es wird also sofort nach Heimkehr hektisch werden", gab Jiří bekannt. „Wir werden die letzten Stunden bei euch mit allen Sinnen genießen."

Klar, dass auch die Abendnachrichten Sequenzen der Videos enthielten und Andreas der Stolz auf Eric anzusehen war. Und Eric fragte sofort nach, was das Schwesterchen mache. Brenda schickte ihm das neueste Ultraschallbild. Eric quittierte mit Herzchenaugen-Smiley.

„Es ist schön, dass ich teilhaben kann, wie das Kleine wächst", schwärmte er, als alle rätselten, warum er plötzlich so verzückt lächelte.

„Ach, alles klar!", freute sich Mina.

„Du bist bestimmt ein ganz toller großer Bruder", bekräftigte Lenka.

Eric blinzelte. „Ich bemühe mich."

VII.

Im GoPro Video waren deutlich die Worte zu hören gewesen, mit denen Eric nachfragte, was Leo an der einen Stelle so grübeln ließe.

„Ich kann es euch nicht erklären", murmelte Leo zögernd. „Es war, wie fremde Gedanken empfangen – Angst, Hoffnung und Schmerz in einem. Vielleicht waren es ja noch die Energien vom Vortag. Ich weiß es nicht."

Das beschäftigte ihn auch in der Nacht und er geisterte durchs Haus, ohne Ruhe zu finden. Urs, der ebenfalls nicht schlafen konnte, sah noch nach Mitternacht das Licht brennen und es machte ihn nachdenklich. Leo hatte schon am Abend zuvor überaus still gewirkt, ja fast sogar abwesend. Auf Danas Nachfrage hatte er geseufzt: „Irgendeine innere Unruhe, deren Ursache ich möglicherweise verdränge."

„Ihr habt doch aber fast alles geborgen und die Männer haben überlebt, viele Gründe, froh zu sein", hatte Dana geantwortet.

Urs spürte womöglich das gleiche Unbehagen gegen irgendwas. Er wunderte sich nicht, als Leo sofort nach dem Morgengruß erklärte: „Ich muss noch mal runter in die Schlucht, bevor der Regen stärker wird. Einspruch zwecklos."

„Ich weiß", erwiderte Urs, ihm die Hand auf die Schulter legend. Die anderen verkniffen es sich, zu intervenieren.

„Allein!", betonte Leo, als Eric noch nicht einmal den Mund geöffnet hatte, um Hilfe anzubieten, und der jetzt entsetzt flüsterte: „Eure Gedankenleserei erschreckt mich immer wieder."

Auf Lenkas Armen hatten sich die Härchen aufgerichtet und auch Jiří präsentierte eine deutliche Gänsehaut. Niemand hielt Leo zurück, der schnell und schweigend gegessen hatte, um sofort absteigen zu können. Ihm irgendwelche klugen Ratschläge mit auf den Weg zu geben, wäre gewesen, wie Eulen nach Athen zu tragen. Sie wunderten sich nur, dass er einen Geologenhammer, eine kleine Brechstange, Verbandsmaterial und Wunddesinfektionsmittel in seinem großen Rucksack verstaute.

„Was hat er vor?", hauchte Lenka.

„Das werden wir erfahren, wenn er wieder da ist", antwortete Urs zuversichtlich, sich dem Tagewerk widmend.

Idefix hockte am Rand des Abgrunds und starrte Leo hinterher, der bedächtig Stufe für Stufe in die Tiefe stieg. Nach über zwei Stunden kam Leben in den Hund, der schwanzwedelnd darauf wartete, dass Leo die Wiese erreichte. Alle ließen ihre Arbeit liegen, um Leo zu empfangen, der schmutzig war, als habe er mehrere Runden Schlammcatchen hinter sich.

„Siehst nicht unzufrieden aus", merkte Urs mit einem Blinzeln an.

Leo lachte. „Ja, das beschreibt die Situation recht gut. Ich habe erstaunlich schnell gefunden, was ich suchte." Er schlug vorsichtig die Lasche des Rucksacks zurück und kippte ihn leicht an, damit die anderen hineinsehen konnten.

„Oh ... mein ... Gott!", sprachen alle im Chor. Sie hatten mit irgendwelchen Werkzeugen oder Geräten gerechnet, aber keinesfalls damit, einen ausgewachsenen Kolkraben präsentiert zu bekommen. Das Tier war bandagiert wie eine Mumie, sogar der Schnabel war umwickelt. Nun funkelte es sie mit bösem Blick an.

„Es sieht schlimmer aus, als es ist", wiegelte Leo ab. „Er hat nur einen gebrochenen Flügel, der Rest ist Schlamm, weil es seit Stunden nieselt. Ich wollte sicher sein, dass er weder mich noch sich verletzt. Nun ist er natürlich sauer, dass ich ihn in den finsteren Rucksack verfrachtet habe. Er wird aber schnell kapieren, dass dies das einzige Ungemach ist, das ihm von meiner Seite aus droht."

„Ich hole ein paar Bröckchen Fleisch, damit du mit ihm Freundschaft schließen kannst!" Dana rannte ins Haus.

Leo erzählte inzwischen, dass er sich während der Rettungsaktion für die Geologen ständig beobachtet gefühlt habe. Es sei gewesen, als versuche jemand, in seine Gedanken einzudringen. „Heute zog es mich regelrecht wie an einem Leitstrahl dahin, wo der Prachtkerl gefangen war."

„Bei solch einem intelligenten Vogel wundert es mich nicht, dass er auf jede Weise versucht hat, Hilfe zu bekommen und wir sind besonders feinfühlig, anderer Nöte zu spüren", sagte Urs. „Habt ihr ihn denn nicht krächzen hören?"

„Völlig unmöglich", erklärte Leo. „Er lag total verdreht zwischen dem Geröll und ich dachte im ersten Moment, er habe sich das Genick gebrochen. Der Schnabel steckte fest und es ist ein Wunder, dass er überhaupt noch atmen konnte."

Leo nahm dem stattlichen Vogel erst den Schnabelverband ab, als Dana mit dem Fleisch zurückkam, welches der Rabe sofort erspähte. Leo stellte den Teller so hin, dass ihn der Rabe sehen, aber nicht erreichen, konnte, nahm ein Bröckchen und hielt es ihm vorsichtig hin. Mit schief gelegtem Kopf und einem unschlüssigen „Krah" taxierte der Vogel das Angebot.

„Nimm. Es ist wirklich für dich und wir geben es gern", sprach Leo beruhigend auf das Tier ein.

Ganz vorsichtig zupfte es schließlich das Fleisch Leo aus den Fingern. Das zweite Bröckchen wurde schon mit deutlich freudigem Krächzen begrüßt und am Ende durfte Leo am restlichen Verband hantieren, ohne Furcht haben zu müssen, mit dem äußerst kräftigen Schnabel traktiert zu werden. Rasch war nur noch der gebrochene Flügel am Körper fixiert und Leo trug den Raben zur Bank an der Quelle, wo er ihn auf die Lehne setzte, damit er sich ein wenig beruhigen und umschauen konnte. Die Hunde und Seppel bekamen Verbot, den Schwarzgefiederten zu stören.

„Der macht nicht heimlich die Flatter", merkte Urs für die anderen an. „Dazu sind diese Vögel viel zu schlau. Er weiß, dass Leo seine einzige Chance ist, zu überleben. Er versucht ja nicht mal, den Verband loszuwerden, obwohl es ihm ein Leichtes wäre, ihn zu zerreißen. Ich denke, wir haben einen neuen Hofbewohner."

Leo grinste. „Wollten wir nicht schon immer einen Kobold, der Dinge versteckt und anderen Schabernack treibt?"

Eric lachte herzlich. „So schnell können Wünsche aus der Kinderzeit wahr werden. Ich habe oft überlegt, wie es sei, einen zahmen Raben zu haben."

Seppel ignorierte das Verbot nicht, den Neuen zu belästigen, er umging es einfach, indem er auf Katzenspungweite herankam, den Vogel neugierig beobachtete, und ihm die Initiative überließ. Dass die beiden eine Unterhaltung führten, war bald nicht mehr zu überhören. „Du hast doch garantiert schon einen Namen für den Großen", lockte Eric.

Leo kicherte. „Spooky wäre passend. Es sah ziemlich gruselig aus, wie er mit zerquetschtem Flügel zwischen dem Geröll feststeckte."

Spooky blieb jedenfalls auf seiner Bank hocken. Entweder wusste er, dass seine Fluchtchancen allgemein schlecht standen, oder er hatte schon mit Wächtereseln Erfahrungen gesammelt, als er woanders Küken abstauben wollte. So, wie er zu Klara hinüber schaute, schien er den Hühnernachwuchs bereits seit längerem von der Speisekarte gestrichen zu haben. Allerdings balancierte er zur Tränke, um sich am frischen Quellwasser zu laben. Leo brachte ihm noch einige Häppchen Fleisch, die zum Braten zu sehnig waren. Das Erste reichte er Spooky direkt. Vor dem Zweiten deutete er auf seinen Arm. „Kommst du mit?" Wobei er das Stückchen so hielt, dass der Rabe es nur erreichte, wenn er auf Leos Arm kletterte. Beim dritten Versuch hatte Spooky begriffen, dass auch dabei keine Gefahr drohte und er ließ sich mit klopfendem Herzen herumtragen. Dass ihm dies mit Leckerli versüßt wurde, schmolz das Eis der Angst noch schneller. Es schien Spooky auch nicht übel zu gefallen, wie das leise Brummeln andeutete, das er immer wieder von sich gab.

„Oha. Ein neuer Aufseher", lachte Eric. „Wenn sich die beiden zusammentun, bleibt kein Auge trocken."

Bei Urs Anblick stutzte Spooky, schaute Leo an, dann schnäbelte er irritiert vor sich hin.

„Du wirst dich daran gewöhnen und uns sicher auf deine Weise auseinanderhalten", schmunzelte Urs. „Schön, dass es dir so gut geht."

„Krahhh, krahhh, krahhh", klang es zurück, wobei der Rabe mit dem ganzen Körper wippte.

„War ja glasklar, dass ihr den nicht mehr hergebt", kicherte Mina, die im Normalfall schon die Vogelwarte angerufen hätte.

Jiří schüttelte amüsiert den Kopf. „Rübezahl hat wieder ein unschuldiges Leben gerettet. Es ist aber auch kein Wunder, wenn der schwarze Racker aus solch einem Paradies nicht mehr wegwill."

Wie zur Bestätigung ließ sich Spooky von Leo am Bauch streicheln. Wer würde schon freiwillig das Feld räumen, wenn er königlich bewirtet wurde. Bei so vielen Tieren war auch zu erwarten, dass genügend nebenbei zu finden war. Mäuse und Regenwürmer ganz bestimmt. Vor Katzen hatte Spooky nun wirklich keine Angst. Der eine Esel sah aus, als ob man sich mit ihm arrangieren könne und dem anderen, mit seinen Küken, konnte man ja aus dem Weg gehen.

„Oh, hier ist einer eifersüchtig!", rief Grit, als sich Seppel demonstrativ vor Leo aufbaute, um auch gestreichelt zu werden. Das war die beste Gelegenheit für Seppel, den Neuling direkt in Augenschein zu nehmen. Er schnüffelte ihn an, was der Rabe erstaunlich gelassen über sich ergehen ließ, dabei aber mauzende Töne, wie eine Katze, von sich gab.

„Ja, ja, ich passe schon auf dich auf", versprach Leo amüsiert und schlug Seppel vor:

„Achte auf deine Nase. Spookys Schnabel ist nicht von Pappe. Das gibt Kerben im Pelz."

„Von den Krallen aber auch", stellte Dana fest, weil Leos Arm, trotz Jacke, rote Striemen trug.

Eric grinste. „Ist halt kein Kanarienvogel."

Das darauf folgende Krächzen des Raben klang fast wie Lachen und die Menschen stimmten ein.

Urs hatte schon vorausgesagt, was bei den Abendnachrichten tatsächlich eintrat – Ramona postete sofort: So einen will ich auch! Und Fabian setzte darunter: Den würde ich dir sogar mit Kusshand genehmigen. Leo sah absolut herrlich aus inmitten der Tiere. Auf der linken Schulter thronte Spooky, auf der rechten lag der Kopf von Seppel und auf seinem Schoß hockte Idefix. Fehlte nur noch Pünktchen.

„Das nenne ich ein wahres Tierparadies", strahlte Jiří.

„Ich möchte es am liebsten wie Spooky halten, und auch nicht mehr wegwollen", seufzte Lenka, Eric einen tiefen Blick widmend, den der in gleicher Weise erwiderte.

Einen Wimpernschlag später begann Urs zu lachen. „Ich will ja nicht indiskret sein, aber über deinem Kopf ist gerade ein riesiges Ausrufezeichen erschienen", wandte er sich an Eric.

Der kicherte. „Ich habe soeben festgestellt, dass es sinnvoll wäre, würde ich nebenbei noch Tschechisch lernen, obwohl es vielleicht schwerfällt. Ich möchte schließlich nicht jedes Mal um Hilfe rufen, wenn es um einfachste Dinge geht, falls alles wie erträumt eintritt, und wir ein gemeinsames Projekt in Lenkas Heimat aufbauen."

„Dass ich es wirklich noch erleben darf, dass du erwachsen wirst!", rief Mina mit gefalteten Händen und zum Himmel verdrehten Augen.

Eric grinste. „Da musst du zum heiligen Leo beten. Der hat schließlich das Wunder bewirkt, mir die Birne gerade zu rücken."

Leo schaute sich gespielt hektisch um. „Wo ist der Aus-Schalter für meinen Heiligenschein?!"

Spooky krächzte sich eins. Er hatte zwar nichts verstanden, aber gefühlt, dass es lustig war, was die Menschen gerade sprachen.

Eric reichte dem putzigen Gesellen ein Bröckchen harten Brotes, das die Ziegen noch nicht erspäht hatten. „Bestechungsgeld, falls mein Heiligenschein mal flackert."

Leo klopfte ihm schmunzelnd auf die Schulter und Spooky stupste ihn mit dem Schnabel an.

„Ein absolut süßer Flattermann", schwärmte Grit.

Für die Nacht trug Leo den stattlichen Vogel in den Schafstall. Erstens, weil die Ziegen nur Dummheiten im Kopf hatten, zweitens weil er nicht riskieren wollte, dass er sich in das Hühnerhaus schlich und drittens weil er schon einen Draht zu Seppel zu haben schien. Der zudem

dem Verletzten beistehen konnte, wage sich ein Marder oder anderes Raubzeug an ihn heran.

Spooky schien sein Schlafplatz auch nicht übel zu gefallen – ein strohgepolstertes Eckchen auf einem großen Pfosten, woran sich die anderen Tiere nicht zu schaffen machen konnten. Dabei achtete Leo darauf, dass der Rabe im Notfall den Boden erreichen konnte, indem er über abgestellte Werkzeuge und Geräte hinab hopsen oder klettern konnte.

Als überall die Lichter ausgingen, huschte Lenka auf Zehenspitzen zu Eric, um die letzten Stunden intensiv zu genießen. Dankbar, dass Vater Jiří alles ganz entspannt sah. Er hatte sie in der Stadt sogar angestupst: „Da drüben ist eine Drogerie, zwecks Nachschub und so." Dabei hatte er verschwörerisch geblinzelt.

Lenka war schnurstracks hinein geeilt und hatte gar nicht mitbekommen, dass er mit zwei schnellen Sätzen in einem Geschäft genau daneben verschwand. Denn als sie wieder herauskam, wartete er scheinbar noch immer auf der gleichen Stelle. Seine zufriedene Miene schrieb sie ausschließlich der Tatsache zu, dass sie auf den Wink goldrichtig reagiert hatte. Sie schlich auch erst mit dem Weckerklingeln zurück in ihr Zimmer.

Spooky hingegen war in seinem Nest geblieben. Aufregung und nicht zu verleugnende Schmerzen forderten Tribut. Er wurde sogar erst munter, als im anderen Stall die Hühner

unüberhörbar die frisch gelegten Eier begacker-
ten. Dann beäugte er das Treiben im Schafstall
und wie sich die Esel bereit machten, ihre tägli-
che Arbeit anzutreten.

Da kam auch schon Leo, streichelte alle, die
gerade in seiner Nähe waren, dann wandte er
sich dem Raben zu. „Guten Morgen, Spooky!
Gut geschlafen?"

„Krah", schnäbelte der erfreute Vogel, sofort
den hingestreckten Arm erklimmend.

„Alles im grünen Bereich?" Leo kraulte den
Schwarzgefiederten zärtlich am Bauch.

„Krahh, krahh, krahh", kam es Antwort
zurück.

Spooky bekam auf dem Fensterbrett einen
eigenen kleinen Napf Hundefutter, den er freudig begrüßte. Als der leer war, schaute er sehn-
süchtig Leo hinterher, der mit Eric die Ställe
ausmistete. Leo erbarmte sich schließlich, ihn
auf der Schulter überall mit hinzunehmen.
Solange es nicht regnete, damit der Verband
nicht nass wurde.

„Bring ihn mit rein", sagte Mina zum Frühstück, denn es dauerte sie, den intelligenten
Vogel irgendwo einsam sitzen zu lassen.

Spooky wusste das zu würdigen, indem er
mucksmäuschenstill zuschaute, was die Menschen taten. Als sich Leo allerdings eine Scheibe
Käse nahm, trat Spooky aufgeregt von einem
Bein aufs andere und mauzte kläglich, sodass er
unter dem herzlichen Gelächter der Schmausen-

den, schließlich ein Stückchen erhielt. Er bedankte sich, indem er seinen Kopf an Leos Wange rieb, der ihn schmunzelnd am Schnabel fasste.

„Ein Charmeur der Extraklasse", kleidete es Mina lächelnd in Worte. „Ob er wohl vor seinem Unfall irgendwo als ‚Haustier' gelebt hat?"

„Den Gedanken hatte ich auch schon", gab Leo zu. „Er verhält sich regelrecht wohlerzogen. Ich werde ihn niemals zwingen, bei mir zu bleiben, wenn er eines Tages beschließen sollte, davon fliegen zu wollen."

„Krah?"

„Alles gut, Großer." Leo kraulte Spooky noch einmal am Bauch. „Ich fahre dann gleich mit ihm zum Doc. Ich möchte, dass sein Flügel wirklich perfekt heilt."

Dana nickte erfreut. Sie hätte sich sehr gewundert, wenn es nicht genau so gekommen wäre. Sie wunderte sich auch nicht, dass Spooky, als freier Vogel, wie es Leo lachend bezeichnete, dabei auf seiner Schulter sitzen durfte. Fakt: Im Wartezimmer war der Kolkrabe die Attraktion schlechthin und Leo der Star des Tages.

Der Doc kam sogar nachschauen, ob er durchs Fenster richtig gesehen hatte, welch seltenes Geschöpf seine Praxis beehrte. „Ein Schücht! Na, da ist mit solchen Begebenheiten fest zu rechnen!", lachte er, den nächsten Patienten hereinbittend.

„Hast du das gehört, Spooky?", schmunzelte Leo.

„Krah, krah, krah!" Der Rabe wippte auf Leos Schulter und warf den Besitzern von Katzen und Meerschweinchen stolz zu nennende Blicke zu.

Spooky beäugte den Doktor ziemlich skeptisch, beruhigte sich aber, als der nicht am Verband herumwerkelte und sogar sein mobiles Röntgengerät einsetzte, damit der Rabe auf der Stuhllehne neben Leo hocken bleiben konnte. Schnell waren die Bilder ausgewertet.

„Ich hätte es auch nicht besser machen können", erklärte der Doc. „Ob der Prachtkerl eines Tages wieder richtig fliegen kann, wird die Zeit zeigen. So, wie es aussieht, haben Sie ihn ja vom Fleck weg adoptiert."

„Das trifft es ziemlich gut", schmunzelte Leo, dem Spooky seinen Kopf unters Kinn steckte und keckernde Töne von sich gab. Er beschrieb, wie der Rabe untergebracht sei und dass er an allem teilnahm, solange er Spaß daran habe. „Ich hoffe sehr, dass er bei mir bleibt, wenn er wieder genesen ist."

Der Doktor lachte, „Ich möchte nicht dagegen wetten. Der ist doch jetzt schon hin und weg, wie gut er versorgt wird." Er reichte Spooky eine Hundekaustange, die der Rabe mit freudigem Krächzen entgegennahm. „In zwei Wochen schaue ich mir den Flügel noch mal an."

Spooky enterte Leos Schulter und ritt stolz erhobenen Hauptes zum Auto zurück. Eine Viertelstunde später ließen im Landhandel die Mitarbeiter alles stehen und liegen, um sich zum ersten Mal im Leben einen ausgewachsenen Kolkraben von nahem anzusehen, ohne Käfigstäbe dazwischen oder Lederband am Fuß. Klar bekam er auch hier ein Leckerchen, was mit Dankeskrächzen verschnabuliert wurde. Damit Spooky seinen Lieblingsplatz auf Leos Schulter nicht verlassen musste, halfen zwei Mitarbeiter beim Beladen des Kofferraums. Leo gab reichlich Trinkgeld und fuhr nach Hause.

„Na, von Weltreise zurück?" Eric zupfte den Raben scherzhaft am Schnabel.

„Krahahahahaha", tönte es lustig, wobei Spooky fröhlich wippte.

„Und alles soweit im grünen Bereich", verriet Leo zufrieden. „Dafür, wie ich ihn gefunden habe, sieht es unter seinen Federn erstaunlich gut aus." Er hieß Spooky, auf Erics Schulter überzuwechseln, um ausladen zu können.

Seppel stand natürlich mitsamt Hunderudel auch bereit, um die Ankömmlinge zu begrüßen. Spooky ließ sich von Seppel anschnüffeln und hopste plötzlich auf dessen Kruppe. Eric und Leo blieben vor Schreck fast die Herzen stehen. Seppel legte die Ohren an und alle machten sich auf ein Rodeo gefasst, als sich der Esel sichtlich entspannte und keinerlei Brimborium unternahm, seinen ungewöhnlichen Reiter loszuwerden.

Urs lachte beim Anblick der beiden hellauf. „Wenn man nicht fliegen kann , lernt man eben reiten."

„Und bei dem Reittier kannst du annehmen, dass es nie langweilig wird", grinste Leo, dem Seppel mit Spooky auf dem Rücken zum Haus folgte. Idefix hopste auf zwei Beinen um die beiden herum. Mina kicherte: „Demnächst Stadtmusikanten 2.0 als Ablösung der Sagenfeuer?"

„Sag es nicht so laut, das Jungvolk könnte es als Aufforderung werten", feixte Urs.

Leo zupfte sich am Ohr. „Ich werte es erst mal als Idee, die Sagenfeuer um eine Attraktion aufzuwerten, denn Raben wollen beschäftigt sein und das Training wird Spooky sicher Spaß machen. Inklusive dem Erzeugen von Gruseltönen."

Mina und Dana nickten verschwörerisch. Ja, der Gedanke hatte einen gewissen Reiz. Zumal, seit es Struppi und Karli nicht mehr gab, die Vorstellungen nicht so aufregend waren, weil die letzte Würze fehlte.

Am nächsten Morgen stand Maud Jansen auf der Matte, um über die Rettungsaktion Kolkrabe zu berichten. Leo stellte ihr das Video seiner Helmkamera zur Verfügung, obwohl wegen des Regens und vieler Schlammspritzer kaum klare Bilder zu erkennen waren.

Maud winkte ab. „Umso dramatischer sieht es aus. Und mir läuft gerade wieder so ein wohliger Schauer den Rücken rauf und runter. Rübezahl Junior tut schon jetzt genau so viele Wunder wie sein Vater. Wisst ihr eigentlich, dass die Geologen, denen ihr das Leben gerettet habt, für euch Kerzen in der nächsten Kapelle gestiftet haben?"

Leo und Urs schüttelten verblüfft und völlig deckungsgleich die Köpfe. Spooky schien zu fühlen, dass es mit Mauds Anwesenheit eine besondere Bewandtnis hatte, denn er posierte geradezu, wenn sie die Kamera auf ihn richtete.

„Ich freue mich auf den Tag, wo ich ihn ohne Verband ablichten kann", schwärmte sie, ganz vorsichtig mit dem Finger über die Schnabelspitze des Raben streichend. „Daraus werde ich eine richtig mystische Fotoreihe machen. Ach, Spooky, das wird toll werden!"

„Krahhh, krahhh, krahhh!", spektakelte der Rabe und tupfte Leo an.

Maud lachte. „Ja klar, Leo kommt auch mit auf ein paar Bilder. Meine Güte, ist der Vogel drollig!"

Am Abend saßen alle Familien beisammen, um Lenka und Jiří zu verabschieden, als es an der Fensterscheibe klopfte. Unter dem schallenden Gelächter der Versammelten ließ Urs Spooky herein. Der sah durch den Kraftakt, aus dem Stall heraus, durch den Regen zum Haus und dann auch noch auf das Fensterbrett zu kraxeln, ziemlich gerupft aus und sein Flügelverband war völlig durchnässt. Mina erbarmte sich, den Fön zu holen und Spooky auf kleinster Stufe zu trocknen, damit der ja nichts vom geselligen Beisammensein verpasste. Spooky kuschelte sich mit selig verdrehten Augen an und ließ sich verwöhnen.

„Da werden wir ihn wohl zukünftig als Schatten betrachten und wirklich mit ins Haus nehmen müssen", stellte Dana amüsiert fest und fügte hinzu: „Wehe, wenn du dann Unsinn anstellst! Ich habe eine große Bratpfanne!"

„Krahahahaha! Pühhhhh!", zeterte der Rabe, als habe er die Worte verstanden, obwohl es wohl eher der Tonfall war, der ihn den Inhalt ahnen ließ, worauf das Gelächter erneut aufflammte.

Mina schob den Fön auf das Schränkchen hinter sich, damit das zufrieden vor sich hin glucksende Kuscheltier hocken bleiben konnte.

„So möchte ich auch mal verwöhnt werden", kicherte Eric.

Lenka grinste breit. „Kein Problem, der Fön liegt noch da ..."

Weiter kam sie nicht, denn wieder wieherten alle los und Spooky stimmte ein. Man sah ihm deutlich an, wie gern er hier war. Niemand warf Steine nach ihm, keiner drohte mit der Mistforke und Futter gab es in Hülle und Fülle, bis das Bäuchlein kugelrund war. Und weil er die Nacht wirklich bei Leo und Dana im Haus verbringen durfte, war er morgens vier Uhr mit am Auto, um Lenka und Jiří zu verabschieden. Natürlich mit dramatischem Gemauze, was jedem ein Lächeln ins Gesicht zauberte.

„Vergiss mich nicht", flüsterte Lenka Eric zu, ihn noch einmal innig küssend.

„Bis zum nächsten Mal, wie und wo auch immer", strahlte Jiří. „Es war wunderschön bei euch."

Als die Lichtkegel der Scheinwerfer in der Ferne verschwanden, krochen alle für den kurzen Rest der Nacht in die Betten, Spooky in sein herrlich weich gepolstertes Körbchen. Damit werde er in zwei Tagen auch zu Urs umziehen, weil sich die jungen Schüchts wieder dem Studium widmen mussten und erst an den Wochenenden nach Hause kämen. So wirklich Zeit dafür blieb. Urs hatte natürlich sofort zugesagt, sich um den Raben zu kümmern, auch wenn zu erwarten war, dass der Unfug anstellte.

VIII.

„Schlaf ruhig noch ein bisschen", schlug Jiří
vor, als Lenka herzhaft gähnte.

Sie schüttelte den Kopf. „Nein, ich versuche
lieber, im ersten Licht des Tages etwas von der
Landschaft zu erkennen oder Rehe und Wild-
schweine zu zählen. Und dabei verrate ich dir,
was herausgekommen ist, als ich gestern noch
mal mit Leo, Dana und Eric gesprochen habe.
Ich denke inzwischen, es wäre sinnvoller, einen
Hofladen direkt an deine Schäferei anzuschlie-
ßen und auch die Events von da aus zu planen.
Leo meint, das wäre besser, als auf Krampf zu
versuchen, etwas alt Wirkendes neu aufzubauen.
Man kann sich ja trotzdem, auf alte Handarbeitstechniken besinnen, und das Wissen wei-
tervermitteln."

„Hmm." Dann eine Weile nichts. Schließlich:
„Das lässt sich bewerkstelligen, praktisch eine
weitere Firma anzugliedern, welche die Produkte
der anderen ankauft. Also dein allererster Plan in
abgewandelter Form. Kräuterwanderungen sind
drin, weil man ja so auch den Bogen zum natür-
lichen Futter von Schafen schlagen kann. Dass
man beim Wandern für Tee und zum Würzen
sammelt, ist so klar wie Kloßbrühe. Der Innen-
ausbau lässt sich vom Stil frei anpassen. Von
außen kann es ja zum Gesamtbild passend, eine

moderne Industriebaracke sein, um die Bauge-
nehmigungen zu bekommen."

„Hmm", machte diesmal Lenka. „Ich weiß
jedenfalls jetzt ziemlich genau, was ich nicht
will."

„Auch in Bezug auf Eric?", blinzelte Jiří.

„Ihn will ich. Mit Haut und Haar, auch wenn
das klingt, als schachere der Teufel um eine See-
le", kicherte Lenka.

Jiří lachte herzlich. „Dann fass doch mal ins
Handschuhfach."

Lenka öffnete die Klappe, fischte im Halbdunkel ein Kästchen heraus, das sie als Schmucketui
identifizierte.

„Eric hat gemeint, ich soll es dir erst unterwegs geben. Ich habe aber keine Ahnung, was
darinnen ist", erklärte Jiří.

„Wow!" Lenka begann, im Licht der Handy-
lampe die beiden Siegel zu lösen. Sie lupfte den
Deckel ein wenig, spähte darunter, drückte ihn
wieder zu, schüttelte mit dem Kopf und schaute
noch einmal hinein.

„Was ist es?", fragte Jiří neugierig.

„Du kannst mich teeren und federn, aber das
ist ein Flachbeadband aus einem silberhellen
Metall mit einem Bead aus ebenso hellem
Metall, das mit einem großen roten Herz aus
geschliffenen Steinchen geschmückt ist. Und ich
möchte wetten, dass es weder Edelstahl noch
Swarovski-Kristalle sind."

„Wow." Jiří schüttelte nun ebenfalls den Kopf.

Lenka nahm das Band heraus. „Sieht wie Platin aus, fühlt sich wie Platin an ..." Sie schaute auf die Stempel. „...ist Platin."

Im nächsten Augenblick tippte sie eine lange WhatsApp an Eric ein, der jetzt wohl gerade im Stall steckte und ganz sicher keine Zeit zum Telefonieren hatte. Zwischendurch wischte sie Freudentränen weg, fädelte die anderen beiden Beads links und rechts neben das Herz und strahlte mit der aufgehenden Sonne um die Wette.

„Ob du glücklich bist, muss ich sicher nicht fragen", witzelte Jiří.

„Nein musst du nicht", lachte sie. „Es sind übrigens Rubine. Ich habe gerade das Zertifikat gefunden. Und es ist wundervoll!" Sie streichelte das Silbercollier an ihrem Hals. „Ich war schon völlig perplex, als er mir gestern die Kette schenkte. Nun finde ich fast keine Worte mehr", flüsterte sie.

„Ihm liegt sehr, sehr viel an dir", sagte Jiří. „Sein Vater hat mir verraten, dass Eric im allgemeinen Mädchen gegenüber sehr sparsam mit wertvollen Geschenken ist. Er schenkt oft, aber nie so sündhaft teuer."

„Das hat mir seine Mutter auch erzählt", pflichtete Lenka bei. Sie schnappte ihr Handy, das soeben den Eingang einer Nachricht anzeigte. „Von Eric!", strahlte sie und las vor: „Ich bin glücklich, dass es Gefallen findet. Küsschen und kommt gut nach Hause."

Um die Mittagszeit kamen sie in Böhmen an und Jiří setzte Lenka direkt vor ihrem Wohnhaus ab.

„Bis bald, Pa! Es war wunderschön", blinzelte sie, hängte sich die Reisetasche über die Schulter, klemmte den großen Beutel unter den Arm und stieg die Treppe hinauf.

Bis Mutter von der Arbeit kam, hatte sie alles verstaut und die Waschmaschine lief.

„Na, wie war der Ausflug in die Steinzeit?", fragte Eliska mit süffisantem Grinsen.

„Ganz nett", erwiderte Lenka kurz, der das Wort Steinzeit tief in die Nase fuhr. Sie hatte weder Lust auf Diskussionen, noch, sich anderweitig die Laune verderben zu lassen. „Ich habe mein Zertifikat über ein erfolgreich absolviertes Auslandspraktikum in einer der schönsten Regionen Europas in der Hand."

„Und die Kosten?"

„Was für Kosten?" Lenka sichtete unbeeindruckt ihre Post der letzten Tage.

„Hat Vater bezahlt?", bohrte Eliska weiter.

„Warum sollte er? Wir haben als persönliche Gäste direkt im Haus der Schüchts gewohnt und sind wie Familienmitglieder behandelt worden. Du findest sicher ein paar weiterführende Informationen auf der Website des Hofs." Lenka zog sich in ihr Zimmer zurück, wo sie sich mit dem

Rücken an die geschlossene Tür lehnte und die Augen verdreht. Nur nicht provozieren lassen ...

Das neueste *Reiterstandbild*, welches Eric von Seppel und Spooky schickte, zauberte ihr das Lächeln ins Gesicht zurück. Sie gab im Gegenzug mit einem Augenzwinkern bekannt, die erste inquisitorische Befragung überlebt zu haben.

Danuta wollte sofort wissen, wie es den jungen Schüchts und Pünktchen gehe, freute sich über Grüße von allen und darüber, dass Jiří echt begeistert vom Erlebten wirkte. „Und Lenka?"

Jiřís Schmunzeln wurde zum breiten Grinsen. „Würde mit einem Bericht ihre Mutter in den glatten Wahnsinn treiben."

„Erzählst du es mir?"

„Wenn ich es selber richtig begriffen haben. Versprochen!"

Danuta schüttelte mit einem Lächeln den Kopf. Sie hatte jeden Abend die Nachrichten auf der Seite des Hofs gecheckt und konnte sich durchaus zusammenreimen, dass Leos Cousin Gefallen an Lenka und umgekehrt gefunden hatten. Dana hatte doch auch in eine der reichsten Familien der Region eingeheiratet, warum sollte es Lenka nicht gelingen?

„Es würde dich nicht ärgern?", hörte sie Jiří fragen und erschrak.

„Sag mal, kannst du jetzt etwa auch Gedanken lesen?", entsetzte sie sich, worauf Jiří in dröhnendes Lachen ausbrach.

„Das lernt man in Rübezahls Reich", witzelte er, sie in den Arm nehmend.

„Nein, es würde mich sogar freuen", antwortete Danuta. „Ich hatte jetzt ziemlich viel Zeit, meine Gedanken und Gefühle zu sortieren. Ich verstehe es ja auch nicht mehr, warum ich Lenka gegenüber stets so abweisend war. Es tut mir aufrichtig leid. Ich werde es ihr bei nächster Gelegenheit sagen."

Als sie schon am selben Abend erfuhr, dass sich die beiden jungen Leute tatsächlich ineinander verliebt hatten, schlug sie vor: „Dann lass doch Eric hier als Gast wohnen. Eliska würde nie vermuten, dass Lenka hierher kommt, wenn ich anwesend bin."

„Das ist allerdings wahr", kicherte Jiří. „Und Lenka wird einen Teufel tun, sie mit der Nase auf entspannte Verhältnisse zu stoßen."

Beim Frühstück auf dem Schüchthof hatte der sensible Kolkrabe sofort bemerkt, wie traurig Eric war. Zuerst tippte er ihn immer wieder mit dem Schnabel an, dann streckte er seinen Fuß nach ihm aus, ihn scheinbar mit den Krallen streichelnd, um plötzlich von Leos Schulter zu Eric hinüber zu wechseln. Da schnäbelte er tröstend vor sich hin und rieb seinen Kopf an Erics Wange.

„Bist ein guter Junge", flüsterte Eric, den Raben sanft am Schnabel zupfend.

„Das ist überdeutlich", staunte Grit.

So kam es auch, dass Spooky, wenn er nicht auf Seppels Kruppe ritt, meist auf Erics Schulter thronte. Und der übte mit ihm ganz nebenbei, Gruselgeräusche zu machen. Mina erschrak nicht nur einmal, weil aus dem finsteren Schafstall heraus ein schauriges Jaulen ertönte. Spooky keckerte dann vergnügt vor sich hin, wippte mit dem ganzen Körper und krächzte sich eins.

Als Urs mit ihm zum Tierarzt fuhr, begleitete Spooky das Abwickeln der Binde mit Geistergeräuschen, worauf der Doc lachend sagte: „Na so schlimm ist es nun aber wirklich nicht. Alles ist noch dran und sieht richtig gut aus."

„Krahahahahaaaaaa", machte Spooky und spreizte genüsslich beide Flügel. Er zupfte seine Federn zurecht, kraxelte zurück auf Urs' Schulter und spähte zur Tür.

„Das heißt dann wohl: Abmarsch!", kicherte der Doc, für den Schwarzgefiederten eine Kaustange hervorzaubernd.

Der nahm sie mit glucksenden Tönen entgegen und verschnabulierte sie auf der Stelle. Als Urs in bar bezahlte, beäugte Spooky äußerst interessiert das glänzende Wechselgeld. Die Männer tauschten ein amüsiertes Grinsen. Es war deutlich zu sehen, wie das Räderwerk in Spookys Kopf zu arbeiten begann.

„Hehehe! Ein Neuer!", witzelte Peter, als er des Raben ohne den lästigen Verband ansichtig wurde.

„Krahahahahaaaaaa", spektakelte Spooky, die Flügel ausbreitend, unschlüssig, ob er einen Flugversuch wagen sollte.

„Probier's einfach", schlug Urs vor, geduldig wartend, was geschehen werde.

Peter fing Spooky auf, weil es sonst eine Bruchlandung geworden wäre.

„Krah, krah, krah!", grummelte der Rabe, weil ihn das Ergebnis schockierte. „Krah!"
Also noch mal Schwung holen und mit einem Hüpfer abheben, um auf Urs Schulter zurückzukommen, wo die Ladung schon etwas besser funktionierte.

„Na siehst du! Es geht doch!", lobte ihn Urs und Spooky übte fleißig weiter.

Schnell war klar, dass er zwar hervorragend gleiten, aber nicht richtig fliegen konnte. Der Rabe ließ den Kopf hängen, brummelte vor sich hin und schien am Boden zerstört zu sein. Urs hielt ihm den Arm hin, Spooky kraxelte auf die Schulter und mauzte kläglich. Sofort war auch Seppel zur Stelle, des spürte, wie schlecht sich sein gefiederter Freund fühlte. Spooky hopste auf Seppels Rücken und gemeinsam trabten sie zu den Ziegen hinüber.

„Es tut mir so leid für den Kleinen", seufzte Mina. „Vielleicht verwindet er es eines Tages, sich nicht mehr ins Himmelsblau schwingen zu können."

Der Sommer ging vorüber und Eric begann offiziell seine Lehre, mit Ziel, auch die Zehnte noch zu packen. Auch wenn man alles daran gesetzt hatte, einen Spießrutenlauf zu verhindern, gab es jemanden, der Bescheid wusste und es einfach nicht lassen konnte, zu stänkern.

Von: „Ach, das unterbelichtete Millionärssöhnchen mus in der Ziegenscheiße wühlen!", bis zu tätlichen Angriffen, weil Eric alles daran setzte, sich nicht mit Worten provozieren zu lassen, war jede Variante dabei.

„Sag mir, wenn ich einschreiten soll!", bat Urs, der nach einem Vierteljahr rein zufällig von anderen erfuhr, was sich paar Mal die Woche abspielte.

Eric schüttelte den Kopf. „Darauf warten die doch nur! Bis jetzt haben sie mir rein muckimäßig nicht wirklich was entgegenzusetzen. Falls sie nicht irgendwann im Rudel auftauchen."

Urs zog die Augenbrauen zusammen. „Spooky scheint zu spüren, wenn es dir ans Leder geht. Ich habe jetzt einige Male seine Reaktionen mit den Zeiten abgeglichen, die man mir im Ort genannt hatte."

„Wer weiß, wozu es gut ist", murmelte Eric, den Raben liebevoll an sich drückend. Er hielt sich möglichst aus dem Ort fern, lernte stattdessen, um Lenka, mit der er jeden Abend chattete oder telefonierte, wirklich beeindrucken zu können. Mit der gleichen Gewissenhaftigkeit fragte er stets, wie es dem Schwesterchen gehe, freute sich über das neueste Ultraschallbild und sammelte Kräuter, für die er langsam aber sicher einen Blick entwickelte. Idefix und Spooky liebten es, ihn an jedem trockenen Wochenende dabei zu begleiten.

Urs achtete sehr darauf, dass Samstag und Sonntag freie Tage für Eric blieben, der in der Volkshochschule auch noch akribisch Tschechisch paukte, obwohl er immer wieder die Augen verdrehte, weil es reichlich kompliziert war. Dafür ging Lenka mit ihm alle Hausaufgaben durch.

„Internet ist eine feine Sache", pflegte Eric zu sagen, wenn sie ihm geduldig Eselsbrücken baute, damit er es leichter hatte.

Brenda und Andreas konnten es bestens verstehen, dass Eric wenig Ambitionen hatte, die freien Tage bei ihnen zu verbringen. Urs erzählte auch ausschließlich Andreas unter der Maßgabe absoluter Verschwiegenheit, mit welchen Widrigkeiten sich Eric arrangierte.

„Ich schwöre, kein Wort zu sagen", erwiderte Andreas. „Mich würde es auch arg an der Ehre kratzen, rührten andere ungebeten in meinem Topf. Halt mich auf dem Laufenden!"

Was Lenka betraf, waren die von Trachenbergs immer auf dem neusten Stand, denn die jungen Leute hielten hin und wieder gleich eine Videokonferenz zusammen mit ihnen.

Das Highlight dieser Woche – Pünktchen war trächtig. Alle rätselten, wie wohl eine Mischung aus Tiroler Bergschaf und Jacobschafmischling aussehen werde, denn der Schafbock war schneller gewesen, als man sie zum Decken bringen konnte. Obwohl Pünktchen wegen der vier Hörner meist mit der Ziegenherde umher wanderte, schien er eine Gelegenheit gefunden zu haben. Besonders im Hinblick auf die begehrten Punkte waren alle neugierig.

„Na, hoffentlich war es nicht der Ziegenbock", murmelte Mina nachdenklich.

Urs nahm sie in den Arm. „Abwarten. Wir können es eh nicht mehr ändern."

Die Woche hatte noch eine Besonderheit – der Wirt des Dorfkrugs hatte abends ein Video aufgenommen, wie drei Halbstarke auf Eric einschlugen, denen er derart zurückzahlte, dass sie schon nach wenigen Augenblicken das Hasenpanier ergriffen. Er schickte es Urs mit dem Hinweis: Nicht das erste Mal. Weißt du davon?

Urs bedankte sich, erklärte, informiert zu sein, und bat gleichzeitig, Material zu sammeln, wenn es nicht zu viele Umstände mache.

Eric sprach den Vorfall mit keiner Silbe an. Urs hatte aber bemerkt, dass sich Spooky zur selben Zeit wieder merkwürdig benahm. Er hatte ständig die Flügel gespreizt, gekrächzt, als wolle ihm selber jemand ans Leder und eindeutig Richtung Dorf geschaut.

Um diese Jahreszeit wurde es ja auch schon sehr zeitig finster im Tal. Der Schüchthof lag manchmal noch im Licht der Abendsonne, wenn unten schon die Straßenlaternen aufflammten. Urs verkniff es sich auch, Mina mit den Geschehnissen um Eric, zu beunruhigen. Er teilte seine Gedanken mit Peter, wenn Leo wegen des Studiums nicht greifbar war. Einmal die Woche fuhr Eric abends zum Tschechisch-Unterricht, wobei er nicht erst von der Berufsschule zum Hof kam. Stets war er aber vor 22 Uhr zurück.

Mina stellte gerade das Abendbrot bereit, als sich Spooky, der immer auf Urs Stuhllehne thronte, wie ein Irrer benahm. Er krächzte so böse, dass Mina regelrecht Angst bekam.

Urs kam aus dem Bad gehastet. „Was ist passiert?!"

„Ich weiß es nicht", flüsterte Mina schockiert.

Der Rabe war inzwischen ans Fenster gekraxelt und hackte auf die Scheibe ein.

„Spooky! Komm her, ich bringe dich raus!", rief Urs, worauf der tobende Vogel tatsächlich herankam und sich gehorsam auf Urs' Arm niederließ, der sofort die Tür öffnete. Ehe er einen klaren Gedanken fassen konnte, schlug der Rabe mit den Flügeln und stob wie der Blitz davon.

Die Schüchts standen mit offenen Mündern, denn Spooky hatte es bisher nicht einmal geschafft, wirklich fliegen zu können.

Plötzlich kam Leben in Urs, er riss den Autoschlüssel vom Haken. „Eric ist in Gefahr!" Da jagte er auch schon mit kreischenden Reifen davon.

Mina rang die Hände. Wenige Wimpernschläge später hasteten Grit und Peter heran, mit der Frage, was passiert sei. Mina stotterte leichenblass zusammen, was in den letzten Augenblicken geschehen war.

Grit nahm Mina tröstend in den Arm, die Bilder vom Winter, als Leo Dana vorm Tod bewahrt hatte, brachen hervor.

Peter schaute, wie die Frauen, hinunter zum Dorf. „Wir sollten Spooky nicht unterschätzen. Wenn der in voller Wut angreift, möchte ich nicht das Opfer sein. Und wenn er vor lauter Zorn plötzlich wieder fliegen konnte, schon gar nicht.“

Mina zog die Nase hoch, wischte ein paar Tränen weg. „Ja, du hast recht. Hoffentlich ist er noch rechtzeitig angekommen.“

Eric fuhr meist einen Schleichweg durch die Wiesen, der auf einer Brache hinterm Dorfkrug endete und von wo es nur einen Katzensprung bis zu Hauptstraße war. Heute hatte er ein absolut mieses Gefühl. Als habe er geahnt, dass zwischen den Büschen das Verhängnis lauerte, fuhr er besonders langsam. Da steckte ihm auch schon einer eine Stahlstange durch die Speichen und Eric flog in hohem Bogen ins verdorrte Brennnesselgestrüpp. Nur gut, dass er den Sturzhelm trug! Und das in mehrfacher Hinsicht, denn ihm drosch einer, kaum dass er sich aufgerappelt hatte, einen Baseballschläger an den Kopf. Trotz Helm sah Eric Sterne und gleich darauf dunkelrot. Er warf einem, der vier Angreifer, Dreck in die Augen. Das hier hatte nichts mit Kampf zu tun gehabt, das war ein glatter Mordversuch gewesen.

Bevor die drei anderen Eric einkesseln konnten, fuhr etwas Großes, Schwarzes vom Himmel herab und lehrte sie das Fürchten. Dem einen wischte es mit seinen scharfen Krallen durchs Gesicht, das aufplatzte, wie eine reife Tomate im Landregen. Den nächsten packte es am Ohr, sodass er aufschrie, als zöge ihm jemand die Haut vom Leib und der dritte konnte gerade noch zurückzucken, sonst hätte ihm der gezielte Schnabelhieb das Auge ausgehackt.

„Spooky!", jubelte Eric. „Machen wir sie fertig!"

Das musste er nicht wiederholen, denn der aufgebrachte Rabe flatterte wild um die vier Gangster herum und hackte wahllos auf sie ein.

Vom Dorfkrug nahten Lichter und schließlich kam Urs, der auf der Stelle die Polizei herbei rief.

Spooky hockte mit wütend funkelnden Augen auf Erics Schulter und der hatte Mühe, den treuen Vogel von weiteren Angriffen abzuhalten.

„Das ist also Spooky", staunte der Wirt, den großen Vogel mit gebührendem Respekt betrachtend. „So von Angesicht zu Angesicht ist er wirklich furchteinflößend."

Eric kraulte seinen ungewöhnlichen Retter sanft am Bauch. „Danke, mein Großer. Auf dich ist Verlass. Du bist ein echter Held. Bekommst ein leckeres Stück Fleisch, wenn wir zu Hause sind. Versprochen!"

Urs kam heran, umarmte Eric stumm und kraulte den Raben am Bauch. Das sagte mehr als tausend Worte. Spooky gluckste zufrieden vor sich hin. Sein Kraftakt hatte sich in allen Punkten gelohnt.

Die Polizisten hielten gehörigen Abstand, denn sie hatten schon genug Schlimmes von Krähenangriffen gehört, da wollte keiner ausprobieren, wie sich ein Schnabelhieb eines Kolkraben anfühlte. Der Zustand der vier Delinquenten sprach Bände. Man verlegte aber, nachdem ausreichend Beweisfotos angefertigt worden waren, und ein Abschleppunternehmen die lädierte Maschine zur Spurensicherung abtransportiert hatte, die Befragung in den Dorfkrug.

Die erste Amtshandlung des Wirtes: Der Rabe bekam ein herrlich saftiges Stück Fleisch, das er in sekundenschnelle in schnabelgerechte Brocken zerhackte.

„Mein lieber Mann!", entsetzte sich einer der Polizisten. „Für den Schnabel braucht der doch glatt einen Waffenschein!"

„Man hatte im Mittelalter nicht umsonst blanken Horror vor ihnen", lachte Urs. „Von Gehenkten blieb nicht mehr viel zum Begraben. Die Stiefel vielleicht, falls die nicht schon der Scharfrichter als Lohn bekommen hatte."

Spooky wurde unruhig. „Er muss mal Gassi", übersetzte es Eric kichernd in Menschensprache und ging mit ihm rasch vor die Tür.

Am Ende fragte Urs: „Fliegst du nach Hause, oder willst du mitfahren?"

„Krahahaha Pühhhh!", keckerte Spooky.

„Das war eindeutig", lachte der Wirt. „Er will natürlich fahren!"

„Krah!" Spooky wippte vergnügt und kraxelte zurück auf Erics Schulter.

Am nächsten Morgen kamen Andreas und Brenda an, mit denen Urs noch in der Nacht ein langes Telefonat geführt hatte. Sie brachten Eric eines seiner anderen Motorräder mit, damit er mobil blieb.

„Ja, ich weiß, dass du ihn überall hingefahren hättest", wandte sich Andreas an Urs. „Dafür bin ich dir auch so dankbar, wie du es vielleicht nicht mal ahnst. Ich kann aber Eric verstehen, der gerade jetzt einen wirklichen großen Triumph feiert."

Eric kam herein. „Oh. Prima, dass ihr beide hier seid. Ich möchte um vier Tage Urlaub bitten und am Freitag zu Lenka fahren."

„Ist genehmigt", sagte Urs sofort und Andreas fragte: „Soll ich dich hinfliegen?"

„Das wäre der Knaller!", strahlte Eric. „Sie fehlt mir ganz sehr."

„Macht es große Umstände, wieder mal ein Landekreuz zu legen?", wandte sich Andreas an Urs.

„Bestimmt nicht", schmunzelte der, während Eric die Augen aufriss.

„Wir haben einen Flug nach Prag auf der Kundenliste. Zufällig in der fraglichen Zeit", verriet Brenda. „Die zwei kurzen Abstecher, hierher und zu Jiří, machen das Kraut für den Piloten nicht fett. Für die Rückreise müsstest du dann leider den Zug nehmen."

„Das überlebe ich", freute sich Eric.

Brenda streichelte seine Hand. „Diese Worte jagen mir heute einen gelinden Grusel ein. Zumal ich nicht den Funken einer Ahnung hatte, was du bis gestern durchgestanden hast."

„Mina wusste auch nicht alles", murmelte Eric. „Urs, Leo und ich wollten nicht, dass du etwas auf diesem Weg erfahren könntest, zumal Mina jedes Mal selber wie betäubt vor Sorge ist. Und damit, dass es derart ausufern könnte, habe nicht mal ich gerechnet."

„Die waren bis an die Hutschnur mit Drogen vollgepumpt", warf Mina ein. „Ich habe zufällig den Funk des Streifenwagens durchs offene Oberlicht der Käserei belauscht. Da werden wohl wieder mal Köpfe rollen."

„Mir tut es nicht leid", erwiderte Eric, Spooky sanft streichelnd. „Das einzig Gute, was deren bescheuerte Aktion bewirkt hat, ist, dass Spooky wieder fliegen kann, und jetzt vier Vollidioten weniger die Landschaft verpesten."

„Krahhh, krahhh, krahhh!", bestätigte der Rabe, seine Schwingen ganz weit ausbreitend.

Eric zupfte ihn vergnügt am Schnabel. „Ach, ich liebe diesen Piepmatz."

„Krah, krah, pühhhhh!"

„Hat er Piepmatz gesagt?", lachte Brenda, worauf Spooky jämmerlich mauzte, sich aber gleichzeitig fest an Eric kuschelte. Schließlich mopste er manchmal Kleinigkeiten von Eric und trug sie spazieren, ohne dafür Ärger zu bekommen. Da sah er auch gern über den Piepmatz hinweg, mit dem ihn Eric neckte.

Die Einzige, die Spookys wiederentdeckte Flugkünste argwöhnisch beäugte, war Klara. Da ganz oben sah er nämlich nicht viel anders aus, als Bussarde, Milane, Falken und was sonst noch auf einen schnellen Snack in Form von Hühnerküken lauerte.

Seppel gewöhnte sich rasch daran, mobile Start-und-Landebahn für den Raben zu sein. Wobei sich Spooky auch immer wieder den Spaß erlaubte, Ziegen oder Schafe anzusteuern, obwohl es nur die Schafe duldeten, weil sie durch die dicke Wolle die Krallen nicht spürten.

Pünktchen ließ ihn sogar auf ihren vier Hörnern herumhopsen, die der Rabe offenbar als ganz persönlichen Kletterparcours betrachtete. Dass dieses Schaf nicht nur durch den auffälligen Kopfputz etwas Besonderes war, hatte der kluge Vogel sofort erkannt. Es stieß nicht einmal nach ihm, wenn er fast neben dessen Maul aufgescheuchte Insekten fing. Es reagierte freundlich gegenüber jedem und allem. Nur

171

wenn Spooky besonders laut von den Hörnern herunter krächzte, schüttelte es unwillig den Kopf. Dann machte sich der Rabe erstmal davon, um nicht in Ungnade zu fallen. War es doch herrlich kuschelig in der dicken Wolle, wo man sich so prima festkrallen konnte.

Nur gut, dass Spooky nicht alles verstand, was die Menschen sagten. Eric lästerte nämlich öfters: „Na, Pünktchen, hast du wieder Besuch vom Madenhacker?"

Wobei das gar nicht so weit hergeholt war ... hin und wieder fand der Rabe tatsächlich ein paar lästige Blutsauger im Fell der Tiere, die er sich schmecken ließ. Es kam auch vor, dass Spooky zwischen den Hähnen herumwuselte und mit ihnen um die Wette nach Regenwürmern suchte. Machte ja auch Spaß, mit dem viel größeren Schnabel richtig tief zu stöbern, den Hähnen die Leckerbissen zu zeigen und sie dann gemächlich selbst zu verputzen.

Peter brach des Öfteren über die frustrierten Hähne in schallendes Lachen aus. Erst recht, als der Kolkrabe begann, deren Krähen zu imitieren. Bald schon fügte Spooky ein „Krahahaha-ha" an, weil er sich selber über gut gelungene Streiche amüsierte. Das Training für die Sagenfeuer war das Tüpfelchen auf dem I. Ein Papagei hätte nicht besser agieren können.

IX.

Am sehr frühen Freitagmorgen spannten Eric und Urs das Landekreuz. Es war fast windstill, was Urs als gutes Omen sah. Eric hatte sich von allen verabschiedet. Als das Flappen der Rotorblätter zu hören war, fasste er nach seinem Rucksack. Er stutzte, weil der schwerer war, als er ihn in Erinnerung hatte.

„Ich habe dir was für unterwegs eingepackt", blinzelte Mina.

Eric bedankte sich schmunzelnd, Urs grinste vergnügt, weil aus Erics Augen deutlich sprach: Ich breche doch nicht zu einer Weltreise auf. Spooky, den Urs fest im Arm hielt, damit ihm kein Unglück geschah, wurde zum Abschied unterm Schnabel gekrault. „Mach keinen Unsinn", bat Eric.

Der Heli setzte auf, Eric duckte sich unter die langsam weiterlaufenden Rotorblätter, kletterte in die Kanzel, winkte noch einmal, dann startete der Pilot sofort.

„Krah?"

„Eric kommt bald wieder, mein Großer", tröstete Urs den erstaunten Raben. Er ließ ihn aber erst los, als das Motorengeräusch nicht mehr zu hören war.

„Du hast es geahnt", sagte Mina kurz, weil Spooky sofort aufflatterte und überm Berg kreiste.

Urs nickte. „Ich hoffe, er kommt wieder und sucht nicht sinnloserweise irgendwo."

Der Rabe war nach zehn Minuten zurück und gab, mit viel Gekrächze zu einem halben Indianertanz, zu verstehen, dass er Eric nicht gefunden habe.

„Alles ist gut", sagte Urs den Satz, den Spooky gut kannte und dessen Sinn er richtig deuten konnte.

„Krah?"

„Alles ist gut", wiederholte Urs und stieg mit dem Raben auf der Schulter ins Auto. „Wir beide fahren jetzt runter in den Ort und holen eine Kanne Kuhmilch."

Bauer Pöhler lachte herzlich, als Urs mit dem Hofmaskottchen auftauchte. „Eine kleine Führung für Spooky gefällig?"

„Gerne doch!", schmunzelte Urs. „Bin gespannt, wie er auf die Tiere reagiert."

Der Spaß ging schon im Schweinestall los, wo der Rabe sofort das Grunzen nachahmte. Der Eber kam sogar nachschauen, wer es wagte, ihm Konkurrenz machen zu wollen.

Spooky breitete die Flügel aus und spektakelte fröhlich: „Krahahaha", dann keckerte er wie eine Elster. Kühe kannte er, fand es aber spannend, zuzuschauen, wie die Bäuerin die Milch ganz frisch in die Kanne molk. Logisch, dass er auch hier versuchte, das Muhen zu imitieren.

Urs kraulte ihn am Bauch. „Kein Euter dran."

„Püh." Spooky versuchte, beleidigt auszusehen. Aber nur so lange, bis er die Gänse erspähte. Da stach ihn dann buchstäblich der Hafer und er schnatterte mit ihnen um die Wette, wobei immer wieder ein amüsiertes „krahahahaha" eingeschoben wurde. Er war schlau genug, sich dabei auf Urs' Schulter zu verschanzen, denn den großen Schnäbeln der vielen weißen Vögel traute er nicht. Urs würde ihm die Schnatterbande schon vom Hals halten.

„Gänse kennt er offensichtlich auch", meinte Bauer Pöhler.

„Alles andere hätte mich gewundert", sagte Urs. „Er scheint aber nicht hier aus der Gegend zu stammen. Wir denken, dass es ihn auf der Durchreise verschüttet hat. Möglich, dass er die Geologen im Tal beobachtet hat und dass er nach fressbaren Resten suchte. Sie hatten ja an einigen Stellen Messsonden platziert, die auch noch hübsch glänzten und auf einen so neugierigen Rabenvogel sehr anziehend wirken mussten. Dass in Stanniolpapier und Alufolie oft leckere Sachen stecken, weiß er jedenfalls ganz genau. Vielleicht hat er ja den Inhalt der Röhren testen wollen, und dabei glatt vergessen, auf die Zeichen der Natur zu achten."

Als Urs auch noch Würste und Schinken kaufte, brummelte Spooky aufgeregt vor sich hin und bekam von der Bäuerin schließlich einen Wurstzipfel. Das hocherfreute Wippen ließ sie schmunzeln.

„Der ist wirklich goldig. Der Wirt hat uns erzählt, dass er aber auch ganz anders kann ...“

„Das steht heute sogar in der Zeitung“, warf der Bauer ein, das Blatt schwenkend, welches er soeben aus dem Briefkasten gezogen hatte.

„Zeig her!“ Seine Frau riss es ihm fast aus der Hand und auch Urs machte einen langen Hals.

Ein Bild vom zerbeulten Motorrad und eins der übel zugerichteten Halbstarken, die sich mit dem Falschen angelegt hatten, schmückten den Bericht.

„Spooky, du bist jetzt eine echte Lokal-Berühmheit“, lobte Urs, dem Raben übers glänzende Gefieder streichend. Er erzählte dem Bauernpaar, was sich aus seiner Sicht zugetragen hatte, bis er selber zum Ort des Kampfgeschehens gekommen war.

„Das ist genau so mysteriös, wie alles, was irgendwie mit euch zusammenhängt“, stellten beide fest, wobei sie Spooky dankbare Blicke widmeten. „Nicht vorstellbar, was ohne sein Eingreifen geschehen wäre! Dafür hast du dir was Größeres verdient, als einen Wurstzipfel.“

Der Bauer eilte ins Haus und kam mit einem ausgelösten Steak wieder. Urs setzte Spooky auf den Boden, wo er emsig drauflos hackte und sich die Brocken schmecken ließ. Dann vollführte der Rabe mit ausgebreiteten Flügeln ein Tänzchen als Dankeschön und flatterte auf Urs‘ Schulter zurück. Aus dem Auto heraus schaute er noch einmal zu den freundlichen Bauersleuten hinüber, die ihn so lecker bewirtet hatten.

„Man sollte sich halt mit keinem Schücht anlegen. Selbst dann nicht, wenn er zwei Flügel hat", sagte der Bauer lakonisch, behaglich die vier entstellten Gesichter auf dem Zeitungspapier betrachtend.

Seine Frau überflog noch mal die Meldung, tippte auf einen der jungen Männer und murmelte: „Sag mal, ist das nicht der Dummkopf, der bei Lisa im vorigen Jahr die vielen eingeschweißten Heuballen beschädigt hat?"

„Schwellung und Risswunden weggedacht, gehe ich auch davon aus", gab der Mann zu und griff zum Telefon.

Lisa ließ alles stehen und liegen, um ebenfalls einen Blick in die Zeitung zu werfen und den Verdacht zu bestätigen. „Ha! Diesmal gibt es von Seiten des Staates sicher mehr, als einen mahnend erhobenen Zeigefinger. Spooky hätte ruhig noch ein bisschen fester zu hacken können, damit sich die Aasbande ein Leben lang an diesen Abend erinnert!"

„Du wirst schon mal recht haben, weil Herr von Trachenberg wieder alle Register ziehen wird, wie damals bei Leo und Dana. Die Kerle haben sich also gleich mehrfach mit den völlig Falschen angelegt." Bauer Pöhler rieb sich die Hände.

Auf dem Heimweg leerte Urs gleich noch den Briefkasten des Hofs, schaute bei den Abfalltonnen nach dem Rechten und bei der Anlage der Ampel. „Bald wird richtig viel Schnee fallen", erzählte er dem Raben. „Deswegen sind Pöhlers Rinder auch schon im Stall."

„Krah", machte Spooky. Er fand es gut, dass alle mit ihm sprachen, auch wenn er nur wenig davon verstand. Es zeigte ihm, dass er dazugehörte, und nur das war wichtig.

Der Helikopter mit Eric an Bord, näherte sich inzwischen der Grenze zu Tschechien. Eric rief Jiří an, um mitzuteilen, dass er per Heli komme.

Jiří unterbrach ihn sofort. „Gib mir gleich den Piloten!"

Wenige Augenblicke später hatte der genaue Landeanweisungen. „Fantastisch, ich kann auf dem Feld direkt vor der Stallanlage runter gehen", erklärte er zufrieden. „Da ist noch keine Wintersaat ausgebracht."

„Und ich bin froh, nicht noch mal umsteigen zu müssen", lachte Eric. „So macht Reisen Spaß."

„Na, das nenne ich Begrüßung!", staunte der Pilot, als alle, die in der Zuchtanlage arbeiteten, aus Neugier Spalier standen, um Eric zu empfangen. Unter ihnen natürlich Lenka, die vor Glück hätte die ganze Welt umarmen mögen.

Genau so schnell wie er auf dem Schüchthof zugestiegen war, sprang Eric hier aus dem Heli, der sofort wieder abhob. Da hing ihm Lenka schon am Hals, lachte und weinte in einem. Danuta und Jiří schmunzelten. Was für ein Auftritt! Eric wurde mit allen bekanntgemacht, schüttelte unzählige Hände und richtete sofort Grüße aus.

„Du bist verletzt?", fragte Lenka besorgt, weil sich die blauen Flecke durch den Überfall gerade auf dem Höhepunkt befanden und schwarz wurden.

Jiří schaute auf. „Arbeitsunfall?"

Eric zog den Ärmel noch ein Stück weiter herunter und schüttelte stumm den Kopf.

Lenka blieb auf halber Treppe stehen. „Schlimmer?"

„Viel schlimmer", murmelte Eric. „Ich habe gehofft, ihr würdet es nicht so schnell entdecken."

„Urs weiß es?", fragte Lenka.

Erich nickte lächelnd. „Deswegen hat er mir ohne Diskussion den Kurzurlaub genehmigt und meine Eltern haben mir aus dem gleichen Grund den Hubschrauberflug für die Anreise spendiert."

Lenka streichelte seine Hand. „Dann willst du nicht darüber reden …"

„Aber nur, weil es zu aufreißerisch klingen würde", wiegelte Eric ab. „Vielleicht später."

„Jetzt ist sie ganz Neugier", blinzelte Jiří, dem es auch nicht anders ging.

Eric atmete tief durch und stieg die Treppe weiter hinauf.

„Jetzt mache ich mir wirklich Sorgen", seufzte Lenka.

Eric stellte seine Tasche auf das Treppenpodest, zog Lenka an seine Brust. „Es war ein Mordversuch und Spooky hat mein Leben gerettet."

Lenka schrie auf und Jiří verpasste vor Schreck glatt die letzte Stufe und ging auf die Knie. „Zweite Tür links", stammelte er, sich am Geländer hochziehend.

Von unten rief Danuta: „Es gibt in zehn Minuten Mittagessen!"

„Oh, ich muss los, ehe sie mich vermissen. Nach Schulschluss komme ich sofort zu dir." Lenka hauchte Eric einen Kuss auf die Lippen, rannte die Treppe hinunter und raste mit dem Fahrrad davon.

„Falls es Stress geben sollte, weil sie die Pause um fünf Minuten überzieht, habe ich ihr einen Notfall in der Schäferei bescheinigt", grinste Jiří.

„Oh je", murmelte Eric. „Ich will ganz bestimmt nicht, dass sie meinetwegen Ärger bekommt."

Jiří winkte ab. „Hätte sie geahnt, was passiert ist, wäre sie sogar wegen einer Krankschreibung zum Doc gegangen, um den halben Tag für dich da sein zu können."

„Ich mache mich dann mit in der Schäferei nützlich", erklärte Eric.

„Aber du hast doch Urlaub!", protestierte Jiří.

Eric grinste breit. „Dann nennen wir es eben Arbeitstherapie, um den Kummer zu vergessen."

Jiří lachte hellauf. „Ist genehmigt, ehe du dir noch mehr Ausreden einfallen lassen musst."

Danuta riss die Augen auf, als er gleich in Arbeitskleidung, wie alle anderen, zu Tisch erschien. „Hä?!"

Jiří und Eric zogen eine amüsierte Grimasse, zuckten mit den Schultern und sagten gar nichts, was Antwort genug war.

„Verstärkung", fragte einer der Angestellten ganz vorsichtig.

„Für heute, ein bisschen hier, ein bisschen da ...", blinzelte Eric, sich die vorzüglichen Böhmischen Knödel schmecken lassend.

„Und Ihr Arm?", warf Danuta zaghaft ein.

„Sieht nur bunt aus, funktioniert aber fehlerfrei. Stellen Sie sich einfach vor, es sei ein entartetes Tattoo", erwiderte Eric schmunzelnd, worauf die Schmausenden in Gelächter ausbrachen.

„Wer aus Rübezahls Reich kommt, tickt wirklich ein bisschen anders", kicherte Karel.

Eric nickte. „Sie sind doch der Mann mit den weißen Eiern?!", fragte er plötzlich, was für derartige Lachsalven sorgte, dass die anderen fast unterm Tisch lagen. Eric kam nicht mal dazu, seine Feststellung auf die Hühnereier zu präzisieren, weil immer wieder einer zu lachen anfing. Eric fiel schließlich auch mit ein, da die Situation einfach nur urkomisch war.

„Er ist als Schwiegersohn genehmigt", blinzelte Karel schließlich, worauf die anderen heftig nickten.

„Aber bitte nicht vergessen, ich bin nicht Rübezahl, nur ein Neffe und Cousin! Bei mir fallen die Wunder etwas kleiner aus. So in etwa, dass ich mich beim Essen nicht bekleckere oder meine Adresse fehlerfrei aufsagen kann", warf Eric ein, worauf erneut alle los wieherten.

Bis Lenka aus der Schule kam, half er beim Futtermischen aus den Großsilos und Einbringen neuer Strohpackungen in einige Stallsektionen.

„Wie kommt es eigentlich, dass Pünktchen ein Jacobsschaf ist?", fragte er, weil die Herde komplett aus einer anderen, hornlosen Rasse bestand.

„Ich hatte mal einen Jakobsschafbock eines Freundes für zwei Nächte im Stall", verriet Jiří. „Der hatte ihn auf einer Viehausstellung gesehen, sich auf der Stelle in ihn verliebt und mitgenommen. Weil er es seiner Frau erst noch beichten musste, habe ich ihn hier untergebracht. Ich habe im Traum nicht geahnt, dass er nachts die Absperrung überspringen könne, und wir hatten ein paar Wochen später einen Wurf süßer Mischlinge, deren eine ohne Leo nicht überlebt hätte. Pünktchen ist übrigens das einzige Tier aus dem Wurf, das wirklich wie ein Jakobsschaf aussieht." Er pfiff seinen Hunden in trillerndem

Ton zu, worauf diese die Geschwister suchten und zu ihm trieben.

„Ich bin beeindruckt." Eric betrachtete erstaunt das dichte gefleckte Fell.

„Ich musste sie einfach behalten", gestand Jiří mit treuherzigem Blick.

Eric lächelte. „Ich denke, Mina wäre es ähnlich gegangen. Die beiden sind wirklich Prachtexemplare."

„Da links, das ist die Mutter von Pünktchen", erklärte Jiří.

„Im Ernst?!" Eric riss die Augen auf. „Ich hätte die daneben dafür gehalten, weil sie einige fast kreisrunde Flecken hat, wie Pünktchen."

Jiří schüttelte den Kopf. „Eine aparte Laune der Natur, dass die Kleine einem Marienkäfer gleicht, wie Lenka immer sagt."

„Habe ich da gerade meinen Namen gehört?" Lenka überstieg das Gatter.

Jiří fasste in die Hosentasche und hielt Lenka einen Autoschlüssel hin. Eric stutzte.

„Ist Privatland, da geht es keinen etwas an, ob und wohin ich ohne Schein mit dem Auto fahre", kicherte Lenka. „Meine Mutter würde einen Anfall bekommen, wüsste sie, was ich bei Vater für Privilegien habe."

Eric spurtete davon, duschte und zog sich um.

Lenka hatte inzwischen den Škoda Yeti aus der Großgarage geholt, wo auch die Landwirtschaftsmaschinen standen. Eric stieg ein und sie drehten eine Runde um Grund und Boden, der Jiří gehörte.

„Leo und Dana haben recht, wenn sie sagen, das kommt Urs' Grundbesitz sehr nah", erklärte Eric.

„Da weißt du, in etwa, was auf uns zukommt, sollte ich es eines Tages erben und wir bis dahin der Überzeugung bleiben, es gemeinsam bewirtschaften zu wollen." Am entferntesten Punkt der Ländereien lag ein kleiner Teich, wo Lenka anhielt. „Da hinten, wo es sumpfig wird, steht eine winzige Schutzhütte ..."

„Schutz ist gut", blinzelte Eric, ein Kondom aus der Tasche zaubernd.

Lenka zog ihn hoch erfreut lächelnd im Laufschritt hinter sich her.

Eric schüttelte grinsend den Kopf. „Und da dachte ich, dass nur ich am Hormonkoller leide."

Den Rest des Nachmittags saßen sie aneinandergekuschelt auf der Kante des offenen Kofferraums, beobachteten die Wasservögel und plauderten über dies und das.

Um Eliska nicht auf schräge Gedanken zu bringen, verabschiedete sich Lenka noch vor dem Abendbrot. „Ich kann mich morgens sechs Uhr loseisen und wäre sechs Uhr fünfzehn hier", erklärte sie mit fragendem Unterton.

„Das wäre fantastisch!", rief Eric. „Ich möchte so viel Zeit wie möglich mit dir verbringen."

„Ich stelle euch leckeres Frühstück bereit", versprach Danuta, verschwörerisch kichernd.

Jiří grinste vergnügt. Hatte er doch sofort erspäht, als die beiden von Tour zurückkamen, dass Lenka eine neue Kette trug, deren geschliffener Stein verdächtig nach einem großen herzförmigen Diamanten aussah.

Eric bestätigte es freimütig und zufrieden, dass das so auffällig war, als Jiří beim Essen danach fragte.

„Und was hast du bekommen?", blinzelte Jiří, um Eric zu necken.

Er hatte nicht damit gerechnet, dass Eric wie aus der Pistole geschossen antwortete: „Wundervolle Stunden." Und er fügte lächelnd hinzu: „Wenn man direkt auf dem Schüchthof lebt, bekommt das ganze Leben eine neue Bedeutung. Eine, die man als Kurzzeitgast, der ich bisher war, nur erahnen kann. Ich bewundere Mina, Urs und Leo auf das Allertiefste. Sie haben dir ja sicher die Sachen mit dem Adler und aus dem Himalaya erzählt."

Jiří nickte. „Dass du angefangen hast, Tschechisch zu lernen, ist für mich ein Grund zu ganz großer Freude. Ich werde für dich da sein, wenn du Hilfe brauchst."

„Danke", murmelte Eric verlegen.

Er hatte mit Lenka ausgemacht, damit deren Mutter nicht hellhörig werde, erst am späten Abend zu chatten, wenn das übliche Abendprogramm ausgeklungen war. So blieb ihm auch genügend Zeit, sich mit Danuta und Jiří zu unterhalten.

Lenkas Plan ging perfekt auf. Am frühen Morgen fuhren sie auf einem von Jiřís Motorrädern ins Umland und besichtigten Sehenswürdigkeiten, den Nachmittag verbrachten sie am Weiher, verborgen vor aller Augen. Pünktlich zum Abendessen fuhr Lenka mit dem Rad wieder nach Hause. Sonntagabend bekam Eric, der gerade die Zugfahrkarte für den Montag online buchen wollte, einen Anruf von seinem Vater.

„Hallo Großer! Hat Jiří schon die Felder bestellt?"

„Hallo Dad! Das will er ab morgen machen."

„Perfekt! Der Hubschrauber wird 5:30 Uhr landen. Transfer direkt zum Schüchthof. Da hat es gestern übrigens das erste Mal richtig heftig geschneit."

„Ups, das habe ich glatt übersehen", erschreckte sich Eric.

Andreas lachte. „Kein Wunder, wo du im Augenblick den Kopf mit anderen Gedanken voll hast."

Eric kicherte: „Und das in alle Richtungen. Ich gebe jetzt sofort Jiří Bescheid!"

„Prima. Wir sehen uns am Wochenende bei Urs." Andreas beendete das Gespräch.

Jiří hob beide Daumen, die Aussaat stand für sechs Uhr auf dem Plan. Lenka war glücklich, denn so konnte sie Eric noch persönlich verabschieden. Sie erschien mit einer kleinen Styroporbox im Rucksack, die sie Eric mit den Worten überreichte: „Darin sind zwei Eier. Stecke sie sofort in den Brutkasten und lass dich überraschen, was daraus schlüpft." Mit einem herzerwärmenden Kuss sagte sie auf Wiedersehen, als der Heli im Landeanflug war. Eric kletterte in die Kanzel und der Hubschrauber stieg in den klaren blauen Herbsthimmel. „Gute Reise!", flüsterte Lenka.

Auf dem Berg hatten Urs und Peter noch vor allen anderen Arbeiten Schnee geschippt, das Landekreuz gespannt und die Tiere in den Ställen gelassen. Sie waren gerade dabei, das Gewächshaus winterfest zu machen, indem sie die Segmente abbauten und in die Scheune brachten, als das typische Geräusch eines heranfliegenden Hubschraubers ertönte. Sofort ließen sie alles stehen und liegen. Mina und Grit eilten herbei. Die eingedickte Milch konnte man auch ein paar Minuten später mit der Käseharfe schneiden. Ein kurzes Aufsetzen des Helis, Eric sprang aus der Luke und duckte sich unter den drehenden Rotorblättern hinweg. Dann war sein Lufttaxi auch schon wieder im Abflug begriffen.

Eric umarmte alle ganz fest zur Begrüßung, ehe er bat: „Mina, ich brauche den Brutkasten oder eine Glucke. Lenka hat mir zwei Überraschungseier mitgegeben, die ganz schnell ins Warme müssen."

„Da hast du aber Glück! Es brütet seit gestern wirklich gerade eine Plymouth Rock!", rief Mina überrascht.

„Hoffentlich schlüpfen keine kleinen Dinos oder Happy Hippos raus", grinste Urs, während sich von irgendwoher Spooky mit ohrenbetäubendem Gekrächze auf Eric stürzte, mauzte, keckerte, schnäbelte und mit geschlossenen Augen seinen Kopf an Erics Hals rieb.

„Hast mir auch gefehlt", flüsterte Eric, den Schwarzen an sich drückend, wobei er eine Träne wegwischte. So durfte Spooky auf Erics Schulter mit zum Hühnerstall reiten und zuschauen, wie die zwei Eier unter dem Gefieder der Glucke verschwanden. „Gut aufpassen!", mahnte Eric und Spooky sagte: „Krahhh!" Wobei er das wohl eher auf sich bezog, indem er Klara aus dem Weg gehen solle, die keinen Spaß verstand, näherte man sich unbefugt kleinen oder großen Hühnern.

„Oh, ich bin neugierig, was für eine Rasse es sein wird", strahlte Mina. „Hast du nicht heute noch Urlaub?", fragte sie Augenblicke später, als Eric in Arbeitskluft die Treppe herunterkam.

„Äh ... wie? Was? Ich wohne auf einem Bauernhof!", gab Eric den Erstaunten und verschwand breit grinsend im Schafstall, um die Raufen zu füllen.

Mina schüttelte amüsiert den Kopf, hatte ihnen doch Jiří verraten, dass er bei ihm auch gleich mit zugefasst hatte. Eric schien wirklich alles daran zu setzen, seinen Rettungsanker tief einzusenken und zum festen Punkt für jegliches Kommende zu machen.

Urs schmunzelte, als Eric beim Mittagessen erzählte, wie sie gemeinsam alles daran gesetzt hatten, Eliska zu umgehen. Grit hob beide Daumen. Spooky bettelte so sehr, mit am Tisch sein zu dürfen, dass Urs schließlich nickte. Sofort kraxelte der Rabe auf Erics Schoß, wo er sich hinhockte und sich ganz klein machte, um bloß nicht zu stören.

„Wow!", wisperte Mina.

„Ich wusste nicht, dass ich ihm so sehr gefehlt habe", seufzte Eric, Spooky sanft über den Rücken streichelnd.

„Wir auch nicht, obwohl deutlich war, dass er dich gesucht hat", gab Urs zu.

Die ganze folgende Woche über begleitete Spooky Eric bis zum Hinweisschild auf den Hof, dann flog er heim. Am späten Nachmittag wartete er, auf dem Schild sitzend, auf Eric, um auf dessen Schulter mit nach Hause zu fahren. Schneefall hin oder her.

Am Wochenende herrschte Trubel auf dem Schüchthof. Samstagmorgen kamen die jungen Schüchts und die von Trachenbergs im Abstand von einer halben Stunde an. Seppel und Spooky inspizierten die Fahrzeuge und begrüßten jeden Ankömmling mit fröhlichem Spektakel.

„Unten, im Ort, war es stellenweise aalglatt", erklärten Andreas und Leo übereinstimmend.

„Ja, ja, die Kommunalen", witzelte Peter. „Zumindest haben sie es seit unserer Traktorenaktion nie wieder gewagt, die Straße zuzuschieben."

Andreas lachte herzlich.

„Da fällt mir glatt noch etwas anderes ein", seufzte Mina. „Wir haben in diesem Jahr erstmalig Rodelverbotsschilder aufgestellt. In der letzten Saison hat es mehrere Schwerverletzte gegeben und die Dummheit wächst von Jahr zu Jahr."

„Dass sich auf diesem Hang alle auf Privatland befinden und jeder sein Tun selbst verantwortet, können sie inzwischen auf ganzen drei Tafeln nachlesen!", brummte Urs.

Eric blies die Wangen auf. „Reden wir lieber von was Schönem: Wie geht es meinem Schwesterchen?"

„Blendend!", strahlte Brenda, womit sie die Stimmung um ein Vielfaches hob. „Und wie geht es dir?"

„Glänzend", blinzelte Eric. „Ich werde in Ruhe gelassen. Von den einen aus Überzeugung und von den anderen, weil Spooky sie mir vom Hals hält. Er ist seltsamerweise immer genau zur Stelle, wenn ich keinen Bock mehr auf Dispute habe."

Urs lachte auf. „Jetzt kapiere ich, warum er manchmal wie eine Rakete davon düst und erst eine halbe Stunde danach oder später wieder da ist!"

„Er hat ja auch immer versucht, uns davon zu erzählen, indem er sich hier draußen am Tisch auf Erics Platz setzte und mit dem Schnabel auf das Holz klopfte, wir haben es nur nicht begriffen", gab Mina schmunzelnd zu, den Schwarzgefiederten liebevoll am Bauch kraulend, der mit gespreizten Flügeln auf Erics Schulter herumturnte und wie eine Elster keckerte.

Dann kraxelte der Rabe auf Leos Schulter, von wo aus er auch ausgiebig mit Dana schmusen konnte, indem er beiden wechselweise seinen Kopf am Hals rieb und leise trillerte. Zuletzt verschwand er wieder mit Seppel bei den Schafen, auf deren Rücken es so weich, warm und kuschelig war.

„Genießer", grinste Andreas.

„Ich gönne ihm den Spaß von ganzem Herzen", sagten alle wie aus einem Mund und mussten lachen.

Am Abend erfuhren alle von Andreas den Stand der Recherchen um den Mordanschlag auf Eric. „Sie werden Mühe haben, es nur als Aktion unter Drogeneinfluss zu deklarieren. Ich habe keine Kosten gescheut, auf anwaltliches Betreiben den kompletten Datenverkehr der Handys auswerten zu lassen, obwohl es die Behörden nicht gern gesehen haben", gab er bekannt. „Da sind Absprachen gelaufen, bei denen sie stocknüchtern gewesen sein müssen, denn in der Berufsschule wäre es aufgefallen, hätten sie mit ungewöhnlichen Pupillen im Unterricht gesessen oder den ausbildenden Firmen, wenn an den Maschinen Merkwürdigkeiten aufgetreten wären. Sie werden auch weiterhin in U-Haft bleiben, der Anwalt spielt einen Trumpf nach dem anderen aus. Und das jeweils in allerletzter Sekunde."

„Danke", murmelte Eric. „Lisa Pöhler hat mir übrigens fast im Vorbeifahren erklärt, dass sie nächstes Jahr einen Praktikumsplatz für mich hat. Ich habe mit Kusshand angenommen. Es heißt ja in den Bedingungen nur andere Firma, nicht anderer Ort. Zumal ich ja trotzdem alle Kriterien erfüllen kann. Für den Part Tierproduktion arbeite ich eine Woche bei ihren Eltern im Stall."

„Perfekt!", strahlte Mina. „Da hast du es ja wirklich mit komplett anderem zu tun, als hier, und keiner kann herumdeuteln."

„Ein paar Minuten eher aufstehen, um pünktlich runter zu fahren, kriege ich auch irgendwie hin", grinste Eric.

Leo nickte äußerst zufrieden. Besser konnte es nicht laufen.

„Freu dich nicht zu früh", seufzte Eric. „Ich habe ein paar Mathe-Aufgaben, bei deren Lösung ich fast verzweifle."

„Bis jetzt haben wir alles irgendwie in den Griff bekommen", tröstete ihn Dana.

Diesmal nickte Andreas sehr zufrieden. Beim theoretischen Kram stand Eric stets irgendwo bei Note zwei oder drei, während er im Praktischen regelrecht glänzte. Also für Erics bisherige

Verhältnisse insgesamt glattweg eins mit Sterchen. Leo und Dana halfen nicht nur, beim Aufgaben lösen, sondern erklärten ihm den Rechenweg mit einfachen Worten, die sich Eric merken konnte. Leo erinnerte sich gern an Erics Spruch: „Die Aufgabe klingt für mich, als wolle einer wissen, wie viel ein Glas Wasser bei Vollmond wiegt, wenn drei Nashörner kämpfen, wobei mir keiner sagt, wie groß das Glas ist und welchen Inhalt es hat."

X.

Obelix kratzte an der Tür. Urs ließ ihn herein, worauf sich der Hund direkt vor die Heizung legte. Auf Brendas fragenden Blick erklärte Urs: „Er ist nicht mehr der Jüngste und ihm fährt das nasskalte Wetter tief in die Knochen. Zwar ist es in den Ställen schön trocken, aber für seine Bedürfnisse nicht warm genug. Wir werden uns wohl bald wieder einmal von einem treuen Gefährten verabschieden müssen."

Mina zog die Nase hoch. „Wenigstens hat er bei uns ein schönes Leben gehabt."

„Werdet ihr Ersatz anschaffen?", fragte Andreas.

Urs schüttelte den Kopf. „Das ist eigentlich nicht im Plan. Aber was sind schon Pläne? Zwei neue Esel waren auch nicht im Plan und trotzdem sind sie da, wobei sie zudem Hundearbeit verrichten."

Spooky flatterte auf den Boden und gesellte sich zu Obelix. Der Bernhardiner öffnete nicht einmal die Augen, als sich der Rabe tröstend an ihn kuschelte. Mina atmete tief durch. Vier Tage später schlief Obelix auf seinem Lieblingsplatz vor der Heizung für immer ein.

Er wurde neben Struppi und den anderen Hunden beerdigt. Man legte große Steine auf das Grab, um Räuber abzuhalten. Spooky hockte auf der Dachrinne der Käserei und beobachtete die traurige Zeremonie. Als die Menschen weggingen, trug er einige kleine Steine auf den frischen Hügel, um seinem großen zottligen Freund endgültig Lebewohl zu sagen. Mina filmte es geistesgegenwärtig für die Abendnachrichten. Am nächsten Morgen überzog eine meterhohe geschlossene Schneedecke den ganzen Hof. Urs und Peter fuhren den ersten großen Wintereinsatz auf der Straße zum Hof. Eric legte die Wege zwischen den Häusern frei.

„Komm ganz schnell rüber!", rief ihm Mina aus dem Ziegenstall zu und Eric hastete über den Hof. „Schau mal! Die Überraschungsküken sind geschlüpft!"

„Na wie putzig sind die denn?!", staunte Eric. „Und was ist das für eine Rasse?"

„Ich glaube, das sind Seidenhühner", strahlte Mina.

„Ein weißes und ein graues Huhn", flüsterte Eric hoch erfreut, während die Glucke ihre vier Kleinen zum Futter führte. „Die anderen beiden scheinen Hybriden zu sein."

„Richtig! Grüne Eier sind uns also auch weiterhin im Winter sicher", schmunzelte Mina.

Eric zückte das Handy und sandte sofort ein Bild an Lenka und Jiří. Spooky hockte auf dem Querbalken und schnäbelte erstaunt vor sich hin. Selbst ihm war aufgefallen, dass zwei der Kleinen ungewöhnlich aussahen.

„Gut aufpassen!", bat Eric.

„Krahhhh, krahhhh, krahhhh", spektakelte der Rabe, mit dem ganzen Körper wippend. Ja, ja, ja, er werde Klara von Ferne bei der Beaufsichtigung des fremdartigen Federgetiers unterstützen. Aus lauter Neugier blieb er im Stall, argwöhnisch von Klara beobachtet. Als kurz darauf ein Getöse ausbrach, als habe die Hölle sämtliche Dämonen ausgespuckt, glaubten alle, Spooky habe sich an den Kleinen vergriffen.

Das ganze Gegenteil war der Fall. Der Rabe hatte dem munteren Völkchen das Leben gerettet, denn ein Marder war drauf und dran gewesen, die Kleinen im Halbdunkel des Stalls zu erwürgen. Er hatte nicht damit gerechnet, im Sturzflug angegriffen zu werden, und ließ das Küken los, um sich wehren zu können. Nur hatte er die Rechnung ohne den Wirt gemacht und der besaß einen äußerst kräftigen Schnabel. Zwei Mal Zuhacken genügten, dem Marder die Wirbelsäule zu brechen. Die Hühner stoben in den hintersten Winkel, wo sich schon die Ziegen zitternd zusammendrängten. Klara stand steif wie ein Sägebock, nur die langen Ohren bewegend, denn Spooky krächzte gefährlich, wenn sie ihn nur anschaute. Sogar Eric prallte zurück, als er den Raben auf seiner blutigen Beute hocken sah.

Urs wagte es schließlich, mit zwei derben Handschuhen bewaffnet, sich dem Raben zu nähern. „Du darfst den Marder behalten. Ich trage dich nur mit ihm raus, damit du ihn in Ruhe zerlegen kannst."

Spooky krächzte aufgebracht, hackte aber nicht nach Urs, der das pelzige Raubtier schließlich äußerst vorsichtig samt seinem Bezwinger aufnahm und vor die Tür trug. „Alles ist gut, mein kleiner Held", sprach er beruhigend auf Spooky ein, der nach wenigen Augenblicken begriffen hatte, dass ihm Urs den Leckerbissen gar nicht wegnehmen wollte. Kaum lag der Marder im Schnee, als ihn der Rabe genüsslich auseinandernahm.

Vom Blutgeruch angelockt, kamen Hunde und Katzen gelaufen, die der Rabe mit gespreizten Flügeln und ohrenbetäubendem Gekrächze fortjagte, bis er sich kugelrund gefressen hatte. Dann stolzierte er mit erhobenem Kopf über den Hof zum Schafstall, wo er ein Verdauungsschläfchen zu halten gedachte. Eric entsorgte den ausgeweideten Kadaver, indem er ihn in die Schlucht warf.

„Ich leiste ihm ganz sehr Abbitte, für die schlechten Gedanken, die ich zuerst hatte", erklärte er den anderen.

„Geht uns auch so", gaben Urs und Mina zu.

Grit schaufelte den blutigen Schnee weg. „Manchmal ist mir Spooky richtig unheimlich."

„Das hatten Raben in allen Jahrhunderten an sich", lachte Urs.

Eric grinste. „Ich liebe diesen Vogel, obwohl ich vorhin bis ins Mark erschrocken war. Aber unsereiner würde sich auch nicht das Grillsteak vom Teller klauen lassen."

„Genau!", kicherte Peter.

Klara und die Ziegen schienen den Schock überwunden zu haben, sie wagten sich aus dem Stall, um ein paar Schritte in der frostig klaren Luft zu gehen. Spooky verschlief sogar das Mittagessen. Nicht einmal Seppel schaffte es, ihn mit Geschrei zu wecken.

„Erinnerst du dich noch an den Marder, den unsere ersten Ziegendamen erlegt haben?", wandte sich Urs an Mina.

„Oh ja! Als wäre gestern gewesen!" Mina verstummte irritiert. „Ich glaube, wir werden alt", flüsterte sie schließlich.

Urs winkte ab. „Das hat das Leben so an sich. Müsste ich noch mal von vorn beginnen, würde ich nichts, aber auch gar nichts, anders machen."

„Ich auch nicht!", strahlte Mina, zärtlich seine Hand streichelnd.

Eric hob die Schultern und atmete tief durch, ehe er leise sagte: „Bei mir haben sich die wirklich guten Fügungen dadurch ergeben, dass ich Ecken und Kanten habe. Sonst hätte ich wohl nie Lenka kennengelernt und auch ein Vogel namens Spooky wäre mir nie so fest ans Herz gewachsen, völlig zu schweigen von allen und allem, was auf diesem Hof hier lebt. Sagt bitte nichts. Ich weiß, dass es hätte ganz böse für mich ausgehen können. Aber ein Rübezahl wäre wohl kein Rübezahl, wenn er nicht auch innerlich verirrte Wanderer wieder auf den rechten Pfad führen könnte."

Grit nickte kaum merklich. „Diese Tatsache hast du in wirklich wundervolle Worte gekleidet."

Den Nachmittag verbrachte Eric mit Urs in der Tischlerei. Sie hatten das Bloodwood Holz vor sich liegen und überlegten, was man Schönes daraus zaubern könne, denn bis Weihnachten war nicht mehr lang.

Eric zückte schließlich sein Handy. „Mach doch ein Tablett daraus und komplettiere die Astlöcher und Risse mit violettem Resin", schlug Eric vor und rief ein Video auf.

„Oha, da muss ich aber vorher an anderer Stelle üben", rief Urs, ziemlich angetan von dieser Idee.

„Die Damen würden sich sicher auch freuen, wenn es kein Red Wood ist", blinzelte Eric treuherzig.

Urs grinste vergnügt und sie überlegten gemeinsam, was man alles anschaffen musste, um perfekt arbeiten zu können. Klar war die Aktion absolut geheim und beide schwiegen wie die Gräber.

Walter bekam große Augen, als Urs seine Wünsche kundtat. „Da hast du aber Glück, dass wir was haben, weil der Schredder defekt ist. Diese Qualität wird eigentlich komplett gehäckselt und zu Heizpellets verarbeitet."

„Und?", fragte Eric im Vorbeigehen.

Urs hob beide Daumen.

Diese Geste machte Eric einen Tag später, als er wundervoll gemasertes Olivenholz in der Restekiste erspähte, die Urs heimlich in die Werkstatt gebracht hatte.

„Ich werde die Rinde nur von losem Material befreien und alles gleich in Plattenform gießen", strahlte Urs.

Gesagt, getan und 24 Stunden später für gut ausgehärtet befunden. Das Sägen, Schleifen und Montieren konnte beginnen. Urs hatte zuerst mit einem Hauch smaragdgrün komplettiert und Eric wusste instinktiv, dass dies das Geschenk für Dana werden sollte. „Es sieht umwerfend aus!", lobte er die fertige Arbeit, die sofort verpackt wurde.

Grits Exemplar wurde mit reinem Silberglanz versehen, für Brenda kreierte Urs ein herrliches Braun mit silbernen Schlieren, für Lenka ein strahlendes Himmelblau mit Türkis als zweiter Farbe, um am Ende ein Purpur mit Kupferton für das Rotholz zu mischen.

„Sieht das affengeil aus!", flüsterte Eric überwältigt.

„Die Holzreste werfe ich nicht weg", erklärte Urs. „Ich gieße sie ein und drehe eine Schale daraus, die zum Tablett für Mina passt."

Die Abendnachrichten startete diesmal Andreas, der die Geburt seiner Tochter bekanntgab. Der Einfachheit halber hielten alle gleich eine Videokonferenz ab. „Wir sind uns wegen des

Namens noch nicht ganz schlüssig", seufzte Andreas. „Die Tendenz geht zu Henriette."

„Einfach Jette klingt viel schöner, weil wir sie eh alle so nennen würden", murmelte Eric, worauf Andreas den Zeigefinger hob. „So soll sie heißen, wenn Mutter nichts dagegen hat!"

Brenda schaltete sich zu und die Kamera zeigte das rosige Baby, das satt und zufrieden schlummerte. „Jette gefällt mir", freute sie sich.

„Ich komme zu Weihnachten zu euch", gab Eric bekannt, was Jubel bei seinen Eltern hervorrief, die froh zu sein schienen, ihn nicht darum bitten zu müssen. Andreas und Brenda atmeten sogar so deutlich auf, dass Urs und Leo aufmerksam wurden.

„Ich hole dich ab!", versprach Andreas. „Da kann ich gleich die Weihnachtsgaben für die anderen mitbringen ... ähhh ... das haben sie jetzt nicht gehört!", fügte er kichernd an, worauf im Chor die Antwort kam. „Nöööööö!"

„Denkst du, was ich denke?", fragte Leo seinen Vater, als sie allein über den Hof liefen.

Urs grinste breit. „Vermutlich. Ich glaube, sie werden eine gewisse junge Dame eingeladen haben."

Leo nickte kurz. „Ganz meine Meinung."

„Schön, dass Andreas kommt, dann fällt es wenigstens nicht auf, wenn ich Eric etwas unterschiebe, das er mitnehmen muss", kicherte Urs.

„Geheimnisse? Und dann noch welche, die ich nicht ergründen kann?", staunte Leo.

„Richtig!", lachte Urs. „Immer schön neugierig bleiben!"

Spooky kam angesegelt, setzt sich auf Leos Schulter und ahmte Urs Lachen nach, worüber sich die Männer prächtig amüsierten.

„Prima, da feixen schon zwei, dass ich mit Blindheit geschlagen bin", schmunzelte Leo, den Vogel am Schnabel zupfend.

„Wisst ihr, worauf ich Lust hätte?", sagte Urs, in die Küche tretend. Und gab gleich selber die Antwort: „Auf eine Fackelfahrt, den Berg hinunter!"

„Ja! Prima! Super! Ich auch!", riefen die Männer und Dana sofort.

„Einwandfrei!", rieb sich Leo die Hände. „Lawinengefahr herrscht noch nicht, der Schnee hat gerade die richtige Höhe und ein bisschen Spaß haben wir uns allesamt verdient."

Grit und Mina schauten sich blinzelnd an. „Wir bereiten heißen Punsch, Glühwein und kleine Häppchen als Seelenschmeichler und beaufsichtigen euch aus der Ferne."

„Krahhh, krahhh?", murmelte Spooky mit schräg gelegtem Kopf.

Leo tupfte ihm mit dem Finger an den Bauch. „Du wirst es mögen."

„Wegen der Häppchen!", platzte Eric heraus, worauf alle kicherten.

Spooky spreizte die Flügel. „Krahhh, krahhh, pühhh!" Nur der beleidigte Unterton gelang ihm nicht, weil er wohl selber auch lachen musste.

Als alle Arbeiten getan waren und sich die Teilnehmer des Spektakels in Skikluft mit ihren Brettern zusammenfanden, zündete Urs die Fackeln an. Jeder nahm sich eine.

„Du bleibst genau da hocken!", forderte Leo von Spooky, auf seine linke Schulter deutend, weil er in der rechten Hand die Fackel trug.

„Krah", schnäbelte der Rabe leise, die vielen kleinen Feuer irritiert beäugend.

Dann zogen die Skifahrer in langer Reihe los. Spooky war begeistert, wie sein überlautes Krächzen deutlich erklärte. Mina filmte und sagte plötzlich: „Ich hole sie mit dem Traktor ab, da können sie sich den Spaß nochmal gönnen." Als sich die Flammen auf der Stelle bewegten, zückte sie das Handy und gab Urs ihren Plan bekannt, der mit Jubelrufen begrüßt wurde. Auf dem Einachshänger war es zwar eng, aber das interessierte keinen. So kam es, dass Mina bei der zweiten Fahrt aus der Kabine die lange Reihe der Fackelträger filmte und bei der dritten Tour vom Zielpunkt aus. Spooky in heller Aufregung immer auf Leos Schulter dabei, wobei er sich auf dem Weg hinauf von ihm wärmen ließ, um die nächste Fahrt hinunter in eisiger Kälte gut zu überstehen.

„Es geht auch ohne Lift", blinzelte Mina Richtung Eric, der vergnügt mit den Schultern zuckte. Sie wussten alle nur zu gut, dass er früher jeden für verrückt erklärt hatte, nach der Abfahrt die fast drei Kilometer zu Fuß den Berg hinauf zu stapfen. Seit er auf dem Hof lebte, hatte sich auch das geändert, sonst wäre er gar nicht zum Fackellauf angetreten.

Am nächsten Morgen zierte ein Bild ihrer abendlichen Aktion die Titelseite der lokalen Zeitung unter der Überschrift: Kulturelles Erbe und Tradition – der Schüchthof pflegt die alten Bräuche – dann folgte ein langer Artikel über den liebevollen Umgang mit dem Vieh und die wundervollen Spezialitäten aus dem Hofladen. Rübezahl hat nicht nur bei den Sagenfeuern lehrreichen Rat für Hilfesuchende, endete der Bericht. Sogar die speziellen Familientiere und Spooky, der clevere Kolkrabe, wurden besonders hervorgehoben.

„Den hat aber nicht Maud geschrieben", stellte Mina überrascht fest. „Ich habe nicht mal gemerkt, dass wir per Drohne beobachtet worden sind."

„Wir auch nicht", pflichtete Urs nach einem Blick in die Runde bei. „Markus W. ... hmm ... der einzige Markus, den ich kenne, ist der junge Geologe. Der verfügt über gute Drohnen und schreibt wissenschaftliche Artikel."

„Und er hat mehrfach bei uns eingekauft", fügte Mina erfreut hinzu.

„Das wird dann wohl das Dankeschön für den Artikel damals sein, den Urs nach der Bergung der Ausrüstung zur Presse lanciert hat", merkte Peter an. „Denn danach haben die Jungs auf dem Plateau plötzlich Unterstützung von der

Gemeinde bekommen, wo vorher ständig die Säge klemmte."

Urs grinste vergnügt. „Wir hatten ihm ja auch die generelle Genehmigung für die Veröffentlichung von Luftaufnahmen erteilt, solange sie nicht das bebaute Gelände betreffen."

Mina schmunzelte ebenfalls. „Da wir ja keine Abendnachrichten hatten, weil es ziemlich spät geworden war, werde ich den Artikel an meine Bilder in den Morgennachrichten hängen."

Die Reaktionen waren vielfältig, aber ausnahmslos positiv. Es meldeten sich wieder einmal Leute zu Wort, welche die meiste Zeit des Jahres stille Leser der Beiträge des Schüchthofs waren. Die Geologen bestätigten, dass ihr Markus wirklich der vermutete Autor sei. Die Vogelwarte tat kund, zwei in diesem Jahr geschlüpfte weibliche Kolkraben in Pflege zu haben, die sich untereinander gar nicht vertrügen, aber als Individuen vielleicht für Spooky interessant sein könnten.

Leo versprach sofort, mit dem *Großen* bei nächster Gelegenheit auf Brautschau zu kommen. Urs musste ihm nicht erklären, dass man viele Male hinfahren müsse, ehe sich herausstellen werde, ob Spooky einer der Damen als Partnerin akzeptiere und diese ihn. Leo war, seit er den Raben gerettet hatte, zu einem regelrechten Rabenvogel Lexikon mutiert, um ihm alle Annehmlichkeiten bieten zu können, die solch ein kluges Tier benötigte. Und das wusste

Spooky zu schätzen. Er hätte nicht einmal für ein Weibchen seine menschliche Familie verlassen.

Zwei Tage vor dem Heiligen Abend kam Andreas zum Hof. Er folgte direkt dem Schneeräumduo Urs und Peter, das perfekte Straßenverhältnisse bereitet hatte. Seppel, Spooky und Idefix inspizierten sofort die Ladung, kaum dass Andreas alle begrüßt hatte. „Die Oberaufseher sind am Werk", lachte er, denn Idefix hüpfte wie ein Känguru auf zwei Beinen, um in den Kofferraum schauen zu können. Seppel schob den Kopf hinein und Spooky kraxelte gleich über Beutel und Kartons, um seinen neugierigen Schnabel in alle Ecken zu stecken. „Die Schmeckerchen sind hier!", grinste Andreas, auf seine Hosentasche zeigend, worauf sich, wie durch Zauberhand, die drei brav vor ihm aufstellten. Spooky natürlich auf Seppels Rücken, um sich keine kalten Füße im Schnee zu holen. „Verrückte Bande!", kicherte Andreas, der nun ganz in Ruhe aus- und gleich Erics Reisetasche und die Gegengeschenke einladen konnte. „Mein Kofferraum sieht fast unverändert aus", staunte er, die Klappe schließend.

„Frühstück ist fertig!", rief Dana, worauf aus allen Ecken die Hungrigen zusammenströmten.

Spooky platzierte sich auf Leos Stuhllehne, um nichts zu verpassen und Eric nah zu sein. Denn wenn Reisetaschen auftauchten, tauchten die Besitzer dieser stets für eine Zeitlang ab. Er hatte es sich aber angewöhnt, nur bis zum Schild am Straßenende hinterherzufliegen, weil die Reisenden über kurz oder lang wieder zurückkamen. Zumindest jene, die auf dem Hof lebten. Wenn andere irgendwann wiedererschienen, freute er sich natürlich riesig. Plötzlich wurde Spooky unruhig, er trat von einem Fuß auf den anderen, wippte und keckerte leise, und wie es klang, ziemlich ratlos, wobei er Andreas fragend anschaute.

„Ich glaube, er vermisst Brenda", kleidete es Leo in menschliche Worte.

„Eindeutig!", sagte Andreas überrascht. „Spooky, du bist doch ein schlauer Vogel. Vielleicht kannst du ja mit Bildern etwas anfangen." Er zog das Smartphone hervor und suchte Fotos von Brenda mit Jette im Arm heraus, die er dem Raben zeigte.

So wie Spooky schaute, die Flügel spreizte und trillerte, schien er begriffen zu haben, warum Brenda nicht hier war. Die hatte ein Küken zu betreuen, das ständig gefüttert werden musste!

„Ein absolut supertoller Vogel!", lobte Andreas, ihm das Scheibchen Käse von seinem Brötchen reichend. „Ich denke, er wird sein Weihnachtsgeschenk lieben."

Alle lachten fröhlich, weil es sonnenklar gewesen war, dass gerade der schwarze Lebensretter bei den von Trachenbergs nicht leer ausgehen werde. Nun fieberten natürlich alle der Besche-

rung entgegen, um nicht zu verpassen, was eingepackt worden war.

Dass Urs hin und wieder etwas ins Handy
tippte, fiel in der Aufregung gar nicht auf. Auch
nicht, dass er kurz nach draußen verschwand
und sich an Andreas' Auto zu schaffen machte.

Andreas und Eric brachen, als Dana den Tisch
abräumte, sofort auf, um Brenda und Jette nicht
so lange warten zu lassen. Spooky flog bis zum
Schild mit, schaute hinterher, bis das Auto um
die nächste Ecke fuhr, um dann eilends in den
Schafstall zurückzukehren, wo Pünktchens herrlich kuscheliges Fell ganz schnell für warme
Rabenfüße sorgte.

„Der Genießer ist wieder da", gab Leo
bekannt, weil Mina immer etwas unruhig war,
wenn Spooky auf Tour ging, ihm könne irgend-
jemand ein Leid antun. Obwohl man sich im
Ort an den Fingern einer Hand abzählen konnte, was das für Konsequenzen für den Verursa-
cher haben werde.

XI.

Am 23. Dezember stellten die Männer einen großen Tannenbaum mitten auf den Hof und die Frauen schmückten ihn. Spooky war in seinem Element – ein bisschen hier herum stickeln, ein bisschen da, zwischendurch alles, was glänzte, im Schafstall verstecken und erst wieder herausrücken, wenn es ein Leckerli als Ersatz gab. Fehlte etwas, schaute man zuerst an den Lieblingsplätzen des Raben nach. Meist wurde man da auch fündig.

Eine große, herrlich funkelnde rote Weihnachtskugel aus Kunststoff hatte es Spooky so sehr angetan, dass er sie immer wieder entführte, und Urs schließlich dessen Lieblingsplatz im Stall mit einem Tannenzweig schmückte, an dem die Kugel befestigt wurde. Sofort herrschte Frieden und Spooky war glücklich. Er bedankte sich sogar bei Urs mit einer Haselnuss aus seinem heimlichen Vorrat. Urs drückte den schwarzen Racker liebevoll an sich.

Leo steckte noch über jede Stalltür zwei gekreuzte Zweige mit Glöckchen dran. „Wenn schon, dann richtig und für alle", kicherte er.

Das „Krahhh, krahhh, krahhh", als es Spooky erspähte, klang vollauf begeistert. Er ließ den Zierrat in Ruhe, weil seine rote Kugel ja viel schöner war und von nichts übertroffen werden konnte. Zudem hatten die Glocken keine Klöppel, gaben auch beim Antupfen mit dem Schnabel nur ein dumpfes Scheppern von sich, und waren deswegen für den Raben völlig uninteressant. Da waren die beiden in der Wohnung von Urs und Mina schon anziehender, bei denen Spooky mit Verzückung herum bimmelte.

„Läutet er wieder zur Andacht", kicherte Peter, als er am Sonntagmorgen die Küche der Schüchts betrat.

Urs grinste. „So ähnlich. Die schwarze Kutte hat er schon an, fehlt nur noch das Beffchen."

„Pühhh!", machte Spooky beleidigt, der spürte, dass sich die Männer über ihn lustig machten. Dann taxierte er die Glocken, hockte sich exakt in die Mitte davor und drehte rasend schnell den Kopf hin und her, um beide Klöppel mit voller Kraft zum Schwingen zu bringen und ein Stakkato aus Tönen zu erzeugen.

Mina stürzte herbei. „Um Gottes willen! Was ist denn hier los?!"

Spooky drehte sich um, spreizte die Flügel und verbeugte sich.

Alle begannen so wiehernd zu lachen, dass es sogar vom anderen Berghang widerhallte.

„Wer hat ihm denn das beigebracht?", staunte Leo.

„Ich war's", kicherte Grit, dem gefiederten Musikanten ein Scheibchen Käse reichend. „Er saß bei mir in der Küche und beobachtete erstaunt, wie ein Luftzug die Bratenwender und Schöpfkellen an der Wand zum Klingen brachte. Neugierig hat er sie mit dem Schnabel betupft und natürlich auch Töne erzeugt. Er war so begeistert, dass er immer wieder kam, um zu spielen. Von da war es nur noch ein kleiner Schritt, ihm die Verbeugung nach seinen Klangdarbietungen beizubringen. Dass er es hier probieren werde, habe ich nicht erwartet. Ich bin erstaunt, wie schnell es in seinem Köpfchen arbeitet, denn dass er logisch denken kann, wissen wir ja nicht erst seit heute."

Spooky hopste auf Leos Stuhllehne, legte ihm von hinten den Kopf auf die Schulter und genoss das liebevolle Kraulen am Bauch.

„Hat jemand gefilmt?", fragte Leo.

Grit zeigte schmunzelnd auf sich, worauf Spooky sofort zum Star der Tagesnachrichten wurde. Jiří schickte gleich fünf Lachtränensmileys. Ähnlich reagierten auch die anderen. Der Rabe war einfach drollig.

Bei den von Trachenbergs liefen die Weihnachtsvorbereitungen ebenfalls auf Hochtouren. Nur dass Eric sein schönstes Geschenk schon vorab bekam, wie Andreas und Brenda ganz sicher waren. Als Eric seine Tasche aus dem Kofferraum nahm und sich umdrehte, um ins Haus zu gehen, wäre er fast mit Lenka zusammengestoßen. Seinen Jubelschrei hörte man sicher noch drei Straßen weiter. Er ließ die Tasche fallen, riss Lenka in die Arme und hinderte die Glückstränen nicht am freien Lauf. Andreas rieb sich zufrieden die Hände.

„Das sind alle Feiertage dieser Welt auf einmal!", strahlte Eric, nun auch sein kleines Schwesterchen herzend, ohne Lenka loszulassen.

„Für uns auch", schmunzelte Brenda.

„Ist Eliska hier?", fragte Eric vorsichtig.

„Iwo! Wo denkst Du hin!", rief Lenka. „Ich bin offiziell als Weihnachts-au-pair angestellt. Da hat sie nichts zu suchen. Sie hat ein bisschen gegrummelt, dass ich ausgerechnet zu den Feiertagen einen Job angenommen habe. In Anbetracht der Lage, dass sie mit mir nie wirklich richtig Weihnachten gefeiert hat, herrschte recht schnell Ruhe."

Eric schüttelte so ungläubig den Kopf, dass die anderen geschlossen zu lachen begannen. Genau so verdattert schauten am Abend die Schüchts, als Andreas Bilder des überglücklichen Pärchens postete. Die einzigen Eingeweihten waren Jiří und Danuta gewesen, weil dort ja der Hubschrauber landen musste, um Lenka abzuholen, und Urs.

„Überraschungen perfekt gelungen, würde ich sagen", schmunzelte er.

Eric nickte besonders heftig, denn er hatte sofort entdeckt, dass er sein Geschenk für Lenka in den Kofferraum geschmuggelt hatte. Das war auch der Grund für Andreas gewesen, ihn in das große Geheimnis einzuweihen. Eric hätte sich nicht gut gefühlt, am Heiligabend mit leeren Händen vor Lenka zu stehen.

Spooky trippelte ganz nah an den großen Bildschirm, vor dem alle saßen, um sich Brendas Küken anzuschauen. Er tupfte überaus vorsichtig mit dem Schnabel die Stelle mit dem Baby an, machte leise „krahhhh" und wippte fröhlich mit dem ganzen Körper.

„Das war wohl der Schwur, eure Kleine zu beschützen", übersetzte es Leo in die Menschensprache, den Raben am Schnabel zupfend.

„Wie supergut er darin ist, haben wir bei Eric gesehen", freute sich Brenda. „Spooky, du bist der wundervollste Rabe aller Zeiten!"

Spooky führte ein Tänzchen auf und keckerte wie eine Elster, um zu verkünden: Habe verstanden, was du gesagt hast!

Leo reichte ihm eine angeknackte Nuss, die der treue Rabe mit seinem großen, kräftigen Schnabel mühelos vollständig öffnete.

In der Nacht zum 24. Dezember schneite es noch einmal, Hof und Gebirge sahen im ersten Morgenlicht wie mit Diamantsplittern überpudert aus. Spooky staunte. Er kraxelte sogar mit in Urs' Traktor, um beim Winterdienst dabei zu sein und das Funkeln der Schneekristalle genießen zu können. Idefix hatte beobachtet, wie der Rabe in die Fahrerkabine schlüpfte und bettelte, auch mitfahren zu dürfen.

„Komm mit, du verrückter Hund", lachte Urs, wohl wissend, dass der Rabe einen ganz anderen Anlass hatte, auf seiner Schulter hocken zu wollen.

Und während der Hund genau beobachtete, was der Rabe machte, gab dieser seiner Freude und Verwunderung über die Schönheit, die es zu bestaunen gab, mit glucksenden Tönen ausdruck.

„Hmm, mir gefällt es auch", brummte Urs zufrieden, zumal die paar Zentimeter Neuschnee schnell von der Straße geschoben waren. Auf der Rücktour zum Hof schaltete Urs den Sandstreuer zu, um die Fahrbahn abzustumpfen.

Kaum zu Hause ging der Rabe auf die übliche Tour durch die Ställe, wo es immer wieder ein Extra abzustauben gab, das den anderen Tieren eh nicht schmeckte. Außer den Katzen, die standen genau so auf Mäuse, wie er. Dabei machte er auf dem Heuboden des Ziegenstalls eine Entdeckung, die er völlig aufgeregt und lauthals krächzend kundtat.

„Was hat er denn bloß?", erschreckte sich Mina, die, wie alle anderen sofort aus dem Haus gelaufen kam.

Leo schmunzelte. „Ich denke, er wird es uns gleich zeigen." Und an den Raben gewandt: „Wo ist es?"

Sofort flatterte Spooky in den Stall, wartete, bis Leo auftauchte und kletterte umständlich auf den Heuboden, wo er wie eine Elster keckerte. Leo hakte kopfschüttelnd die große Leiter los und stieg hinauf, und hörte ein Geräusch, das er hier nicht vermutet hatte und das wohl auch

Spooky angelockt hatte. Er äugte zwischen die Heuballen und begann zu lachen.

„Was ist dort?", fragten alle durcheinander.

„Die seit zwei Tagen vermisste Plymouth Rock Henne", gab Leo bekannt. Und setzte nach einer Kunstpause hinzu: „Sie hockt auf einem Gelege."

Mina atmete auf. „Ich dachte wegen des ersten Satzes, die hätte der Marder als Leiche da hoch geschleppt und sich für später reserviert! Lass sie sitzen. Spooky wird uns schon zeitig genug verraten, wenn Küken geschlüpft sind, die wir herabholen müssen."

„Guter Spooky", lobte Leo, den Vogel liebevoll kraulend. „Für so liebe Raben hat der Weihnachtsmann bestimmt was besonders schönes ins Päckchen gesteckt."

„Ich bin gleich im Weihnachtsmodus", versprach Peter, die letzten Werkzeuge wegräumend.

„Die drei Tage auf Sparflamme haben wir uns alle verdient", erklärte Urs. „Tiere versorgen, ausruhen und Spaß haben."

Als Mina protestieren wollte, blinzelte Dana: „Essen kochen zählt unter Spaß. Gerade in den Weihnachtstagen, wo man schöne und seltene Speisen besonders stilvoll auf den Tisch bringen kann."

„Hast mich überzeugt", schmunzelte Mina.

Spooky trieb sich natürlich mit in der Küche herum. Da konnte er naschen, Schabernack treiben und schön warm war es auch. Am Ende durfte er sogar mit den Glöckchen zum Essen läuten, wofür er wieder eine Nuss bekam, die er auf den Schrank trug, um sie später zu verschnabulieren. Vom vielen Naschen war das Rabenbäuchlein nämlich schon zum Platzen voll. So machte es sich Spooky in der Sofaecke bequem und hielt ein Nickerchen. Den Schmausenden war es recht, stellte er doch in dieser Zeit keinen Unfug an.

Am Nachmittag schauten die Schüchts noch einmal nach den Tieren und ließen ihnen, wie in jedem Jahr, besondere Leckerli zukommen. Plötzlich hoben die Hunde die Köpfe. Auch Spooky spähte zur Straße, wo ein paar Augenblicke später die Menschen das Klingen von Schlittenglocken hören konnten.

„Was ist das?", staunte Mina.

Urs grinste breit. „Ich schätze, der Weihnachtsmann."

„Häh?", machte Leo und gleich darauf: „Das gibt es doch nicht! Das ist wirklich einer!"

Alle eilten zur Straße, wo soeben ein großer Pferdeschlitten auf Rädern die Schranke passierte, den die Hunde skeptisch beäugten. Seppel und Klara staunten die beiden riesigen Shire Horses direkt an, die den Schlitten zogen, und die den Hunden deutlich sichtbar Respekt einflößten.

„Ho, ho, ho, ihr Lieben! Rudolf hat heute Urlaub, ich wünsche euch trotzdem frohe Weihnachten!", rief der Weihnachtsmann, sich vergnügt seinen weißen Rauschebart streichend. Er lenkte das Gefährt auf den Hof, stellte die Bremsen fest und kletterte vom Kutschbock. „Weil ihr alle brav wart, habe ich euch auch ein paar Geschenk mitgebracht." Er ließ die Ladeklappe des Schlittens herunter, nahm den Spanngurt eines 20-Liter-Bierfässchens ab, welches er vorsichtig herab rollte. „Für die Damen gibt es Wein", erklärte er, zwei Kisten daneben stellend.

„Tausend Dank, lieber Weihnachtsmann!", rief Urs. „Komm herein und sei unser Gast!"

„Das geht leider nicht. Ich muss die vielen Geschenke pünktlich abliefern", antwortete der Weihnachtsmann mit blitzenden Augen. „Lasst es euch gut schmecken und eine schöne Zeit! Ho, ho, ho!" Er stieg auf seinen Schlitten und fuhr, fröhlich ein Weihnachtslied pfeifend, davon.

Die Hofbewohner schauten verblüfft hinterher.

„Ideen, wer das gewesen sein könnte?", fragte schließlich Mina.

„Ideen, wer uns diese Geschenke schickt?", fügte Urs an.

„Ideen, wer hier in großem Umkreis solche Prachtpferde hält?", murmelte Dana schwer beeindruckt.

Spooky saß leise vor sich hin schnäbelnd auf Leos Schulter. Er hatte kaum zu atmen gewagt,

als die riesigen schwarzen Pferde mit den weißen Fesseln und Blessen, vor dem Haus standen. Pferde hatte er schon oft gesehen, dass es
aber welche geben konnte, die so riesig waren
und dann auch noch schwarz, wie sein Federkleid, hatte er nicht vermutet.

Urs zeigte mit dem Kopf auf den Raben. „Das
scheint ein ellenlanges wooooooow zu sein."

„Geht mir ähnlich", merkte Leo an. „Was für
Prachtexemplare und was für eine riesengroße
Überraschung."

„Wisst ihr was? Wir machen gleich Besche-
rung und trinken hinterher Kaffee!", rief Mina.
„Ich bin jetzt viel zu hibbelig, um ruhig am
Tisch zu sitzen."

„So soll es sein", schmunzelte Urs, der ja auch
wissen wollte, ob in den Weinkisten vielleicht
ein Hinweis auf den edlen Spender zu finden
war. Er rollte das Fass ins Haus, Leo und Peter
schnappten sich die Kartons. „Okay, okay, ich
schau ja schon rein!", lachte Urs, als ihn alle
erwartungsvoll anschauten. „Kiste eins. Nichts."
Er hob sogar die Flaschen hoch, um darunter
schauen zu können. „Kiste zwei ... oha, eine
Klappkarte!" Er fischte sie heraus und begann
vorzulesen: „Liebe Schüchthofbewohner, frohe
Weihnachten für Menschen und Tiere wünschen
euch die Pöhler-Höfe, der Dorfkrug, die Geolo-
gen-Crew, die Tierkörperverwertung und die
Vogel-Warte. Ihr habt verdient, dass man heute
besonders an euch denkt."

„Wow!" Leo brachte auf den Punkt, was alle dachten.

Urs griff sofort zum Telefon, um sich zu bedanken.

„Hat zufällig jemand gefilmt?", fragte Grit.

„Ich, nachdem ich die erste Überraschung verdaut hatte", kicherte Mina. „Also ab da, wo das Gespann schon vor dem Haus stand."

„Und wer war nun der Weihnachtsmann?", wollte Dana nach den Telefonaten wissen.

„Vermutlich der Echte", grinste Urs. „Dass gerade ich, als Rübezahl, danach frage, sei lustig, haben alle übereinstimmend geantwortet."

„Das hat was." Leo zuckte mit den Schultern. „Ich hole jetzt mal die Säcke herbei, die der Weihnachtsmann unter der Treppe abgestellt hat." Er ließ den Worten die Tat folgen, denn alle hatten ihre Geschenke anonym da hinein gesteckt, um die Übergabe spannender zu gestalten.

„Dann darfst du auch gleich austeilen", meinte Urs, es sich auf dem Sofa gemütlich machend.

Nachdem die Männer gestrickte Pullover, Mützen, Jacken, Schals und Socken bejubelt hatten, hievte Leo die schweren Gaben vom Grund des Sacks. „Für Grit, für Dana, für Mina."

Weil die Päckchen ähnlich groß waren, öffneten sie alle drei Damen auf Kopfnicken synchron, worauf lustigerweise von ihnen auch im Chor ertönte: „Oh, mein Gott! Ist das wundervoll!"

„Jetzt weiß ich, was Urs und Eric Geheimnisvolles in der Werkstatt getrieben haben!", strahlte Mina, sich an ihrem Bloodwood-Set mit purpur weidend. Urs hatte zu jedem der wundervollen Tabletts noch sechs passende Becher gedrechselt.

Spooky staunte. Das war alles wunderwunderschön.

„Hier sind noch ein paar Geschenke", sagte Leo, den zweiten Sack öffnend. „Für einen braven Raben namens Spooky."

„Krah?"

„Richtig, mein Großer, das ist alles für dich!", lachte Leo. „Komm her!"

Spooky segelte das kurze Stück zu ihm hinüber. Dann durfte er nach Herzenslust das Geschenkpapier zerlegen und untersuchte mit glucksenden Tönen die seltsamen Gebilde, die Leo nun zu etwas Ganzem zusammensteckte. Es gab verbundene Zylinder, Röhren mit Löchern, geheimnisvolle Klappen und Schübe, verschiedene Stäbe, bunte Gewichte, Leitern, Seile ... und Leo schüttete soeben die leckersten Schmeckerchen hinein. Die Röhre mit den Nüssen füllte er halb mit Wasser voll.

„Ein Geschicklichkeitsparcours!", stellte Peter mit großen Augen fest, während sich Spooky, aufgeregt wippend, daran machte, die kniffeligen Aufgaben zu lösen. Leo zog eine GoPro aus der Hosentasche, die Spooky beim Agieren filmen sollte.

Die meiste Aufmerksamkeit schenkte der Rabe der Wasserröhre, wo seine Lieblingsnüsse schwammen. Mit dem Schnabel kam er nicht heran, ein Stöckchen ergab keinen Sinn, bescherte ihn aber mit einer hilfreichen Entdeckung. Der kluge Rabe hatte bemerkt, dass der Wasserspiegel stieg, wenn er mit dem Stab herumstocherte.

Herumglucksend trippelte er um die Röhre, sie von allen Seiten taxierend. Dann steckte er den zweiten Stab mit ins Wasser. Nur reichte das noch immer nicht. Also hockte sich Spooky vor die Röhre und starrte sie fast eine halbe Stunde lang stumm an.

„Ich kann gerade eine zwei Meter große Glühbirne über seinem Kopf sehen", lachte Leo plötzlich.

Und dieser offensichtliche Gedankenblitz veranlasste Spooky, nach den Gewichten zu schnappen. Als er das erste in die Röhre fallen ließ, stieg der Wasserspiegel so hoch, dass er zumindest mit der Schnabelspitze die Nüsse berühren konnte. Siegessicher spektakelnd bugsierte er noch ein Gewicht in das Rohr und fischte unter dem begeisterten Beifall der Versammelten seine Belohnung heraus.

Zwei Nüsse knackte er, die übrigen trug er in sein Versteck auf dem Schrank. Dann enterte er die Seilschaukel und genoss das sanfte hin und her Schwingen. Man sah es auf den ersten Blick: Der Rabe war glücklich.

„So schnell habe ich damit nicht gerechnet!", erschreckte sich Urs. „Spooky ist ein richtiges Genie!"

Der Rabe war bis zum Schlafengehen beschäftigt. Ihn interessierte es heute nicht einmal, was die anderen für Köstlichkeiten auf den Tellern hatten.

Die von Trachenbergs, die diesen Teil des Spielparadieses beigesteuert hatten, bekamen beim Anschauen der Abendnachrichten genau so große Augen.

„Ich sehe dir an, was du beinahe gesagt hättest", lachte Eric über Andreas' Gesicht.

„Wirklich?", grinste der breit.

„Aber sicher. Der Vogel hat mehr Grips, als deine Ex", fasste es Eric in Worte.

„Oooops! Genau das wäre meine Wortwahl gewesen!", erschreckte sich Andreas, worüber Eric in schallendes Lachen ausbrach und das kleine Wortgeplänkel für Lenka übersetzte, die amüsiert den Kopf schüttelte.

Sie genoss es, dass auch hier alle Klartext sprachen und wie zwanglos sie ins Geschehen integriert wurde. Brenda und Andreas ließen sie spüren, wie sehr sie sie mochten. Sie fuhren sogar alle gemeinsam zur Kletterhalle, wo Lenka im Schnelldurchgang die Grundlagen erlernte. Eric erzählte ihr schmunzelnd, wie Dana als Kind beim ersten Besuch hier gewonnen hatte und er deswegen völlig frustriert gewesen war.

Dass die beiden jungen Leute nicht nur züchtig Händchen halten würden, war zu erwarten gewesen. Andreas hatte, der Einfachheit halber und damit auch ja nichts schief ging, gleich eine Packung Kondome direkt auf Erics Bett platziert, was diesen breit und sehr zufrieden grinsen ließ, als er das Zimmer betrat. Wobei auch sofort die mahnende Stimme flüsterte: Übertreibe es nicht, egal, was du tust.

Am Ende ließ Andreas den Hubschrauber zuerst auf dem Schüchthof landen, von wo aus er direkt zu Jiřís Farm durchstartete, um Lenka abzusetzen.

„Es waren affengeile Tage!", fasste es Eric in einem Satz zusammen.

Den Abschluss des ganzen ungewöhnlichen Jahres feierte er mit Leo und Dana im Dorfkrug, wo eine grandiose Silvesterparty stieg. Leo grinste in sich hinein, welche Anstrengungen die jungen Mädchen unternahmen, Eric mehr, als ein Lächeln oder ein Tänzchen, zu entlocken. Es hatte sich seit dem Mordversuch bis in die entferntesten Ecken der Umgebung herumgesprochen, um wen es sich bei Urs' Lehrling handelte. Der finanzielle Hintergrund schien das Lockmittel schlechthin zu sein. Was nicht bekannt war, dass sich der begehrte Teenager bereits fest für eine Herzdame entschieden hatte.

Und das so fest, dass Leo die Nacht völlig entspannt genießen konnte, denn Eric orderte ausschließlich alkoholfreie Getränke, um nicht irgendwelche Dummheiten zu begehen, die er bitter bereut hätte.

Die Schüchts und Bräunigs saßen zu Hause mit Spooky gemütlich beieinander. Sie hatten durch die Sagenfeuer das ganze Jahr über genug Trubel und genossen die Ruhe. Als die Menschen Filme anschauten, werkelte Spooky in seinem Spielparadies, das zwei Geheimnisse hütete, die er noch nicht ergründet hatte.

XII.

Am zweiten Januar begann auf dem Hof der Alltag. Die jungen Schüchts reisten ab, Eric fuhr zur Berufsschule und Spooky vertrieb sich den Tag mit Seppel, Idefix und Pünktchen. Manchmal beobachtete er vom Dach aus die Krähen, die als Schwarm zur nächsten Mülldeponie auf Futtersuche flogen.

„Wir sollten zur Vogelwarte fahren", schlug Mina vor, als der Rabe gegen Ende des Winters oft eine halbe Stunde lang auf einem Baum hockte, ohne sich zu regen. Nicht einmal Idefix, der winselnd am Stamm kratzte, konnte ihm eine Reaktion entlocken.

„Besser wäre es", seufzte Urs. Und an den Raben gewandt: „Spooky, komm, wir fahren Auto!"

„Krahhh, krahhh, krahhh!", jubelte der und segelte auf Urs' Schulter.

Mina rief aus dem Auto heraus an, dass man mit Spooky auf Brautschau käme, was für herzliches Lachen bei den Mitarbeitern des Vogelschutzzentrums sorgte. Als Urs mit dem Raben auf der Schulter aus dem Auto stieg, liefen nicht nur die Vogelschützer zusammen, sondern auch die Besucher. Spooky, von zu Hause viele Menschen und deren neugierige Blicke gewohnt, blieb völlig gelassen.

Der Leiter der Einrichtung machte sich den Spaß, den Versammelten Spooky als Star von

Rübezahls Sagenfeuern des Schüchthofs vorzustellen, wobei der Berggeist ja sogar persönlich mit seinem Raben hier erschienen sei.

„Wow, gigantisch! Die märchenhaft blauen Augen des Mannes und dazu der riesige Kolkrabe!", flüsterte es allenthalben.

So blieb es nicht aus, dass Urs und Spooky eine Viertelstunde für diverse Fotos posierten. Mina schmunzelte.

„Jetzt schauen wir uns die Rabendamen an", versprach der Leiter, die drei persönlich zu den Volieren führend. Die beiden jungen Raben musste man auch weiterhin getrennt halten, denn der eine hatte mehrfach versucht, den anderen mit Schnabelhieben zu erlegen. „Wir haben immer noch nicht herausgefunden, warum sich der eine Vogel so ungewöhnlich aggressiv verhält", berichtete der Mann. Er brauchte auch nichts weiter zu erklären, denn bei Spookys Anblick drehte besagter Rabe völlig durch, attackierte den Maschendraht der Voliere und krächzte böse.

Spooky gab ein tiefes Grollen von sich, wie ein angriffsbereiter Kampfhund. Urs streichelte ihn am Bauch. „Lass sie meckern. Da drüben ist noch ein Rabenmädchen und das giftet dich bestimmt nicht voll."

„Krah." Spooky spähte durch den Draht der übernächsten Voliere, wo in einer Ecke der junge Rabe saß und erstaunt zurück äugte. „Krahhh, krahhh, krahhh", machte Spooky leise

226

und noch einmal, etwas irritiert, weil keine Antwort kam.

Fast zehn Minuten standen sie einfach nur da und die beiden Vögel betrachteten sich durchs Gitter, während in der anderen Voliere noch immer der Rabe randalierte, weil er Spooky sehen konnte.

„Kann man sie herunterlocken?", fragte Urs schließlich.

„Versuchen Sie es, ob sie kommt", antwortete der Vogelschützer.

Urs griff in die Hosentasche, holte zwei Walnüsse hervor, die er gut sichtbar hochhielt. Er drückte sie aneinander, um sie anzuknacken und reichte eine Spooky. Der nahm sie mit lautem erfreutem Krächzen an, öffnete und verputzte sie auf der Stelle. Jetzt erst warf Urs die zweite Nuss ins Gehege. Sofort kam Leben in den Vogel darin. Er trat von einem Bein auf das andere, ohne die unverhoffte Gabe aus den Augen zu lassen. Dann folgte ein fast verzweifeltes leises Krächzen.

Spooky antworte darauf mit seinem typischen Elsternkeckern und ließ eine Tonfolge unterschiedlichen Krächzens folgen.

Der fremde Vogel lauschte, schwebte auf den Boden, sich langsam der Nuss nähernd und Spooky beobachtend. Ein schnelles Zupacken, dann flatterte er wieder auf seinen Platz zurück.

Spookys Antwort klang ziemlich zufrieden. Urs schenkte ihm noch eine Nuss. „Ich denke, das ist genug für heute. Wir kommen am Sonntag wieder. Jetzt habt ihr beide viel Stoff, über den ihr nachdenken werdet."

„Das sehe ich genau so", lachte der Leiter der Vogelwarte. „Die Kleine scheint aber geneigt zu sein, auch andere Ratschläge Ihres Raben anzunehmen, als nur den von gerade eben, sich die Nuss zu holen, weil sie lecker sei."

„Das hoffen wir ganz stark, nachdem wir sie beobachtet haben", blinzelte Urs.

Die ‚Kleine' war, als der ungewöhnliche große fremde Rabe auf der Schulter seines Menschen davon ritt, ans Gitter geflogen und hatte lange hinterhergeschaut. Sie trug sogar die leeren Nussschalen zu ihrem Lieblingsplatz.

Spooky hatte sich auch zwei Mal umgedreht, wobei den immer noch wie irre schimpfenden ersten Raben sein missbilligender Blick traf.

„Ich vermute, diese Reaktion heißt dämlich Pute", kicherte Mina. „Wobei er der anderen Lady auf den ersten Eindruck sehr zugetan zu sein scheint."

„Stimmt, sonst hätte er ihr nicht erzählt, wie lecker die Nuss ist", bestätigte Urs.

„Wie war das erste Date?", fragten alle auf dem Hof sofort.

„Nicht übel", verriet Urs. „Mit einer der Damen hat unser Charmeur schon erfolgreich kommuniziert. Warten wir ab, wie es am Sonntag läuft."

Spooky hatte nach der vierten Kurve bereits die Orientierung verloren, sonst wäre er garantiert schon am nächsten Morgen losgeflogen. Er trug jedenfalls erstaunlich viele Leckerli in sein Versteck auf dem Schrank, statt sie aufzuessen.

„Weil Liebe durch den Magen geht?", überlegte Urs laut, als ihn Mina darauf aufmerksam machte.

„Gut möglich." Urs bestückte den Geschicklichkeitsparcours neu, wobei er gleich die einzelnen Elemente anders anordnete. Die beiden letzten Aufgaben hatte Spooky noch immer nicht gelöst.

„Das packt wohl eher ein Primat, als ein Vogel", seufzte Mina.

„Wollen wir wetten, dass er es irgendwann schafft?", schlug Eric vor, der versprochen hatte, dem Raben nicht zu helfen, weil man herausfinden wollte, wie intelligent und kunstfertig dieser tatsächlich war.

Mina kicherte: „Lieber nicht, denn Spooky ist wirklich alles zuzutrauen."

Samstag Abend tauchte der Rabe wieder einmal bei den Bräunigs in der Küche auf, um mit Schneebesen und Löffeln Musik zu machen. Als Grit etwas aus dem schmalen Werkzeugschränkchen nehmen wollte, rutschte ihr der Schlüssel aus dem Schloss und fiel klirrend zu Boden. Der Rabe war mit einem eleganten Segler auf dem Fußboden, um sich den Schlüssel zu greifen.

„Stopp! Erst aufschließen!", rief Grit und schnappte ihn Spooky direkt vor dem Schnabel weg.

Sie nahm den Raben auf den Arm, steckte den Schlüssel ins Schloss zurück, drehte ihn herum, zog die Tür auf und bekam einen vollen Flügelschlag mitten ins Gesicht, weil Spooky wie eine Rakete aus dem Küchenfenster zischte.

„Was war das denn?", fragte Peter völlig verdattert und folgte dem Raben schnellen Schrittes zu den Schüchts.

Dort hätte Spooky beinahe Leo zu Fall gebracht, dem er ungebremst durch das offene Stubenfenster vor die Brust knallte. Inzwischen waren alle zusammengelaufen. Lauthals krächzend stürzte sich der aufgeregte Vogel auf sein Spielparadies und bearbeitete jene Flächen mit dem Schnabel, auf die ein Schlüssel aufgemalt war. Ein Türchen sprang auf, Spooky jubelte krächzend, pickte tatsächlich einen großen Schlüssel mit Bart hervor, den er nun mit Engelsgeduld in das Schlüsselloch eines anderen Feldes zu fädeln versuchte. Beim vierten Anlauf blieb der Schlüssel stecken und wenige Augenblicke später hatte der Rabe auch die richtige Technik herausgefunden, das Schloss zu öffnen. Er zog das Türchen auf und kassierte jubelnd keckernd die vielen schönen Nüsse ein.

„Das nennt man, durch Beobachten gelernt", grinste Peter, den anderen berichtend, was sich wenige Minuten zuvor in seiner Küche zugetragen hatte.

„Schade, dass wir nicht gewettet haben", blinzelte Eric Urs zu.

„Dass er hier alle glatt über den Haufen gebügelt hätte, als er die Lösung ahnte, zeigt aber auch, wie intensiv er nach ihr gesucht hat", erklärte Leo.

Spooky kletterte auf seine Schaukel. Er war stolz und glücklich. Am nächsten Tag fand Grit eine Walnuss auf ihrer Küchenzeile. Eine kleine Wiedergutmachung von Spooky für die Flügelohrfeige und Dankeschön für eine grandiose Idee.

„Dem Großen kann man einfach nicht böse sein", lächelte sie vergnügt.

Sonntag, gleich nach dem Frühstück, sagte Urs: „Spooky, wollen wir Auto fahren?" Dabei klopfte er an seine Hosentasche, in der es nussig klackte.

Der Rabe war mit einem Satz auf dem Schrank, raffte noch drei Walnüsse zusammen, die er Urs in die gleiche Tasche zu stopfen versuchte. Das Gelächter der Schüchts kommentierte er mit lautem Krächzen.

„Ich bin ganz sicher, dass er ahnt, wohin wir fahren", amüsierte sich Leo, der diesmal statt Mina dabei sein wollte.

Urs erbarmte sich schließlich. Er half, dem aufregten Raben, die Leckerli sicher in der Tasche unterzubringen. Spooky kletterte auf

Urs' Schulter, ungeduldig schnalzende Geräusche von sich gebend. Urs grinste breit, worauf wieder alle kicherten.

Mina streichelte Spooky. „Ich kann dich ziemlich gut verstehen. Liebe geht nicht einfach nur durch Magen, sie ist etwas allumfassend Magisches."

„Da hast du recht", antworteten die Männer synchron und zogen in völlig gleicher Weise ihre Frauen an die Schulter.

Spooky krächzte sich eins. Selbst er merkte, dass sich Urs und Leo immer ähnlicher wurden. Eine halbe Stunde später sorgten sie zu dritt erneut für Aufmerksamkeit unter den Besuchern der Vogelwarte, posierten wieder für Fotos, ehe sie mit dem Chef zur Rabenvoliere gehen konnten.

Der erste Käfig war leer.

„Ausgebüxt?", fragte Urs kurz.

Der Vogelschützer schüttelte den Kopf. „Tot. Sie hat sich in ihrer Raserei so schwer verletzt, dass wir sie einschläfern mussten. Wir haben sie ihres auffälligen Verhaltens wegen obduziert und Parasiten im Gehirn gefunden."

„Da erübrigt sich jede Erklärung", seufzte Urs. „Hoffentlich war unser letzter Besuch nicht schuld?"

„Keinesfalls. Sie ist wegen ein paar Krähen ausgerastet, die da drüben auf dem Baum saßen."

Über die andere junge Dame musste er auch nichts erzählen, denn die kam beim Anblick von Spooky freudig krächzend ans Gitter geflogen. Sie wirkte nur etwas irritiert, dass es dessen menschlichen Freund gleich in doppelter Ausführung gab.

Urs nahm eine Nuss aus der Hosentasche, welche Spooky persönlich durch die Maschen des Gitters fädelte. Die zweite aß er selber. Diesmal musste Spooky dem jungen Weibchen auch nicht gut zureden. Es hatte sich gemerkt, dass von ihm und seinem Menschen keine Gefahr ausging. Dann legte Leo ein Leckerli auf seine Handfläche. Auch das schob Spooky in den Käfig, ehe er sich selbst etwas gönnte.

Nach kurzem Blickkontakt mit Leo krallte sich Spooky von außen an das Drahtgeflecht, das Weibchen kletterte innen geschickt zu ihm hinauf und beide tauschten vorsichtig Schnabelberührungen aus, begleitet von leisem Glucksen.

Der Leiter der Vogelwarte schloss für einen Moment die Augen, zog einen Schlüssel aus der Tasche und sagte: „Gehen Sie mit ihm rein!"

„Komm auf die Schulter, Spooky!", forderte Leo, worauf der Rabe unverzüglich gehorchte, ohne das Objekt seiner Begierde aus den Augen zu lassen.

Dass man gar nicht nach Hause fahren wollte, wie er befürchtet hatte, sich stattdessen die Tür öffnete, ließ ihn begeistert krächzen. Das Weibchen, noch immer am Gitter festgekrallt, antwortete völlig erstaunt.

Leo blieb direkt hinter dem Eingang stehen, Urs warf ein paar Nüsse in den Käfig, ein kurzes Krächzen von Spooky, dann segelten beide Raben hinunter, um gemeinsam zu naschen und sich keckernd und krächzend zu unterhalten.

„Sie wirkt regelrecht zierlich gegen unseren Großen", schmunzelte Urs.

„Und sie scheinen sich aufrichtig zugetan zu sein", freute sich der Vogelschützer. „Ich würde es sehr begrüßen, wenn sie mit Spooky bei Ihnen leben könnte. Es dauert mich, solch intelligente Vögel einsam hinter Gittern zu sehen. Am liebsten gäbe ich sie Ihnen gleich mit, selbst wenn ich sie dazu vielleicht in eine Katzenbox sperren müsste, damit nichts passiert."

„Eine Hundebox wäre ideal. Da könnte Spooky mit hinein, um ihr die Angst zu nehmen", überlegte Urs laut.

„Ich hole eine!", rief der Vogelschützer, davoneilend.

„Hast du noch Nüsse?", fragte Leo.

„Die ganze Tasche voll", blinzelte Urs vergnügt.

Augenblicke später schob man die Box in den Käfig und nun war es an Leo, die beiden Vögel hinein zu dirigieren.

„Spooky, komm her!"

Der Rabe gehorchte, die Box argwöhnisch beäugend. Leo seufzte und erklärte langsam und mit Gesten, was getan werden sollte.

„Nimm oben das Gitter ab", schlug Urs vor. „Durch die Vordertür werden sie nicht hineinwollen."

„Ich habe ein besonderes Lockmittel", verriet der Mann von der Vogelwarte, eine Plastikschachtel mit toten Babymäusen aus der Tasche ziehend. Leo nahm sie ihm ab. Er hielt die erste Maus deutlich sichtbar hoch, worauf beide Raben erfreut krächzten.

„Es sind genügend da, sollten die nicht reichen", bekam er von draußen gesagt.

So warf er gleich zwei in die Transportbox. Spooky war sofort zur Stelle und hackte munter drauflos. Bei der fünften Maus hielt es das Weibchen nicht mehr aus und flatterte ebenfalls hinein. Leo legte den Deckel auf.

„Alles ist gut", beruhigte er Spooky, der sofort zu spektakeln aufhörte und dafür klagend mauzte. „Ich bringe die beiden zum Auto, ihr macht die Papiere!"

Das Mauzen erstarb ganz schnell, als Spooky das Auto erkannte. So, wie er zu keckern und zu schnalzen begann, schien er seiner kleinen Freundin zu erklären, dass wirklich alles gut werden würde. Leo reichte ihnen noch zwei Nüsse, die sich die Raben sofort teilten.

Urs war eine Viertelstunde später auch da. „Ab, nach Hause!"

„Krahhh! Krahhh! Krahhh!", jubelte Spooky, um noch ein Elsternkeckern anzufügen.

Mina erschrak fürchterlich, als sie ohne Spooky aus dem Auto stiegen. „Ihr habt ihn doch nicht etwa dort gelassen!", rief sie anklagend.

„Klar doch. Das war die eleganteste Lösung, ihn loszuwerden", sagte Urs mit todernster Stimme.

Mina stieg die Zornesröte ins Gesicht. Leo und Urs brachen in schallendes Lachen aus und präsentierten die Hundebox. „Du hast stattdessen nun zwei schwarze Kobolde im Haus!"

Mina strahlte auf. „Bringt sie in die Küche und lasst sie aus der Kiste!"

Spooky spazierte sofort aus dem offenen Türchen. So wenig, wie er sich über den Gefangenentransport beschwerte, aber sein zu Hause begrüßte, hatte er sich wohl die ganze Zeit als großer Beschützer betätigt.

Der Neuzugang brauchte eine halbe Stunde, um das Gedankenchaos zu ordnen. Spooky tauchte immer wieder in die Box ab, keckerte und krächzte, schnäbelte und mauzte, bis ihm endlich der zweite Vogel ganz vorsichtig folgte, ständig bereit, aufzufliegen. Spooky führte ihn in die Ecke der Sitzbank, wo die meiste Ruhe und der beste Überblick garantiert waren.

„Habt ihr euch schon einen Namen ausgedacht?", wollte Eric wissen, die Neue begeistert beobachtend.

„Trixie", ließ sich Leo vernehmen.

„Passt", meinte Urs, womit die Namensgebung abgeschlossen war.

„Darauf Kaffee und Kuchen", schlug Mina genau so kurz vor, was ebenfalls einstimmig angenommen wurde.

Als der Tisch gedeckt war, schlugen zwei Herzen ins Spookys Brust. Einerseits wollte er gern näher am Geschehen sein und von Leos Stuhllehne aus, auf dem Tisch nach Leckerchen ausspähen, andererseits mochte er seine kleine Freundin nicht allein lassen. Dana schob ihnen schließlich einen Steingutnapf mit Maiskörnern in die Ecke, der mit dankbarem Krächzen begrüßt wurde.

„Wir sollten das Fenster öffnen", merkte Urs an, als Spooky unruhig wurde. „Gassizeit. Trixie ist zu ängstlich, um einfach davon zu fliegen. Sie wird sich an seiner Seite halten, weil nur er Schutz garantiert."

Eric öffnete beide Fensterflügel, Spooky schnäbelte mit Trixie, dann starteten sie auch schon gemeinsam. Zwar kamen sie nicht gleich wieder, man hörte sie aber, mal näher, mal ferner, krächzend miteinander kommunizieren.

Am Ende saßen sie auf der Bank an der Quelle, wo Spooky Trixie mit den Eseln und Hunden bekannt machte, die sofort angelaufen kamen. Als Trixie ein paar Hühnerküken von zu nahmen zu genau beobachtete, zischte Spooky, der gesehen hatte, wie Klara bereits angriffsbereit die Ohren anlegte. Die junge Rabendame zog erschreckt den Kopf ein und flatterte Schutz suchend hinter Spooky. Klara entspannte sich.

Seppel und Idefix, beide ganz Neugier, rückten Trixie so dicht auf die Federn, dass sie leichte Schnabelhiebe in die Nase kassierten. Mit einem völlig entsetzten „Ihhhhahhhh" sprang Seppel einen gewaltigen Satz rückwärts. Spooky krächzte amüsiert, dann machte er es sich auf dem Rücken des Esels bequem. Trixie hüpfte ihnen auf dem Boden hinterher. Ihr folgte Idefix in gebührendem Abstand, um nicht noch einmal gehackt zu werden.

Als Seppel am Weidezaun stehenblieb, segelte Spooky zu Trixie hinunter und stocherte, im Gras nach Insekten. Eine völlig neue Erfahrung für die Rabendame, die sogar zwei fette Regenwürmer erbeutete. Den Durst stillten sie an der Quelle. Willig folgte sie Spooky am Abend zurück ins Haus, wo sie sich das Schlafnest auf Spookys Spielparadies teilten. Sie waren so müde, dass sie glatt das Abendbrot verschliefen.

Diesmal hatten alle unzählige Bilder und Kurzvideos aufgenommen, dass die Abendnachrichten vor Material schier überquollen. Wie immer waren Andreas, Jiří und Lenka die Ersten, die mit Herzchen reagierten. Von nun an waren die Raben stets im Doppelpack unterwegs und übernachteten immer öfter auf Spookys Lieblingsplatz im Schafstall.

Der nächste tierische Paukenschlag auf dem Hof war die Geburt von Pünktchens Lämmern. Alle hatten sich auf nur ein Schäfchen eingerichtet, weil das beim ersten Wurf die Regel war.

„Was ist bei uns schon die Regel?", grinste Urs, als Sekunden nach dem Ablammen noch ein Köpfchen aus dem Geburtskanal schaute.

„Mach mir keine Angst! Nicht dass es doch der Ziegenbock war!", rief Mina besorgt.

„Um das auszuschließen, werden wir eine Blutanalyse machen lassen", legte Urs in einem Tonfall fest, der keine Widerrede duldete. „Jetzt freuen wir uns erst einmal von ganzem Herzen, dass wir ein gemischtes Doppel mit den hoch begehrten, zuckersüßen Marienkäferpunkten haben, mehr Glück in diesem Fall wäre fast schon beängstigend."

Jiří und Danuta bekamen große Augen und schrieben: Egal, wer der Vater ist, wir freuen uns auf eines der Tiere! Leo sicherte ihnen das Weibchen zu. Dana kraulte bei der nächsten Wochenendstippvisite begeistert die Köpfe der Kleinen.

„Man kann schon ganz deutlich sehen, dass beide vier Hörner haben werden", jubelte sie, um plötzlich zu verstummen. Wobei sie den Schädel des kleinen Bocks Millimeter um Millimeter abtastete.

„Stimmt was nicht?", erschreckte sich Mina.

„Kannst mich teeren und federn, wenn diese kleinen Knubbel nicht auch noch Hörner werden", murmelte Dana irritiert.

Mina legte ihre Fingerspitzen an genau die gleichen Stellen. „Stimmt. Irgendwo habe ich gelesen, dass in seltenen Fällen Böcke durchaus sechs Hörner haben können. Damit wäre dann der Hof um eine neue Attraktion reicher. Das muss gefeiert werden!"

Leo blies die angehaltene Luft aus. „Bin ich froh, dass Jiří das Weibchen haben will."

„Frag mal, wer noch." Urs zeigte kichernd in die Runde. „Ich weiß übrigens, wer die Kleine nach Tschechien bringt, wenn sie entwöhnt ist." Er zeigte auf Leo, Dana und Eric. „Oder habt ihr schon andere Urlaubsziele im Auge?"

„Äh ... nö ... ganz bestimmt nicht", grinste Eric, während die jungen Schüchts die Köpfe schüttelten.

Grit schaute sich suchend um. „Wo stecken eigentlich die Raben?"

„Schon den ganzen Tag im Schafstall", erwiderte Urs. „Ich habe gesehen, wie sie Reisig sammelten. Sie werden wohl ein Nest bauen."

„Der Mai ist doch fast schon um", überlegte Leo. Dann winkte er ab. „Bei uns ist eh alles anders, als im Rest der Welt."

Mina lachte herzlich. „Wie die Glucke auf dem Heuboden. Nur gut, dass uns Spooky wirklich beim allerersten Piepsen alarmiert hatte. So haben es alle überlebt und wir ein paar Wintergrünleger mehr, weil es Hybriden sind."

„Äh ... Mina ...", stammelte Eric, verlegen seine Finger knetend.

„Ich höre", blinzelte sie, weil nach so einer Eröffnung, immer ein harmloses Geständnis kam.

„Ich habe gestern die beiden Eier der Seidenhühner aus dem Korb genommen und der Araucana-Glucke untergeschoben. Weil ... die legen doch auch Winter. Und cool sehen sie obendrein aus."

„Hast du gut gemacht. Wegen ein paar Hühnern mehr, geht die Welt nicht unter", schmunzelte Mina.

Leo zeigte zum Schafstall, wohinein Trixie gerade wieder ein paar Zweige trug. „Wegen einiger Raben mehr, sicher auch nicht. Aber bis dahin sind bestimmt noch zwei Jahre Zeit."

„Wenn nicht gar ein Jahr länger", bestätigte Urs. „Ansonsten halten sie uns jene Nager und kleinen Räuber vom Hals, welche den Katzen zu groß sind und den Hunden entwischen. Uns kann es nur recht sein."

Urs' Handy klingelte. Er meldete sich förmlich, sodass es nur dienstlich sein konnte. Nach wenigen Minuten war das Gespräch beendet und Mina schaute ihn fragend an.

XIII.

„Ihr müsst bis morgen die Betten in allen Ferienwohnungen und Zimmern bezugsfertig haben", gab Urs bekannt. „Die Geologen haben einen Großeinsatz geplant, zu dem sich kurzfristig mehrere ausländische Wissenschaftler angesagt haben, die für vier Wochen hier untergebracht werden."

„14 Personen?" Mina zählte sogar noch einmal an den Fingern nach.

„Exakt", bestätigte Urs.

Die drei Frauen machten auf dem Absatz kehrt und eilten an die Arbeit.

„Ein Cateringservice kümmert sich um die Beköstigung!", rief Urs noch hinterher.

Mina hob die Hand, zum Zeichen, dass sie die Botschaft verstanden habe. Die Männer begannen, die Weidezäune umzustecken, damit ein Partyzelt für Mahlzeiten und Zusammenkünfte aufgebaut werden konnte.

„Es war eine gute Entscheidung, unser Haus auch mit einem Außenaufgang zur Gästeetage zu versehen", stellte Leo zufrieden fest. „Sonst würden jetzt einige Betten fehlen."

„Richtig! Wie sich die Damen und Herren in die Zimmer sortieren, ist nicht unser Problem. Sie haben nach 14 Betten gefragt und die habe ich zugesagt", erklärte Urs, ehe er wieder zum Tagesprogramm überging.

Die ersten Gäste waren so zeitig da, dass sie sogar unten im Ort an der roten Ampel Schlange stehen mussten, als die jungen Schüchts abreisten. Sie folgten den Lastwagen des Cateringservice. Urs ließ das Zelt weiter in Hangnähe aufstellen, um mit den Landmaschinen ungehindert fahren zu können. Die Wissenschaftler hatten sich eh an den Ziegengeruch zu gewöhnen, da fiel der nahe Misthaufen nicht weiter ins Gewicht.

Ein Stromanschluss war schon lange direkt zum Sagenfeuer-Platz verlegt worden. Peter zog nur noch die Verlängerungen, deckte die Steckverbindungen nässesicher ab und schaufelte etwas Erde darüber, um Unfälle zu vermeiden. Eric molk Ziegen und Schafe, Seppel zog den Milchkarren zur Käserei. Spooky nahm die Neuankömmlinge kurz in Augenschein, wobei er sie gleich noch heftig erschreckte, als sein „krahhh, krahhh, krahhh", direkt neben ihnen ertönte. Auf ihr Zusammenzucken, mit diversen Schreckenslauten antwortete er mit einem amüsierten „Krahahaha pühhh", dann segelte er majestätisch zum Nest, um Trixie von den Fremden zu erzählen. Gegen elf Uhr bezogen die Letzten ihre Unterkunft, kurz darauf trafen sie sich zum Mittagessen im Zelt mit der Stammbesetzung vom Plateau des Berges.

Markus stellte die Gastgeber und Gäste einander vor und bat Urs, ein paar Wort zu Besonderheiten zu sagen, auf die man sich einrichten musste. Zu denen gehörten auch die beiden Raben.

„Vergessen Sie am besten nichts Glänzendes im Zelt, wenn Sie es verlassen müssen. Es heißt nicht umsonst, jemand klaut, wie ein Rabe. Ziehen Sie bitte alle Schlüssel ab. Unser Großer, namens Spooky, beherrscht sogar das Aufschließen mittels Bartschlüssel. Ich möchte mich also nicht verbürgen, dass er es nicht auch lernt, Sicherheitsschlüssel zu benutzen. Sollte etwas fehlen, sprechen Sie zuerst mit uns, Spooky gibt es, wenn er es wirklich mitgenommen hat, gegen ein Leckerchen wieder her", beendete Urs seine Ausführungen.

Spooky hatte gar keine Zeit, zum Unfug machen. Er war komplett damit ausgelastet, auf Trixie aufzupassen. Erst recht jetzt, wo so viele Fremde auf dem Hof herumwuselten.

„Was haben die eigentlich vor?", fragte Eric, mit dem Kopf auf das Zelt deutend.

„Sie wollen mittels Stromimpulsen herausfinden, wie es um den Permafrost in der Bergflanke bestellt ist", gab Urs Bescheid.

„Oh." Eric kratzte sich am Kinn. „Und was hältst du davon?"

„Eine Menge. Ich habe einiges über diese Methode gehört und gelesen. Es ist eine sanfte Art, Informationen zu sammeln. Früher hat man oft kleine Sprengungen gemacht und die Druckwellen ausgewertet. Dabei ist es wohl hin und wieder zur weiteren Destabilisation des gefährdeten Gebietes gekommen. Mit Strom wird die Leitfähigkeit getestet, um bestimmen zu können, ob Wasser oder Eis im Gestein sind. Eis ist ja der Kitt, der die Hochgebirge im tiefsten Inneren zusammenhält. Fehlt es, ist es nicht gut und wenn flüssiges Wasser da ist, möglicherweise noch schlechter. Denn wenn das immer wieder gefriert, bröckelt der Berg schneller von innen weg und dann gibt es richtige Katastrophen."

Eric schaute Urs staunend an. „Meine Güte, was du alles weißt!"

„Dass ich neugierig bin, was sie herausfinden werden, kannst du dir an den Fingern einer Hand abzählen", schmunzelte Urs.

„Ich werde schon froh sein, wenn sie unverletzt bleiben", murmelte Eric.

„Die sind doch alle alt und klug genug", erwiderte Urs, worauf Eric schallend zu lachen begann. „Der war wirklich gut." Er kicherte noch eine ganze Weile.

Urs grinste breit. Mina hatte nur innerlich die Augen verdreht, was er den Wissenschaftlern alles in witzige Worte verpackt, als dringende Ratschläge gegeben hatte. Denn wenn er sich zu so etwas hinreißen ließ, lag Ärger schon in der Luft.

Es dauerte auch nicht lange, bis es den ersten Zwischenfall aus blanker Unvernunft gab. Der Hinweis, man sei auf dem Gelände eines landwirtschaftlichen Betriebes und nicht in einem Streichelzoo, war wohl nicht von allen geistig erfasst worden. Seppel hatte sich mit einem heftigen Biss gewehrt, als ihm einer zu dicht auf den Pelz rückte, um ein schönes Bild mit einem Eselchen für die sozialen Medien aufzunehmen.

„Meine Damen und Herren", wandte sich Markus beim Abendbrot an die Versammelten, „ich wiederhole, aus gegebenem Anlass, eine der Warnungen von Herrn Schücht mit kindgemäßen Worten: Hier leben keine Kuscheltiere, mögen sie auch noch so knuffig aussehen!"

„So viel zum Thema klug genug", grinste Eric.

Offenbar hatte Spooky gesehen, wie der Fremde gebissen worden war, denn er begann, bei dessen Anblick, immer wieder warnend zu krächzen. Sodass Urs am nächsten Morgen noch einen erklärenden Satz nachschob, in welchem er die Intelligenz und das Vermögen der Rabenvögel betonte, genaue Beschreibungen eines Sachverhaltes und sogar eines Gesichtes an Artgenossen weitergeben zu können, die nicht selbst dabei gewesen waren. „Über diesen speziellen Raben können Sie gern auch in den Links zu Presseartikeln auf unserer Homepage nachlesen", riet er abschließend.

Spooky hockte auf dem Scheunentor. Als sich Eric, der zum Kartoffelacker fahren wollte, auf die Schulter klopfte, kam er angesegelt und schnäbelte an Erics Wange, wofür er liebevoll am Bauch gekrault wurde. Eric stieg mit Spooky in den Traktor. Von den Gästen aus riesengroßen Augen beobachtet. Trixie ließ sich auf dem

Hänger nieder. Sie wollte schon gern dabei sein, traute sich aber noch nicht, es wie Spooky zu machen. Eine halbe Stunde später stellte Eric den Traktor wieder vor der Scheune ab, Spooky wechselte auf Seppels Rücken über. Trixie hüpfte auf die Bank an der Quelle, weil ihr der Esel noch zu fremd und die vielen Menschen nicht geheuer waren. Vor Idefix, der sofort angerannt kam, schien sie sich nicht mehr zu fürchten. Sie nahm sogar die Offerte, mit ihm Ball zu spielen, an. Spooky kam sofort zurück und mischte mit.

Dann kullerte der Ball auf einen der Kater zu, der sich träge den Pelz in der Sonne wärmte. Spooky flatterte hinterher. Der Kater sprang auf und fauchte den Raben gereizt, mit gesträubtem Fell und krummem Buckel, an. Spooky spreizte die Flügel und seine Kehlfedern, um sich größer zu machen, und fauchte genau so zurück. Der Kater zuckte erschreckt zusammen und Spooky hängte ein herzhaftes Lachen an, ehe er sich den Ball schnappte und diesen zum imaginären Spielfeld zurückrollte, ohne sich weiter um das Katzentier zu scheren. Aus dem Zelt ertönte belustigtes und beifälliges Murmeln.

Markus befragte Urs offiziell zum Wetter der kommenden beiden Tage. Prompt kam etwas anderes, als die App sagte. Dort hieß es warm, regnerisch, und windstill, während Urs prophezeite, dass es trocken, kühl und windig sein werde. „Sie werden dies morgen als komplett zutreffend erkennen, meine Herrschaften", schmunzelte Markus.

Die meisten hatten sich inzwischen auf der Website des Hofes umgeschaut und hätten nicht mehr dagegen wetten wollen. Auch Spooky bedachte man nun mit anderen Blicken als noch am Vortag. Der Gebissene vergaß sogar seinen Groll gegen Seppel, als er die ganze Geschichte der beiden Esel erfahren hatte.

Es waren nicht nur Geologen, die nach dem Frühstück zur Talsohle aufbrachen. Eine Botanikerin, ein Meteorologe und sogar ein Paläontologe waren dabei. Spooky und Trixie folgten ihnen, wobei sie sich immer einige Meter direkt neben Markus aufhielten, der ihnen als Wortführer angenehm aufgefallen war.

„Mich beruhigt, dass die beiden da sind", gab er den anderen zu wissen, die mit gemischten Gefühlen die großen Vögel beobachteten. Später, als die Wissenschaftler den gegenüberliegenden Hang erklommen, blieben die Raben auf den Felsbrocken des Murenstromes hocken. Für Markus stand fest, dass Spooky dem jungen Weibchen soeben erzählte, was ihm hier widerfahren war. Wie ruhig sich der große Rabe verhielt, wertete er als Zeichen, dass auch ihnen heute nichts Böses geschehen werde.

Das Mittagessen nahmen sie fast pünktlich ein, wobei sie sich auf einem Felsvorsprung im unteren Drittel des Hanges versammelten, den sie als sicher klassifiziert hatten. Kaum raschelten Folien und klickten Flaschenverschlüsse, erschienen die Raben, in der Hoffnung ein paar Reste zu ergattern.

Markus seufzte gespielt theatralisch, als er ein belegtes Wurstbrot aus der Dose nahm, es teilte, und ihnen die beiden Hälften zuwarf. „Ich will mal kein Spielverderber sein." Die heiß ersehnte Gabe wurde mit freudigem Krächzen angenommen, Spooky wippte vergnügt mit dem Körper und Markus gab bekannt: „Jemanden mit so einem Schnabel hätte ich ungern zum Feind."

Aus dem gleichen Grund spendeten wohl auch die anderen reichlich, wie er amüsiert bemerkte. Der positive Nebeneffekt der Fütterung: Die Raben vergriffen sich weder am Werkzeug noch an persönlichen Utensilien der Forscher. Aber auch nicht an der Drohne, die Markus hin und wieder steigen ließ. Spooky hatte sie schon oft fliegen sehen. Nun wusste er endlich, wer das Ding steuerte. Ein Grund mehr, es in Ruhe zu lassen, wie Urs, Leo und Eric von ihm forderten. Trixie bekam keckernd und schnalzend die gleiche Order von Spooky.

„Oh, oh!", rief Mina, als die Raben am Nachmittag aus dem Tal auftauchten. Urs zuckte mit den Schultern und Eric zupfte sich am Ohrläppchen.

Den dreien leuchtete die Sorge so deutlich aus dem Gesicht, dass Markus lachen musste. „Die bravsten Raben, die man sich vorstellen kann, mit fast mustergültigem Benehmen."

„Uff!" Urs wischte sich aufatmend über die Stirn, worüber sich der ganze Klettertrupp herzlich amüsierte.

Spooky holte sich Schmuseeinheiten von seinen Menschen und sogar Trixie ließ sich von Urs, auf dem Boden sitzend, am Schnabel fassen, wenn auch nicht streicheln oder hochheben.

„Ist das wirklich die gleiche Unterart?", fragte eine der Frauen auf Trixie deutend.

Urs nickte. „Unsere Kleine trägt noch das stumpfe Jugendkleid. Wenn sie ausgewachsen sein wird, dann glänzt auch ihr Gefieder so herrlich metallisch, wie das unseres Großen."

„Der ist ein absolutes Prachtexemplar!", schwärmte die junge Frau. „Der wundervollste Rabenvogel, der mir je vor die Augen gekommen ist."

„Spooky, Spooky, du kannst Verehrerinnen haben!", blinzelte Eric.

Der Rabe krächzte vergnügt, weil er am Tonfall merkte, dass das ein Lob gewesen sein musste.

„Bitte kein Neid, sollte das wohl heißen", kicherte Markus, worauf Spooky ein lachendes Krächzen folgen ließ und ihn von Erics Schulter herunter sacht mit dem Schnabel antupfte.

„Oho, ein Ritterschlag!", staunte Urs.

Markus strahlte. „So fühle ich mich auch!" Klar, dass die Raben mehr als nur ein Bröckchen von seinem Abendbrot bekamen.

„Das ist Bestechung!", witzelte der Paläontologe.

Am nächsten Tag begleitete das Rabenpaar die Kletterer natürlich auch, weil es ganz sicher wieder Leckerchen geben werde. Urs war es recht, denn Spooky würde fühlen, wenn sich Ungemach zusammenbraute. Er sollte sich nicht geirrt haben. Der Rabe krächzte wirklich ein Mal so laut und andauernd, dass sich die Wissenschaftler zeitig genug vor mehreren rollenden Steinen in Fußballgröße in Sicherheit bringen konnten.

Markus war nicht der Einzige, der laut sagte, was alle dachten: „Danke, Spooky!" Diesmal hatte er mehr Wegzehrung eingepackt und von Urs zusätzlich ein paar Walnüsse bekommen, die ihm Spooky direkt aus der Hand abnahm, um mit Trixie zu teilen, die etwas abseits wartete. „Ich bin eben der geborene Rabenflüsterer", grinste Markus, als den anderen die Kinnladen bis auf den Schoß klappten. Zehn Minuten später hörten sie ihn rufen: „Nimmst du deinen neugierigen Schnabel aus meinem Rucksack!"

Alle lachten. Nur Spooky schien es nicht lustig zu finden. Er hatte an irgendwas, das darinnen war, gesteigertes Interesse. Wobei er mit solch einer Aufregung und derart laut spektakelte, dass sich Markus entschloss, der Sache auf den Grund zu gehen. Spooky blieb auch genau daneben sitzen und zeterte weiter.

„Gebt mir mal die dicken Lederhandschuhe rüber", bat Markus schließlich, ehe er nach dem Öffnen der Klappe auszupacken begann.

„Übertreibst du nicht ein bisschen?", fragte einer aus dem Trupp. „Ist bestimmt eine Eidechse, die frisst dich schon nicht auf."

Markus schüttelte mit sehr nachdenklicher Miene den Kopf. „Der Rabe ist ein Phänomen. Möglicherweise hat er etwas in meinem Rucksack verschwinden sehen, das böse Folgen für mich haben könnte, wenn es darinnen bleibt. Denkt an die gestrigen Warnungen. Ich hätte trotz Helm keinen der Felsbrocken auf den Kopf kriegen wollen."

„Dann nimm den Deckel der Werkezeugbox und kippe alles aus", schlug einer der Männer vor, ihm die große, flache Wanne reichend.

Markus klemmte sie zwischen zwei Steinen fest, dann ließ er den Inhalt seines Rucksacks langsam hineingleiten. „Scheiße! Eine Schlange!" Er machte einen Satz nach hinten, den Sack einfach fallen lassend. Spooky flog erschreckt auf, die nicht einmal halbmeterlange Kreuzotter genaustens beobachtend, die sich aus Markus Utensilien wand.

„Spooky, du hast bei mir was Riesengroßes gut!", flüsterte Markus kreidebleich.

Auch die anderen starrten zutiefst erschrocken dem giftigen Reptil hinterher, das wie der Blitz zwischen losem Gestein verschwand. Der Rabe kletterte auf den Rand der Box, als Markus zusammenpackte. Der hatte plötzlich gar nichts mehr dagegen, dass Spooky mit dem Schnabel in seinem Zeug herum stocherte, weil einige Dinge doch so wunderschön glänzten.

„Eine Eidechse sieht definitiv anders aus", grinste Markus, einigermaßen vom Schreck erholt, den Deckel Werkzeugbox zurückgebend.

„Ich habe dem Schwarzen schon im tiefsten Inneren Abbitte geleistet", seufzte der andere Geologe. „Der ist das großartigste Federvieh, das ich je kennengelernt habe. Das werde ich wohl eines Tages noch meinen Enkeln erzählen."

Die Lobeshymnen, die sie abends auf Spooky sangen, bewirkten, dass für die Raben ein Stuhl mit Lehne zum Tisch aufgestellt wurde. Von der aus die beiden Vögel gut die große Schüssel Maisgemisch mit anderen Leckerli erreichten, die Urs auf Bitte von Markus zusammengestellt hatte.

„Er hat es verdient. Immer und immer wieder", freute sich Eric für Spooky.

Dank Urs' Wettervorhersagen kamen die Wissenschaftler gut voran, denn in den Regenstunden sichteten sie die Ergebnisse und planten weitere Messungen.

„Schon irgendwelche Erkenntnisse?", fragte Leo am Wochenende.

„Von da drüben nichts, was mich aus der Ruhe bringen würde", antwortete Urs. „In den tieferen Schichten ist definitiv Eis, obendrauf, um es banal zu sagen, Wasser. Also wird genau das passieren, was ich seit Jahren predige: Es wird weiterhin Felsstürze geben. Unsere Seite wollen Sie als Referenz mit untersuchen. Ich habe es erlaubt."

Leo lächelte flüchtig. „Da verlasse ich mich in jeder Weise auf dein Gespür. Sie werden merken, dass dieses auch dabei das gleiche Ergebnis bringt, wie ihre Tests."

Dana kam freudestrahlend aus dem Ziegenstall. „Wir haben drei neue Seidenhühnerküken!"

„Bedanke dich bei Eric", blinzelte Mina. „Er ist regelrecht vernarrt in das flauschige Gefieder."

„Ach, da kommt er ja! Wie gerufen", lachte sie und erzählte ihm von ihrer Entdeckung.

„Schön, dass ihr auch gerade alle auf einem Fleck steht", erklärte Eric. „Lenka und Jiří wäre es wegen Eliska lieber, wenn sie das Schaf bei uns abholen und ein paar Tage bleiben könnten. Das heißt, Lenka würde mit Danuta kommen, wenn hier wieder der normale Wahnsinn herrscht."

„Also in zwei Wochen", fasste es Mina in die Worte einer festen Terminplanung. „Wir halten heute Abend am besten eine Videokonferenz mit ihnen ab, damit nichts schief geht. Jiřís Marienkäfer-Schaf lassen wir inzwischen, wie abgesprochen, mit den Ziegen laufen, ehe der Schafbock Bock drauf hat, sich näher damit zu befassen." Auf Erics Blick, begann sie zu lachen.

„Ist mir schon klar, wie du die Zimmerverteilung gern hättest, damit du dich ungestört mit dem Objekt deiner Begierde befassen kannst. Ich denke, das lässt sich einrichten."

Im Augenblick waren aber noch die Geologen am Werkeln, um das Areal des Bauernhofs zu untersuchen. Seppel fand es ziemlich spannend, ihnen nun seinerseits auf die Pelle zu rücken. Schnell hatten die Geologen erkannt, dass er friedlich blieb, wenn er von sich aus die Nähe gesucht hatte. Sie hüteten sich, dort Messungen zu machen, wo sich der Esel gerade aufhielt. Mit Idefix arrangierten sie sich schnell, denn der wollte nur ein wenig gestreichelt werden. Dann zog er meist ab oder schaute neugierig zu, ohne zu stören und Unfug anzustellen.

Die Raben schienen ihr Revier, also die Bergflanke des Hofs, für vollkommen sicher zu halten, denn sie strolchten lieber bei den Weidetieren herum, als bei den Menschen.

„Hier gibt es bestimmt kein Viehzeug, das in Rucksäcke kriecht", meinte Markus mit Fingerzeig auf die Würmer suchenden Vögel. „Das haben sich die beiden garantiert schon schmecken lassen."

Das bestätigte Urs, ihnen die Sache mit dem Marder im Hühnerstall erzählend. Er fügte aber auch hinzu, warum sich die beiden weitab von den Küken der Hühner hielten.

„Zumindest kann ich mir jetzt vorstellen, warum der Kater so erschrocken war, als

Spooky zurück fauchte", grinste einer. „Der hatte sich wohl auch schon als Mittagessen für die Raben gesehen."

Mina schmunzelte: „Wenn die beiden irgendwann ein Nest bauen, sollten sich Fremde vom jeweiligen Ort sehr weit fernhalten, weil Rabenvögel äußerst rabiat werden können, wenn es um ihre Brut geht."

„Ich bin dankbar, dass mich Spooky als *Küken* adoptiert hat", sagte Eric mit einem vergnügten Blinzeln im Vorbeigehen.

Jene, welche die Zeitungsartikel auf der Homepage gelesen hatten, nickten stumm. Sie konnten sich bestens vorstellen, wie die Raben ihr Nest von Störenfrieden frei halten würden. Umso mehr erstaunte sie, dass Spooky Markus in den engen Freundeskreis aufnahm, indem er nicht nur die Leckereien vorsichtig direkt aus dessen Hand klaubte, sondern plötzlich gleich noch auf Markus' Arm kraxelte und von da auf die Schulter. Ein zufriedenes „Krahhh!", dann ließ sich Spooky die nächste Viertelstunde so herumtragen. Markus dabei natürlich unübersehbar stolz.

Bevor die Wissenschaftler das Feld räumten, kamen die Männer der Vogelwarte auf Stippvisite, weil sie gerade in unmittelbarer Nähe zu tun hatten. Spooky und Trixie hatten das fremde Fahrzeug schon erspäht, als gerade die untere Ampel passierte und krächzend an die Hunde gemeldet. Wahrscheinlich hatte Trixie an der

Beschriftung mit dem Adlerkopf erkannt, wer sich da genau näherte, und das erschreckt weitererzählt, denn Spooky krächzte beunruhigt.

Urs deutete auf seine Schultern. „Spooky! Trixie!" Er hatte nicht wirklich damit gerechnet, dass Trixie gehorchen werde, die nach wie vor äußerst zurückhaltend reagierte, wenn es um körperliche Kontakte mit Mensch oder Tier ging. Nun zuckte er sogar zusammen, als sie tatsächlich auf seine Schulter flog, weil es dort im Moment ganz bestimmt am sichersten war. Spooky keckerte zufrieden.

„Na ist das ein Anblick!", waren sich die Männer einig. „Hat sich prächtig rausgemacht, die Kleine!"

Die Raben blieben auch wie angewachsen hocken, als Mina Kaffee und Kuchen für die Gäste servierte. Spooky spähte eh immer nach Krümeln und Trixie ließ sich diesmal nicht erst bitten – sie nahm alles sofort an, was ihr Urs vor den Schnabel hielt.

„Glatte Panik davor, dass sie uns verlassen muss, wenn sie sich nicht wie Spooky verhält", vermutete Mina.

Als die Männer wieder wegfuhren, rieb die Rabendame sogar ihren Kopf an Urs' Wange.

„Na, da ist aber eine auffällig dankbar, dass sie nicht mit abreisen musste!", staunte Peter.

Von nun an ließ sich Trixie streicheln und herumtragen, denn das Auto konnte jederzeit wiederkommen und in einem Käfig wollte sie niemals mehr einsam gefangen sein. Pünktchen gewöhnte sich schnell daran, zwei Raben im Fell hocken zu haben. Seppel galoppierte erschreckt eine Runde um den Innenhof, als sich auch noch Trixie an seiner Kruppe festkrallte. Die zaghaften Versuche, sie abzuschütteln, gab er schnell auf, weil sich kein Erfolg einstellte.

Danuta und Lenka kamen an, einen Tag nachdem die Wissenschaftler abgereist waren. „Praktikanten!", riefen sie fröhlich, auf sich zeigend.

„Macht lieber Urlaub!", lachte Urs, beide fest umarmend. „Ach herrje!", staunte er, als Eric in affenartigem Tempo mit den Frauen Small Talk auf Tschechisch hielt. „Ich vergesse tatsächlich immer wieder, dass du nebenbei noch eine zusätzliche Schulbank drückst."

„Aber wenigstens mit unüberhörbarem Erfolg", grinste Eric.

„Oh, ich liebe dich!", strahlte Lenka. Danuta lachte herzlich.

Der erste Weg führte nicht zu den Zimmern, sondern zu den Marienkäfer-Schafen, auf die sie sich so sehr gefreut hatten. Seppel kam natürlich auch sofort angelaufen, um sich knuddeln zu lassen. Er brachte die Raben mit und es dauerte eine Weile, bis sich die beiden Tschechinnen darauf besannen, dass ja die Koffer noch im Auto lagen. Eric verdrehte lustig die Augen und trug sie ihnen ins Haus.

„Du kannst Danuta ein wenig herumführen, du kennst dich doch prima aus", schlug er Lenka vor.

„Mit Seppel und Spooky als Aufseher!", kicherte Lenka. „Ja, das wird lustig."

Genau so kam es auch, nur dass sich Trixie noch anschloss, weil sie sowieso gerade auf Seppels Rücken hockte und ihr die beiden Frauen völlig fremd waren. Da musste man doch beobachten, was die hier machten!

Danuta verliebte sich auf der Stelle in den Hof. Zwar hatte sie die Bilder gesehen, im Internet recherchiert und den Berichten der anderen gelauscht – das war alles nichts zu dem, es mit eigenen Sinnen zu erfassen. „Ach, ist das romantisch!", flüsterte sie immer wieder.

Bei der abendlichen Videokonferenz mit den von Trachenbergs gab Urs bekannt, wie intensiv und erfolgreich sich Eric auch um die theoretische Ausbildung bemühte. Und der verblüffte alle komplett, indem er erklärte: „Ich werde wirklich, gleich noch das Abi anzuhängen, da ich es mir durchaus zutraue. Dann werde ich in Tschechien, in Lenkas Nähe, Agrarwirtschaft studieren. Wahrscheinlich sogar an der gleichen Uni, nur eben etwas später. Ich habe aus diesem Grund vor, mir im nächsten Jahr eine kleine Villa dort am Stadtrand zu kaufen. Ehe sie mir ein anderer vor der Nase wegschnappt." Er spielte das Bild des Gebäudes ein. „Da ist genügend Platz zum Wohnen und für Geschäftsräume."

Brenda bekam Schnappatmung, worauf er hinzufügte: „Die Bausubstanz ist besser, als sie aussieht. Das Dach ist dicht, die Rohrleitungen auch. Die Fassade kann abgestrahlt werden, um in alter Schönheit prangen."

„Woher weißt du das alles?", überlegte Andreas laut, als es alle anderen dachten.

„Ich habe Jiří gebeten, sich genauer mit dem Objekt meiner Begierde zu befassen", verriet Eric breit lächelnd.

Lenka staunte. „Aber das ist ja das Grundstück direkt am See, wo Jiřís Land endet!"

„Richtig!", blinzelte Eric.

Lenka war glücklich, weil Eric wirklich alles daran setzte, sein Leben mit ihr zu gestalten. Das sagte er auch schon: „Du kannst, sobald sie mir gehört, jederzeit einziehen."

Andreas rieb sich vergnügt die Hände. „Ist ein wenig vertragliche Unterstützung erwünscht?"

„Aber immer! U 21 ist man nirgends der ideale Partner", blinzelte Eric. „Du kannst gern auch per sofort auf den Busch klopfen."

„Ha! Das mache ich doch mit besonderer Freude", kicherte Andreas.

„Sind da auch irgendwann zwei Wachhundchen drin?", fragte Lenka, die Größe eines Schafes andeutend.

Alle lachten.

Eric nickte. „Ja, irgendwann sind die auch drin." Dabei machte er das international verständliche Zeichen für *Geriebenes* mit Daumen, Zeige- und Mittelfinger der rechten Hand.

„Ach was!", rief Andreas. „Die spendiere ich euch mit Ausstattung, Futter und Arztkosten. Die braucht ihr nämlich sofort. Besonders dann, wenn Lenka vorerst da allein einzieht. Sicherheit ist oberstes Gebot für meine Familie."

„Wo er recht hat ...", zuckte Brenda mit den Schultern.

„Um das Rechtliche wegen der Hunde kann sich Bruno kümmern. Der wird froh sein, mal wieder was anderes als Verträge über Yachten oder Nobelkarossen vor die Nase zu bekommen", grinste Andreas. „Natürlich nur, wenn ihr das wollt!"

„Wir wollen!", erklärten Lenka und Eric nach einem kurzen Blickkontakt.

„Eliska hat sich einen neuen Mann geangelt und benimmt sich, als wäre Lenka ein Fremdkörper", erzählte Danuta schließlich. „Das arme Mädchen ist vor zwei Tagen in einer Hauruck-Aktion zu uns gezogen."

„Warum hast du nichts gesagt?", fragten alle durcheinander.

„Es kam wie eine Ohrfeige aus heiterem Himmel", versuchte Lenka zu erklären. „Ich habe es noch nicht mal wirklich begriffen. Eliska", Lenka nannte sie nicht einmal mehr Mutter, „stellte mir das Ultimatum, bis Sonntag zu verschwinden. Ich habe nicht mal gewusst, dass sie einen neuen Lover hat. Dann habe ich in meiner völligen Verzweiflung Jiří angerufen. Er ist mit Danuta und allen Schäfern noch am selben Abend mit einem LKW gekommen, und wir haben meine ganze Habe lose in Säcken und Futterwannen abtransportiert."

„Sie kann so lange bei uns bleiben, wie sie möchte", sagte Danuta, Lenkas Hand streichelnd. „Wir sind froh, dass Eliska nicht von Eric weiß. Da haben wir für alles mehr Spielraum. Am wichtigsten ist, dass Lenka Schule und Studium bestmöglich absolvieren kann."

Eric murmelte. „Es sind noch etwa zweieinhalb Jahre, bis ich fest nach Tschechien ziehen kann. Aber ich denke, das stehen wir durch."

Lenka nickte heftig.

„Ich bin glücklich, dass dir genau so schnell Hilfe zugekommen ist, wie mir, als nichts mehr ging", freute sich Eric, Danuta und den Schüchts ein dankbares Lächeln schenkend.

Als Grit am nächsten Morgen davon erfuhr, nahm sie Lenka ganz fest in den Arm. „Ihr beide packt das!"

Wieder nickte Lenka. „Deine Lebensgeschichte war der Grund, nicht sofort in Panik auszubrechen oder in Verzweiflung zu versinken. Das ganz große Glück muss wohl einen Umweg nehmen, weil es sich nicht durch mickrige Nadelöhre zwingen lässt, mit denen es einem andere ganz vorenthalten wollen."

„Das sagst du goldene Worte!", schmunzelte Grit.

Idefix kam mit Seppel, Spooky und Trixie über die Wiese gelaufen. Er setzte sich vor Lenka hin, wedelte mit dem Schwanz und wartete auf Ansprache. Danuta streichelte ihn sanft, worauf Seppel sie mit dem Maul anstupste, um auch geschmust zu werden.

„Krahhh, krahhh?" Spooky spreizte die Flügel und trippelte auf der Stelle.

„Ja, ist schon klar", lachte Lenka, den stattlichen Vogel am Bauch kraulend. „Und du?", wandte sie sich an Trixie. Die ließ sich erst mal nur am Schnabel anfassen, legte aber nach, als sie merkte, wie selig Spooky die Augen verdrehte und schnäbelte.

„Oh, vierhändiges Synchronkraulen der gefährlichen Bestien", grinste Urs. „Versucht euch Idefix zur Kräuterwanderung zu animieren?"

„Ich habe mich schon gewundert, was er will", blinzelte Lenka. „Ideales Wetter haben wir und warum sollten wir nicht gleich jetzt losziehen?"

„Gerne!" Danuta spähte nach den Körben an der Scheunenwand.

Mit etwas Mundvorrat, Wasser und einem Trinknapf für Idefix, stiegen sie wenig später den Hang hinauf. Die Raben folgten ihnen.

„Passt gut auf die drei auf", murmelte Eric.

„Das werden sie", beruhigte ihn Mina. „Idefix weiß doch auch, wie man unliebsames Viehzeug loswird."

Danuta lachte herzlich, als geschah, was bisher nur Eric beschrieben hatte – der Terrier erschnüffelte die besten Kräuter und der Rabe half bei der Ernte. Trixie beobachtete die beiden tierischen Freunde erstaunt. Natürlich bekam sie fürs gute Bewachen zur Pause auch Leckerchen, wie die beiden anderen. Sie hüpfte danach auf den Rand eines Korbes und steckte den Schnabel zwischen das Grünzeug.

„Gütekontrolle!", witzelte Danuta.

Lenka blinzelte vergnügt. „Sieht eher so aus, als wolle sie lernen, um genau so mit Lob überhäuft zu werden."

Spooky keckerte wie eine Elster, mauzte leise und wippte mit dem Körper.

„Wahrscheinlich erklärt er ihr gerade, worauf es ankommt", flüsterte Lenka beeindruckt. „Es sind unglaublich intelligente Vögel."

„Du hättest wetten sollen!", rief Danuta verblüfft, als Trixie plötzlich tatsächlich Blätter von den Pflanzen zupfte. Spooky schien sie zu begutachten, bevor sie diese zum Korb brachte und auf das richtige Häufchen legte.

Danuta zeigte auf ihre GoPro am Schultergurt. „Ich glaube, wir werden interessantes Filmmaterial mit nach Hause nehmen."

„Aber das Schönste geht heute in die sozialen Medien!", forderte Lenka kichernd.

„Auf jeden Fall! Dann habe ich endlich auch mal richtig Spektakuläres zu vermelden", rieb sich Danuta die Hände.

Der Erste, der reagierte, war Leo. „Ha, haaaa, ich habe eine Kiste Sekt gewonnen! Herzlichen Dank, liebe zweifelnde Kommilitonen! Auch unsere Raben können präzise Informationen mit Lauten austauschen. Wir teilen uns die Flaschen, liebe Danuta."

Nicht nur die Smileys lachten Tränen. Auch die Verteiler derselben. Wenn der ruhige Leo so aus dem Häuschen war, musste es heftige Diskussionen um das Thema gegeben haben.

Leo lud am Freitagabend eine Kiste Champagner aus dem Kofferraum. „Die Verlierer haben zusammengelegt", grinste er. „Sieg auf der ganzen Linie!"

Das Teilen der Beute erfolgte natürlich auch öffentlich. Wenn, dann mit allen Konsequenzen. Und die waren, dass Jiří und Urs mehrere Anfragen auf Praktikumsplätze bekamen, weil sich nun viele mit deren Tierhaltung beschäftigten, die vorher nur am Rande Notiz genommen hatten.

„Dafür hast du einen ganz großen Wunsch frei, Danuta!", versprach Mina.

„Ich hätte sogar wirklich einen", seufzte Danuta. „Aber das muss ich erst mit Jiří absprechen, der mich garantiert für völlig verrückt erklärt."

„So schlimm?", staunte Urs. „Was ist es?"

„Ein kleines Ziegenböckchen aus eurer Herde", flüsterte Danuta mit großen Augen. „Die sind so süß! Und die wundervollen Hörner, wenn sie erwachsen sind ..."

„Dann kaufen wir eine Ziege aus einer anderen Herde zu und erfüllen uns den Traum, neben der industriellen Haltung die alte Haustierhaltung zu praktizieren und einen Hofladen mit Spezialitäten einzurichten", überlegte Lenka laut und mit leuchtenden Augen.

„Kann man diesen Blicken widerstehen?", fragte Peter.

Alle schüttelten die Köpfe.

Jiří grinste, wegen dieses Wunsches. „Wenn der Gehörnte bei uns zu viel Blödsinn anstellt, schicke ich ihn zu Eric in den Garten. Da kann er sogar selber und ganz allein hinlaufen."

Urs schlug sich wiehernd auf die Schenkel. „Hört euch nur an, wie alle die Bärenhaut verkaufen, obwohl der Petz noch nicht mal erlegt ist!"

„Aber zumindest wissen wir, dass einer im Wald ist!", konterte Eric unter den Lachsalven der anderen.

„Bruno weiß, wo man gute Pinzgauer Ziegen findet, da hat der Bock keine Zeit mehr, Unsinn zu machen", schnappte Andreas, worauf das Gelächter erneut aufflammte.

So kam es, dass sich auf der Heimreise nach Tschechien das Marienkäferschaf den Viehhänger mit einem Ziegenbock teilen musste. Zwei

Araucana-Küken saßen im gut gesicherten Käfig vor der Rückbank des Geländewagens.

„Ich glaube, Jiří lässt mich nie wieder irgendwo hinfahren!", kicherte Danuta.

„Ach, wenn er mich erträgt, erträgt er auch das Böckchen", winkte Lenka ab.

„Er wird Ohrensausen haben, so wie wir uns lustig machen", prophezeite Danuta, sich auf die Autobahn Richtung Heimat einfädelnd.

XIV.

Auf dem Schüchthof zogen inzwischen die nächsten Feriengäste ein. Eric half, wo er konnte, denn sowohl die Schüchts als auch die Bräunigs waren nicht mehr die Allerjüngsten, was sich hin und wieder bemerkbar machte. Und alle freuten sich unverhohlen auf den Tag, an dem Leo und Dana mit dem Studium fertig wären.

So nahm Urs mit Freude die recht zahlreich anfragenden Praktikanten auf, denn in den Zeiten, wo Eric in der Berufsschule saß, wäre es manchmal ziemlich hektisch geworden. Zwei der jungen Männer kannten sich mit Eseln aus und die durften mit Klara und Seppel das Heu von den Hängen holen. Man konnte diesmal die Heuernte in Rekordzeit abschließen und das wurde mit allen deftig gefeiert.

Das neue Kleeblatt des Hofs, Idefix, Seppel, Spooky und Trixie sorgte auch an diesem Abend für Heiterkeit. So gönnte sich Mina das Vergnügen, für die Wand überm zweiten Scheunentor ein Bild in Holz zu brennen, das die vier Verwegenen verewigte. Walter vom Sägewerk suchte dafür ein besonders schönes Brett mit perfektem Rindenrand heraus. Ihn besuchte Idefix am liebsten, denn da gab es immer eine große Bockwurst. Genau so, wie sie in früheren Jahren Struppi bekommen hatte, wenn er Urs zum Holz- oder Sägespänekauf begleitete.

Walther lachte. „Einziger Unterschied: Im Fall von Idefix ist die Wurst nicht viel kleiner als der Hund."

Wenn an den Wochenenden Praktikanten und die jungen Schüchts auf dem Hof waren, gönnten sich Mina und Urs hin und wieder einen freien Abend. Es hatte lange gedauert, bis Leo die beiden überzeugen konnte, auch mal komplett auszuspannen. Es grenzte an eine Sensation, als sie ein ganzes Wochenende bei Andreas und seiner Familie verbrachten.

„Na, hat der Juniorchef ein Machtwort gesprochen?", grinste Andreas, als sie wirklich zusagten.

Urs grinste zurück. „Er hatte die besseren Argumente."

Dafür wurden sie bei der Rückkehr auch von einem Jubelchor begrüßt, der aus Hunden, Eseln, Raben und natürlich den menschlichen Hofbewohnern bestand.

„Heh, heh, Staatsempfang!", kicherte Urs.

Leo schmunzelte. „Ist halt so, wenn ein guter König ins Reich zurückkehrt. Dann läuft das Volk freudestrahlend zusammen."

Urs zog ihn dankbar an seine Schulter.

„Über was grübelst du nach?", fragte Mina zwei Wochen später, als Leo mitten auf dem Hof stand und die Stirn kraus zog.

„Über die Jakobsschafe", lautete die kurze Antwort.

Mina schaute ihn überrascht an. „Willst du sie loswerden?"

„Im Gegenteil! Ich denke darüber nach, eine kleine Herde aufzubauen. Fünf oder sechs Tiere. Mehr optischer Spaßfaktor, als unbedingt zum Lebensunterhalt beitragend. Das tun sie auf Grund ihrer Hörner sowieso. Ich würde schauen, dass ich ausnahmslos vierhörnige Weibchen und einen sechshörnigen Bock auftreibe, um für Furore zu sorgen. Mein Pünktchen bleibt, als Urmutter der Herde, von allen Regelungen vollkommen ausgenommen. Und das Hybrid-Böckchen werden wir kastrieren müssen. Denn das gebe ich auf keinen Fall weg."

Die ernsten Gesichter lockten Urs herbei. Er hatte die letzten beiden Sätze vernommen. Mina gab wieder, was vorher gesprochen worden war.

„Machen wir es kurz", sagte Urs. „Wird so genehmigt. Und ich muss nicht raten, dass du nicht nur nach vielen Hörnern, sondern zugleich nach auffallenden Punkten ausspähen wirst. Umsetzung des Plans ab sofort."

Noch am selben Abend platzierten Leo, Jiří und Bruno entsprechende Suchanfragen im Internet.

„Wie wäre es, wenn wir die Viehmärkte oder Rasseausstellungen heimsuchen? Nicht jeder wird seine Prachtexemplare im Netz anbieten", schlug Dana vor.

„Guter Plan", sagte Urs. „Das macht ihr drei Frauen am besten gemeinsam. Ist ja dienstlich", kicherte er. „Per Befehl, sozusagen."

Leo, Peter und Eric hoben die Daumen. Im Frühherbst fand eine Ausstellung mit Körung der Zuchtböcke statt, zu der die Damen gleich mit einem Viehanhänger aufbrachen. Mina und Dana hatten an selben Morgen, unabhängig voneinander, den gleichen Gedanken gehabt.

„Ohhh-haaaa, ein Zeichen!", rief Eric. „Wir sollten wohl schon mal die Weide abstecken!"

Er lachte Tränen, als wenige Augenblicke später Bruno anrief, er habe das perfekte Schaf gefunden. Er war sogar noch vor Ort und konnte Livebilder zeigen. Das Tier hatte vier Hörner, die kein bisschen symmetrisch wuchsen, aber das begehrte beinahe gepunktete Fell.

„Ich will es haben!", erklärte Urs, den nicht einmal der hohe Preis aus der Ruhe brachte.

Zehn Minuten später meldete sich Bruno wieder. „Ich habe es und lasse es euch per Pferdetransporter bringen."

Leo rieb sich vergnügt die Hände. „Alles bestens. Symmetrie war ja kein Kriterium gewesen."

Das sahen die Frauen genau so. Am zweiten Tag der Schau stand ihr persönlicher Sieger fest. Fast kreisrunde kleine Flecken im herrlich dichten Fell, sechs Hörner, die nach allen Seiten wegstanden und ein friedliches Gemüt wie ein Kuscheltier. War der Besitzer des Tieres gerade noch traurig gewesen, dass sein Exemplar wegen des Kopfschmucks und der winzigen Flecke nicht in die engere Wahl zum besten Bock gekommen war, schloss er mit einem seligen Lächeln den Verkaufsvertrag mit Mina.

„Wir haben doch Zeit, eine richtige Herde aufzubauen", wiegelte sie ab, weil Dana traurig war, kein passendes Schaf gefunden zu haben. Sie wussten noch nicht, dass Bruno fündig geworden war. Sie wunderten sich nicht einmal, dass direkt vor ihnen ein Transporter auf die Straße zum Hof einbog, dem sie sofort folgten.

„Vielleicht will jemand eine Ziege kaufen", überlegte Mina laut.

Umso größer war die Überraschung, dass aus-statt eingeladen wurde.

„Och, sind die beiden süß", staunte Eric.

Die Raben saßen auf Leos Schultern und beäugten die Neuen. Sie schnäbelten leise kräch-zend miteinander.

Das Hybridböckchen verkniff es sich, den Zuchtbock anzugreifen, denn der war auf den ersten Blick ein stattlicher Kerl, der ganz sicher heftig austeilen konnte, wenn man ihn reizte. Seppel ließ ihn, wohl aus dem gleichen Grund, auch in Ruhe.

Urs brachte schließlich den Hänger direkt zum Misthaufen, um das Polsterstroh abzuwerfen. „Das gibt es doch nicht!", hörten sie ihn wütend rufen und eilten erschreckt zu ihm. „Schaut euch das an!" Er zeigte mit anklagend ausge-strecktem Zeigefinger auf einen Schuhkarton mit Löchern, der gut verborgen im hintersten Winkel lag.

„Wie kommt denn der auf den Hänger?", rätselten die Frauen. „Und was ist darin?"

„Was drin ist, werden wir gleich wissen", brummte Urs, ganz vorsichtig eine Ecke des Deckels anhebend. Er rechnete mit irgendeinem Tier, das sofort die Flucht ergreifen werde. „Ist nicht wahr!", rief er, das vollständig geöffnete Kistchen an den Rand des Hängers schiebend, sodass alle hineinschauen konnten.

Leo fand zuerst die Sprache wieder. „Drei winzige Kätzchen, die noch nicht mal die Augen offen haben!"

Dana rannte davon. „Ich melke eine Ziege!"

„Ich kümmere mich um Nuckelfläschchen!" Mina eilte ins Haus.

„Ich hole das Kistchen vom Speicher, in dem ich damals Felix aufgepäppelt habe", rief Urs, schnellen Schrittes über den Hof eilend. Er installierte gleich noch die Wärmelampe an der Eckbank der Küche.

Leo verbot den Raben, sich an den Kleinen zu vergreifen. Für die beiden schwer, zu verstehen, weil sie sonst Getier dieser Größenordnung als Schädlinge vertilgten. Vorsichtshalber wollte Peter aus Maschendraht einen Deckel kreieren, den man nur mittels Zahlenschloss öffnen konnte. Man konnte ja nicht den ganzen Tag die Fenster geschlossen lassen, nur um die Raben abzuhalten, sich einen Snack zu holen.

Inzwischen saßen die Frauen auf der Bank vor dem Haus und flößten den drei halbverhungerten Kätzchen Ziegenmilch ein. Eine der Plymouth Rock Hennen suchte auffällig die Nähe des Kistchens.

„Nix für Hühner", merkte Eric an, sie fortscheuchend. „Ihr habt ein ganzes Haus mit Nestboxen!"

Zur größten Verblüffung war die Henne sofort wieder da, als die Katzenbabys im Stroh lagen. Sie kletterte zu ihnen hinein und huderte sie, als seien sie ihre Küken.

„Na, das ist genial!", staunte Eric. „Ich dachte immer, solche TikTok-Filmchen wären gestellt!"

„Für Wärme ist gesorgt, für Bewachung auch, denn Klara macht den Raben Flügel, wenn sie sich an ein Huhn wagen", sagte Mina erfreut. „Wir müssen die Kleinen nur füttern und säubern."

„Und irgendwann den alten Katzen beibringen, dass sie sich mit den Winzlingen arrangieren müssen." Leo trug das Kistchen zum Hühnerstall, wo die Raben nichts zu suchen hatten.

„Hätte man uns nicht einfach fragen können, ob wir die Kätzchen mitnehmen?", grollte Dana beim Abendbrot.

Urs winkte ab. „Menschen muss man nicht verstehen. Ist schon gut, dass sie euch zugesteckt wurden, statt sie zu erschlagen oder am Feldrand in der Kiste verhungern zu lassen. Das Logo des Hofs kennt man. Und wenn man auf unserer Seite war, dann weiß man, dass wir alles zu retten versuchen, was noch einen Funken Leben in sich trägt."

„Hast ja recht. Aber es ärgert mich", murrte Dana. „Zumal die sicher seit gestern Nacht schon in unserem Hänger steckten. Später wäre da gar keiner mehr so einfach ran gekommen. Und wir haben sie nicht mauzen hören, weil allenthalben die Schafe blökten."

„Ich habe den Karton ja auch erst im allerletzten Moment bemerkt, als ich das Stroh vom Wagen zerrte", erklärte Urs. „Ich hatte schon ausgeholt, um die Zinken der Mistgabel tief ins Stroh zu treiben. Das hätten sie keinesfalls überlebt."

Eric hob theatralisch die Hände. „Ein echter Rübezahl tut eben immer zur rechten Zeit das Richtige. Und seine Feen auch. Hätten sie keinen Hänger mitgehabt, wären die Katzen jetzt tot."

„Stimmt", sagte Leo kurz.

Brenda bekam bei den Abendnachrichten große Augen. „Ich nehme euch alle drei Katzen für Jette ab, sobald sie alt genug sind. Sie ist immer völlig aus dem Häuschen, wenn sie eine über die Wiese laufen sieht."

Andreas hob lustig die Schultern. „Meine Frauen haben mich einfach überstimmt. Sie wollten bereits letzte Woche nach einer Katze Ausschau halten, haben es aber immer verschoben. Das Schicksal hat wohl schon wieder vor-geplant gehabt."

„Prima! Bei euch sind sie in guten Händen", strahlte Mina. „Und wenn sich Jette darauf freut, lohnt sich die ganze Aufregung doppelt."

„Wir werden ihr ab morgen immer die neu-esten Bilder der drei zeigen, damit sie weiß, wie sehr man für Tiere sorgen, und dass man zu ihnen ganz lieb sein muss", versprach Andreas. „Dann lernt sie es auch von klein auf, Verant-wortung für das eigene Tun zu tragen."

Eric nickte erfreut. Sein später Weg dahin war dornig gewesen.

„Ums Kastrieren kümmern wir uns", erklärte Brenda. „Ihr habt schon genug Stress, die Klei-nen aufzupäppeln. Vor lauter Kätzchen-Aufre-gung habe ich noch nicht mal gesagt, wie zuckersüß die neuen Schafe sind."

Urs lachte herzlich. „Eric war auch sofort hin und weg. Die sind wirklich putzig."

Statt Jiří meldete sich Danuta. „Jiří ist vor einer Stunde nach England geflogen. Man hat ihm ein vierhörniges Schaf mit Punkten für euch und einen normal gefleckten Bock mit absolut symmetrischen riesigen Hörnern für uns ange-boten. Da hat er nur Schlafanzug und Wasch-zeug in eine Tasche geworden und ist losge-düst."

„Wegen des Transports werde ich mit ihm reden!", rief Andreas und klinkte sich aus der Konferenz aus, um Jiří sofort zu kontaktieren.

„Was für ein verrückter Tag!", stöhnte Mina, sich den Kopf haltend.

„Und nur, weil ich eine neue Herde aufbauen will", flüsterte Leo kopfschüttelnd.

Urs hob mit einer lustigen Grimasse die Schultern.

Am nächsten Morgen meldete sich Andreas. „Ihr müsstet für zehn Uhr ein Landekreuz legen."

„Zehn Uhr?!", erschreckte sich Urs. „Das ist ja schon in einer Stunde! Der Landeplatz wird pünktlich fertig sein!" Dann schallte seine Stimme donnernd über den Hof und alle rannten herbei, denn die Herden mussten zur Sicherheit in die Ställe.

Seppel und die Hunde bewiesen ihr Können, in kürzester Zeit das Vieh zusammenzutreiben. Mina lockte die Hühner in den Stall. Wenige Minuten danach ertönte schon das flappende Geräusch der Propeller.

Der Helikopter landete, ein kurzes Hallo, Jiří übergab ihnen das Schaf und schon hob das Fluggerät wieder ab. Weil Spooky das Prozedere um Hubschrauberlandungen kannte, war er mit Trixie auf dem Scheunendach sitzen geblieben, von wo aus sie den besten Blick auf Landeplatz und Hof hatten.

Sofort durften die Tiere wieder auf die Weide. Mina rief Andreas an, um sich zu bedanken. Der erzählte schmunzelnd, dass er dem Piloten drei Mal schwören musste, dass die zu transportierenden Hornträger diesmal tatsächlich Schafe und keine Ziegen waren, auch wenn sie auf dem ersten Blick so aussahen.

Weil sich Leo als Auslöser sämtlicher Aufregungen betrachtete, übernahm er es, nachts die Kätzchen zu füttern. Die Glucke war viel zu müde, sich zu wundern, dass ihre Schützlinge laufend unter ihrem Federkleid hervorgeholt werden mussten. Am Tag kümmerten sich die Frauen um die Kleinen. Die Woche über gab Urs nachts Fläschchen. Bald bekamen sie nur noch drei Mal Milch. Nach einem Monat wurde den Mini-Katzen festere Nahrung zugefüttert. Als die Milch ganz abgesetzt wurde, kamen die von Trachenbergs, um ihre neuen Mitbewohner abzuholen.

Im rechten Augenblick, denn die Altkatzen hatten begonnen, die Kleinen regelrecht zu terrorisieren. Gegen die geballten Angriffe war auch Ersatz-Mama Huhn machtlos. Wenn die Raben wie irre vorm Stall spektakelten, musste sich immer einer beeilen, die alten Kater zu verjagen. Die Raben bekamen für den lautstarken Alarm Nüsse und passten schon deshalb sehr genau auf, ob sich die großen Katzen den kleinen näherten.

Dann fiel auch schon der erste Schnee. Und diesmal hatten sich die Schüchts bereit erklärt, Winterurlauber aufzunehmen, weil das Gemeindeamt händeringend darum bat.

„Du schaust wieder so", wandte sich Urs an Leo, der den Hang ins Tal betrachtete. „Planst du die Fackelfahrt?"

„Auch. Mir geht etwas anderes im Kopf herum, das damit zu tun hat", erwiderte Leo, ohne den Blick vom Hang zu lösen. „Etwas, das nicht viel kosten würde, die Umwelt nicht übermäßig verschandelt und trotzdem Ski-Spaß garantieren würde."

„Eine Seilwinde als Schlepplift?"

Leo schaute seinen Vater überrascht an. „Du denkst auch darüber nach?"

„Schon lange. Wäre sogar umweltfreundlicher, als mehrmals mit dem Traktor die Skifahrer im Tal abzuholen", blinzelte Urs. „Benutzung auf eigene Gefahr und nur für Hofbewohner und Urlaubsgäste"

Mina hörte sich den Vorschlag und die Argumente an. „Dann muss die Umlenkrolle aber oberhalb der verpachteten Viehweide sein", sagte sie nur.

„Kein Problem. Die rund 50 Meter muss man auch zum Traktor laufen. Das ist harmlos und besser, als Diesel zu verfahren oder gar drei Kilometer den Berg hinauf zu stapfen", erwiderte Urs.

Mina lachte. „Ich hätte nie gedacht, dass du mal der glühendste Verfechter für Skifahrer auf unserem Hang sein würdest."

„Ich war ja auch völlig geschockt, als er meine Idee schon lange bis zum Ende durchdacht hatte", gab Leo freimütig zu.

Eric grinste sich eins. Das hätte auch außerhalb seiner Erwägungen gelegen, obwohl Vater und Sohn nur gegen weithin sichtbare Technik gewesen waren.

„Wir nehmen es für nächstes Jahr in den Plan", versprach Mina.

„Gut, dass wir jetzt darüber gesprochen haben", blinzelte Leo. „Nächstes Jahr, nach Studienabschluss, würde es so wirken: Kaum wieder da, hat er umstürzlerische Ideen."

Urs kicherte. „Aber du weißt schon, dass ich es auf dich schiebe?"

„Hat mal jemand eine Hand frei, um mich zu trösten?", seufzte Leo.

„Krahhh, krahhh, krahhh!"

„Ja, komm her mein Großer, du bist genau der Richtige!" Leo knuddelte Spooky mit einem vergnügten Grinsen. „Darfst auch, in meinen schönen warmen Skianzug gekuschelt, mit nach oben fahren."

Als die sechs Wintergäste eintrafen, lag schon fast ein Meter Schnee. Sie fragten auch tatsächlich, ob man auf dem Hang fahren dürfe. Das Schild am unteren Ende der Straße ‚auf eigene Gefahr' hatten sie gesehen und akzeptiert. Die Zusage freute sie sehr und besonders das Angebot, für zwei Stunden gegen einen kleinen Obolus Traktorservice einzurichten. Mit Begeisterung nahmen sie auch am Fackellauf teil, wo Mina diesmal den großen Hänger ankoppelte, um alle sicher hinauf zu bringen. Idefix, Spooky und Trixie fuhren, zum Gaudi der Gäste, in der Kabine des Treckers, wo es schön warm war, mit rauf und runter.

Eric und Leo hatten sogar den ganzen Hang entlang, da wo es besonders gefährlich war, grellorange Schneefangnetze gesteckt, falls jemand von der Piste abkommen sollte.

„Was haltet ihr davon, die Sommerferienwohnungen winterfest umzubauen?", fragte Leo am nächsten Morgen, denn die Gäste verteilten sich auf die kleinen Zimmer der Schüchtschen Wohnhäuser.

„Ziemlich viel", gab Urs zu. „Den Strom produzieren wir eh selber und die Straße halten wir auch befahrbar. Meiner Meinung nach steht dem nichts entgegen."

„Genehmigt", sagte Mina. „Kannst morgen gleich mit Fabian sprechen. Der soll sich auch um eine seröse Firma wegen der Seilwinde kümmern. Dass wir uns dann ein bisschen vorsehen müssen, wenn wir Heu machen oder die kleinen Äcker bestellen, brauche ich sicher nicht zu erwähnen."

„Wisst ihr was? Heute muss doch keiner mehr fahren. Die Straße ist abgestumpft und das Wetter wird aushalten. In den Ställen ist auch für die nächsten Stunden alles erledigt. Ich mache jetzt den gewonnenen Champagner auf, wir zelebrieren ein gemütliches Sektfrühstück und stoßen auf eine gute Zukunft für uns alle an, egal was wir vor haben!", rief Leo.

„Auch das ist genehmigt", lachte Urs. „Die kann nämlich ausnahmslos jeder von uns gebrauchen. Stimmt's Eric?"

„Aber so was von!"

Mina holte Gläser, Leo schenkte ein.

„Auf uns und unsere Pläne!"

ENDE

Weitere spannende Buchreihen:

Die Nebelwald-Saga

Band 1: Der Nebelwald

Band 2: Die Schlacht um Wildforest

Band 3: Unter dem Banner des Gefleckten Drachen

Band 4: Eine neue Dynastie

Band 5: Prinzenraub

Die Aurëus-Saga

Band 1: Der Spiegel des Aurëus

Band 2: Das Geheimnis des Aurëus

Band 3: Die Urenkelin des Aurëus

Band 4: Die Drachen des Aurëus

Der Nixen-Clan

Band 1: Adaia

Band 2: Die Meermänner von Tuvalu

Band 3: Alarmstufe rot

Band 4: Im Reich des Lóng

Band 5: Rückkehr in die Menschenwelt

Die Magier von Tarronn Band 1 - 6

Und noch mehr unter: www.sinas-drachen.com